文春文庫

死神の精度

伊坂幸太郎

文藝春秋

目次

illustration .... Kan Kobayashi

design .... Miyo Kimura

死神の精度

死神の精度

1

　ずいぶん前に床屋の主人が、髪の毛に興味なんてないよ、と私に言ったことがある。「鋏《はさみ》で客の髪を切るだろ。朝、店を開けてから、夜に閉めるまで休みなく、ちょきちょきやってるわけだ。そりゃ、お客さんの頭がさっぱりしていくのは気持ちがいいけどよ、でも、別に髪の毛が好きなわけじゃない」

　彼はその五日後には通り魔に腹を刺されて死んでしまったのだが、もちろんその時に死を予期していたはずもなく、声は快活で生き生きとしていた。

「それならどうして散髪屋をやってるんだ？」訊き返すと彼は、苦笑まじりにこう答えた。「仕事だからだ」

　まさにそれは私の思いと、大袈裟に言えば私の哲学と、一致する。

　私は、人間の死についてさほど興味がない。若い大統領が時速十一マイルのパレード用専用車の上で狙撃されようと、どこかの少年がルーベンスの絵の前で愛犬とともに凍死しようと関心はない。

そう言えば、くだんの床屋の主人は、「死ぬのが怖い」と洩らしたこともあった。私はそれに対して、「生まれてくる前のことを覚えてるのか？」と質問をした。「生まれてくる前、怖かったか？　痛かったか？」

「いや」

「死ぬというのはそういうことだろ。生まれる前の状態に戻るだけだ。怖くないし、痛くもない」

人の死には意味がなく、価値もない。つまり逆に考えれば、誰の死も等価値だということになる。だから私には、どの人間がいつ死のうが関係がなかった。けれど、それにもかかわらず私は今日も、人の死を見定めるためにわざわざ出向いてくる。

なぜか？　仕事だからだ。床屋の主人の言う通りだ。

私はビルの前にいた。駅前から百メートルほど離れた場所、地上二十階建ての電機メーカーのオフィスビルだ。壁一面が窓ガラスのようでもあり、向かいの歩道橋やビルの非常階段が反射して映っている。正面入り口の脇で、畳んだ傘を持て余しながら、立っていた。

頭上の雲は黒々とし、隆々《りゅうりゅう》とした筋肉を思わせる膨らみがある。雨が垂れていた。激しい勢いではないが、その分、永遠に降り止《や》むこともないような粘り強さを感じさせる。

私が仕事をする時はいつだって、天候に恵まれない。「死を扱う仕事」であるだけに悪天がつきものなのかと納得していたが、聞けば他の同僚はそういうこともないらしく、これはただの偶然なのだと最近になり分かった。晴天を見たことがない、というと人間はもとより同僚からも信じがたい目を向けられるが、事実なのだから仕方がない。

時計を見る。十八時を三十分まわった。情報部から渡されたスケジュール表によれば、そろそろ姿を現わす頃だ、と思っていると、まさにちょうど彼女が自動ドアから出てきたので跡をつける。

透明のビニール傘を差しながら歩く彼女の姿は、冴えなかった。背はそれなりに高く、余分な脂肪を抱えているわけではなさそうだったが、誉められる点と言えばそのくらいだ。猫背で、蟹股《がにまた》で、下を向いて歩いているので、二十二歳という年齢よりも老いて見えた。真っ黒い髪を後ろでひとつに結んでいるのは暗い印象があるし、何よりも、疲労感なのか、悲愴感なのか、くたびれた影のようなものが額から首にかけてかかっている。鈍い鉛色に包まれているように見えるのは、地面を湿らす雨のせいだけではないだろう。

化粧をすれば良いというわけでもないが、自分を飾る意志がそもそもなさそうで、着ているスーツもブランド品からはほど遠い。

足を大股に進め、彼女の背中を追った。二十メートルほど先に、地下鉄の入り口があるはずで、そこで接触をすればいい。私はそう、指示されている。

さっさと終わらせたいものだ、毎度のことながら思う。やるべきことはやるが、余計なことはやらない。仕事とはそういうものだ。

2

地下鉄の階段の手前、屋根のある部分に足を踏み入れたところで、私は傘を畳んだ。畳む前に、ばさばさと二、三度振って水飛沫《しぶき》を弾《はじ》く。付いていた泥が、前に立っていた彼女の背中に飛んだ。

「あ」と私は声を上げる。予想していたよりも、大きい雫《しずく》になった。不審そうに彼女が振り返る。

「申し訳ない。泥が飛んで」私は頭を下げる。

彼女は首をひねり、無造作に自分の着ているスーツを引っ張り、汚れた部分に目をやった。ベージュの生地に五百円硬貨程度の泥が付いているのを確認すると、もう一度、訝《いぶか》しんだ目を向けてきた。怒っているようにも見えるが、いや、当然、彼女には怒る権利はあるのだが、それ以上に戸惑っている様子でもあった。そのまま階段を降りていこうとするので、慌てて立ち塞《ふさ》がる。

「ちょっと待ってくれ。クリーニング代を出すから」と申し出た。

詳しく確かめたわけではないが、今回の私の姿は、若い女性には魅力的な外見になっているはずだった。ファッション雑誌の男性モデルとしても通用する、二十代前半の青年だ、と情報部からは説明を受けた。彼らは調査のたびに、もっとも仕事のやりやすい人物像を導き出し、私たちの外見や年齢を決める。

だから、私の見た目が、彼女に嫌悪感を与えたとは思いにくかったが、やはり唐突にお金の話をしたのは怪しかっただろうか。

彼女が何かを言った。いえ結構です、だとか、もういいです、だとかそういった内容だとは把握できたが、あまりにも小さくこもる声だったので、よくは聞き取れなかった。

「待ってくれ」思わず、反射的に相手の腕をつかみそうになった。すぐに手を引っ込める。

手袋をするのを忘れていた。人間の身体に素手で触れてはいけないことになっている。触った途端に、人間は気絶してしまい何かと面倒が多く、だから緊急の事態を除いて、禁止されている。規則なのだ。違反した者には、一定期間の肉体労働と、学習カリキュラムの受講が強制される。

そんな些細《ささい》な規則違反は、人間が行う煙草のポイ捨てや信号無視と同じなのだから、いちいちうるさいことを言うべきではない、と私は感じるのだが、口には出さない。抵抗を感じようとも、守らねばならぬ規則には従うべきだとも思うからだ。

「そんなに高そうなスーツに汚れを付けて、そのままにはできない」私は言う。

「高そう、って上下で一万円ですよ」彼女がようやく聞き取れる声を発した。「嫌味ですか？」

「そんなに安くは見えないが」実際には、充分見える。「もしそうなら、なおさら良くない。お買い得のスーツはなかなか手に入らないだろ」

「いいですよ。こんな汚れ」彼女は暗い声を出す。「いまさら泥の一つや二つ付いたって、変わりませんから」

そうとも、君の人生は泥が付着した程度では変わらない。一週間後には亡くなってしまうのだし、と思ったが、口には出さなかった。

「いや、では、こうしよう。お詫びのかわりに、食事を奢《おご》らせてくれないか」

「は？」彼女は、いまだかつて耳にしたことのない台詞《せりふ》を聞いた、という顔になる。

「いいレストランがあるんだ。一人では入れそうもないから、付き合ってくれると助かる」

彼女が私を睨《にら》んだ。人間というのは実に疑り深い。自分だけ馬鹿を見ることを非常に恐れていて、そのくせ騙《だま》されやすく、ほとほと救いようがない。もちろん、救う気もないが。

「他の人たちは、どこに隠れてるんですか？」彼女が棘のある言い方をした。

「え？」

「どこかに隠れて、みんなで笑ってるんですよね。わたしを、そうやってナンパするようなことをして、反応を楽しんでるわけですよね」喋《しゃべ》る、というよりは、念仏を唱えている印象だ。

「ナンパ？」虚を衝かれた気分だった。

「わたし、見た目は冴えないですけど、でも、誰にも迷惑をかけてないんですから、構わないでください」

彼女が先へ行こうとする。その時、私は軽率にも彼女の肩を素手でつかんでいた。しまった、と思った時には遅く、彼女は顔だけでこちらを振り返り、そして、死神の姿でも見たかのように、いや実際には見ているのだが、とにかく血の気の引いた青褪《あおざ》めた顔になって、へなへなとその場に座り込んだ。

後悔をしても遅い。同僚に見られなかったことを祈るだけだ。ポケットから手袋を取り出し、それを両手につけると、地面にへたり込んだ彼女を抱えて、持ち上げた。

3

「本当に、悪ふざけじゃないんですか？」向かい合って座った彼女は、まだ半信半疑だった。声が聞き取りにくいので、私は耳を近づける。ロシア料理店のテーブルだった。気を失った彼女をどうにか起こし、まだ意識が朦朧《もうろう》としている隙をついて、なかば強引に店に連れてきたのだ。

「悪ふざけではない。お詫びをしたいだけで」

「そうですか」彼女は表情の強張りをなくし、かわりにじんわりと頰を赤らめた。

「さっきは突然、倒れたから、驚いた」まさか、私が素手で触ったからだよ、と説明するわけにもいかない。私たちが素手で触ると、人間の寿命は一年縮んでしまうのだが、だいたいが彼女は、かなりの確率で、近々亡くなることになっているので、問題はないはずだ。

「わたしも初めてです。身体だけは丈夫なはずなのに」

もっとはっきりと喋ればいいのに、と本心から感じた。暗い口調は、喋っている本人はもとより、聞いている相手もげんなりとさせる。

彼女は小さな声で「あの、名前は？」と訊ねてきた。

「千葉《ちば》というんだ」仕事で送り込まれてくる私たちには、決まった名前が付けられている。どれも町や市の名前で、姿や年齢は毎回変わるのに、それだけは変化しない。管理上の記号のようなものなのだろう。

「君の名前は？」

「藤木《ふじき》一恵《かずえ》」一つの恵み、と彼女は漢字を説明してくれた。「親は、何か一つでも才能に恵まれますように、って名づけたらしいんです。可笑《おか》しいですよね」

「可笑しい？」

「まさか一つも取り柄がない女に育つとは、思ってもいなかったんでしょう」それは同情を誘おうというよりは、ただ単に、自分の境遇を恨み、ふて腐れているようだった。

卵料理を口に含み、飲み込んだ後で、「わたし、醜いんです」とぽつりと言った。

「みにくい？」私は本当に、聞き間違えた。目を細め、顔を遠ざけて、「いや、見やすい」と答えた。「見にくくはない」

彼女がそこで噴き出す。はじめて、彼女の顔にライトが届いたかのように、一瞬ではあるが明るくなった。

「そういう意味じゃないです。ぱっとしないってことです」

「ああ」すぐに否定できなかった。ぱっとしない。まさにその通りだ。

彼女が年齢を訊いてきたので、「二十二歳」と答える。同い年に設定されているわけだ。

「その割には、落ち着いて見えますね」

「よく言われるんだ」これは事実だった。私は同僚からも、「落ち着いている」だとか、「冷たそう」だとか、そのように言われることが多い。無駄にはしゃぐのが好きではなく、喜怒哀楽を表現するのが得意ではないだけなのだが、傍目からは特殊に見えるらしい。

彼女は、自分の勤め先のことを話しはじめた。声は相変わらず聞き取りづらかったが、舌は滑らかになりはじめたようだ。打ち解けてきたというよりは、ハイペースで飲むビールのせいだろう。

大手電機メーカーの本社に勤めている、と言う。

「一流だ。すごいな」私は精一杯、羨《うらや》ましそうに言った。

「でも、苦情処理ですよ」彼女は眉間《みけん》に皺《しわ》をつくり、さらに可愛げのない顔になる。

「わたし、苦情処理の部署なんです。誰もやりたがらない仕事で」

「苦情処理？」

「お客さんからの電話を受けるんです。はじめは、別の問い合わせ窓口に繋がるんですけど、悪質な人のはわたしのところに電話が回されるんです。面倒臭い苦情主の専門というわけです」

「気が滅入りそうだ」

「ええ」彼女は肩を落とし、暗い顔でうなずく。「本当に滅入ります。文句を言ってくる人しかいないんですから。がみがみ怒鳴ってきたり、ねちねち嫌味を言ってきたり、脅してきたり。そういう人との応対ばかり。気が狂いそう」

それはちょうど良かった、と私は内心で手を叩きそうになる。「つらい毎日？」とさり気なく水を向ける。

「いいえ」彼女はそこで首を振った。「つらすぎる毎日」

「そんなに？」

「わたし、こう見えても、電話の時はとても明るい声を出してみせるんです。相手に悪いと思って。でも、どんどん責められると、もう気持ちが沈んで」

彼女の声は、濁った沼の表面で泡が破裂する音のような、じめじめとした小声なので、電話の時は明るい声を出す、と言われても想像ができなかった。

「最近は、特に、変なお客さんがいて」

「ほお」

「わざわざ、わたしを指名して、文句を言ってくるんですよ」

「指名？」

「苦情処理の部署には女性が五人いて、電話はその時々でランダムに繋がるんですけど、その人は、わたしの名前を出して、電話に出させるんです」

「ひどいな」ストーカー体質の苦情主というのは、たちが悪そうだ。

「ひどすぎです」彼女はうなだれて、生気のない目で私を眺め、力なく微笑むと、「死にたいくらいですよ」と言った。

声を上げそうになる。君の願いは叶う。

4

「仕事以外で、他に楽しみは？　休みの時だとか」

「休みの時？」彼女は、そんな愚問は聞いたことがない、と言いたげだった。「何もしてないです。家事だけ。後は、コインを投げたりもしますよ」

彼女は酔いはじめているらしい。呂律《ろれつ》が怪しくなり、瞼《まぶた》も重そうだ。

「コインを投げる?」

「表が出たら幸せになれる、そう思って、十円玉を投げてみるんですよ。手軽な占いです」と彼女は自嘲を通り越して、悟りを開いているかのようだった。「でも、だいたい裏ばっかり出るんですよ。で、今度は、裏が出たら幸せになる、って決めて、投げるんですけど」

「そうすると、表が出るわけだ」

「ええ」

「考えすぎじゃないか」

「五十パーセントの確率にも見放されるとなると、もう、生きる気力もなくなっちゃいますよね」彼女はぐいぐいとビールを飲み干した。「わたしなんて、いてもいなくても一緒なんだから、死んだって変わらないですよ」

「君が死んだら、悲しむ人がたくさんいる」私は、おざなりに言ってみる。

「一人はいます」身体を不安定に揺らしていた。「いつも、わたしを指名して、苦情を言ってくるオヤジです」そして、歯を見せて、高い声で笑う。「わたし、本当に死にたいですよ。いいことなしですから」

私たちが担当する相手は、促したわけでもないのに、「死の話」を口にすることが多い。それは、死への怯《おび》えであったり、憧憬《しょうけい》であったり、薀蓄《うんちく》であったりするのだが、とにかく鬱蒼《うっそう》とした藪《やぶ》の中から、さらなる暗黒を覗き込むような顔で、ぽつぽつと話をしてくる。

これは、私たちの正体を、人々が無意識に察するかららしい。研修の時にそう教わった。「死神は、人間に死の予感を与える」と。

実際、昔から、私たちの正体にうっすらと勘づく人間はいた。ある者は、「寒気が走る」と不安がり、ある者は、「近いうちに死ぬような気がする」と明確な死の予感を書き残す。私たちの存在を敏感に察知し、占いと称して相手に伝える者も時々いる。

「死にたい、なんて軽々しく言わないほうがいい」私は心にもないことを口にしてみる。

「毎日毎日、クレームの電話ばかり受けて、しかも、私生活にも明るいことがなかったら、もう生きてる理由なんてないですよ。私は、自分の人生について、クレームをつけたいですよ」気が利いているとも思えない台詞を、彼女は吐いた。

生きてる理由なんてもとからないんだ、と言いたくなるのを堪《こら》える。

「寿命っていうか、運命っていうか、そういうのってあるんですかねえ」彼女はどうやら、アルコールには強くない体質らしい。暗い顔が、さらにどんよりと沈んで見えてきた。情報部からのデータによれば、彼女は、男性とこのように向かい合って食事をした経験がほとんどないはずだ。だから、その緊張と高揚で、酒を飲むペースが早いのかもしれない。

隣のテーブルでは、仲の良さそうな男女が向かい合って食事をしている。女が、「お腹一杯でもう食べられない」と腹を撫《な》でながら、困惑と媚《こ》びの混じった表情で言うと、向かい側の男が、「いいよ、僕が食べてあげるよ」と張り切った声を出した。女が、「優しいね。ありがとう」と嬉しそうに礼を口にしたが、どうして食事を分け与えた側が喜んでいるのか、私には理解できなかった。

「寿命はあるさ」意識を藤木一恵に戻し、私は答える。「ただ、誰もが寿命で死ぬとは限らないんだろうが」

彼女はけたけたと笑った。「それ、変ですよ。死んだ時がその人の寿命でしょ。寿命の前に死ぬ、なんて言い方、変じゃないですか」

「みんなが寿命で死ぬのを待っていたら、大変だ」私は、本来であればそこまで話すべきではなかったかもしれないが、彼女がすでに酩酊《めいてい》しはじめているのが分かっていたので、つづけた。「バランスが崩れるんだ」

「バランスって何のです？」

「人口とか、環境とか、世界のバランスだ」と言いながらその実、私も詳細については知らない。

「でも、人は寿命で死ぬんでしょ」

「寿命の前に死ぬ場合もある。突発的な事故とか、思いもよらない事件とか、そういうのは寿命ではないんだ。火事とか地震とか溺死とか。そういうのは、寿命とは別に、後から決まる」

「誰が決めるんですか？」彼女の瞼が閉じはじめた。

「死神」と正直に答えてしまおうかと思ったけれど、その呼び名は蔑称だと思うので、「神様だろうな」と言い換えた。死神にも「神」という言葉はついているのだから、あながち外れでもないはずだ。

「うそ」彼女ははしゃぐ。「神様がいるなら、どうしてわたしを助けてくれないんですか」いくぶん大きくなった声は澄んでいて、私はおや、と思った。一瞬、とても美しい声に聞こえた。「でも、神様はどういう基準で、死ぬ人を決めるんですか？」

「それは俺も分からない」正直に答えた。実際のところ、どういう基準を持って、どういう方針に沿って、対象の人間を選び出しているのかは私にも分からない。部署が違う。私はその部署の指示に基づいて、仕事をするにすぎない。

「でも、そんなふうに勝手に決められて、不慮の事故とかに遭わされるのも堪《たま》らないですよね」

「だろうね」

「よく調べてから、決めてくれないと困りますよね」彼女は歌うような声を出すと、ばたんと音を立てて、テーブルの上に突っ伏した。

まさにその通りだ、と私は心の中で強くうなずいていた。だからこそ私は、あなたに会いに来たんだ、と。

調査を行い、「死」を実行するのに適しているかどうかを判断し、報告をする。それが私の仕事だ。

調査と言ってもたいそうなことではない。一週間前に相手に接触し、二、三度話を聞き、「可」もしくは「見送り」と書くだけでいい。しかも、その判断基準は個人の裁量に任せられているので、この調査制度は儀式的なものに近く、よほどのことがない限りは「可」の報告をすることになっている。

ああ、死んじゃいたい。頬をテーブルにくっつけた彼女が、寝言のように呟く。「明日にでも死んじゃいたい」

私たちが調査している間は、相手の人間が死ぬことはない。自殺や病死は死神の管轄外であるため、それがいつ起きるのか私たちにはまったく分からないのだが、それでも、調査期間に発生することはない。だから私は、「残念ながらまだ死ねないんだ」と彼女に対して、少し申し訳ない気持ちにもなる。

5

彼女をタクシーに乗せた後で、私は深夜のアーケード街を歩いた。仕事が順調に進みそうな手ごたえを感じていたからか、足取りは軽い。もともと私の仕事は気楽なものだった。人間の姿になることと、人間と会うことを厭《いと》わなければ、少しばかりの会話をし、報告書への記入を行えば、終わる。同僚との関わりもさほどなく、現場に出てしまえば個人の考えで行動できるのだから、私には向いていた。

　ＣＤショップに入る。深夜営業をしているＣＤショップは貴重なので、発見できるといつもほっとする。夜の十一時を過ぎている店内には、まばらではあっても、客がいた。するりするりと棚を通り過ぎ、試聴用の機械がならんでいる場所まで移動した。この仕事をやる上で、何が楽しみかと言えば、ミュージックを聴くことをおいて他にない。耳に当てたヘッドフォンから、曲が流れてくる感覚は新鮮で、ぞくぞくするような感動が味わえる。実に素晴らしい。私は人間の死には興味がないが、人間が死に絶えてミュージックがなくなってしまうことだけは、つらい。

　あ、と気がついた。すでに一人の中年男性が試聴機の前で、ヘッドフォンをしているのだが、それが同僚だったのだ。

　肩を叩く。陶酔するかのように、目を瞑《つむ》っていた男がはっと振り返った。ヘッドフォンを外し、「よお」と笑った。

「おまえの担当も、このあたりなのか？」私は訊ねる。

「ああ、今日で終わりだけどさ」

「報告が終わったのか？　それとも、見届けるのが？」

「見届けるのが」彼は肩を上げた。「酔った帰り道に、地下鉄のホームから落ちたよ」

　私たちは一週間の調査が終わると、担当部署に結果の報告を行う。その結果が「可」である場合、いや、大半は、「可」であるのだが、その翌日、つまり八日目に、「死」が実行される。私たちはその実行を見届けて、仕事を終了したことになるのだ。

ちなみに、自分の担当した人間がどのような形で死ぬのか、事前には知らされていない。調査期間の七日間で死因が発生することもなく、たとえば、六日目で負った怪我が悪化して八日目に死亡する、というケースもないため、見届けの時が来るまで、彼らの死に方については想像がつかない。

「戻る前に、最後の試聴か?」ヘッドフォンを指差す。

「まあな。次はいつか分からねえしよ」彼はそう言って、微笑んだ。

私たちの仲間は、仕事の合間に時間ができると、CDショップで試聴をしていることが多い。一心不乱にヘッドフォンを耳に当て、ちっとも立ち去ろうとしない客がいたら、おそらく私か、私の同僚だろう。以前、機会があって映画を観たのだが、そこでは、「天使は図書館に集まる」と描かれていた。なるほど、彼らは図書館なのか、と感心した。私たちはCDショップだ。

「このアルバム、最高だよ」彼はヘッドフォンを寄越してきた。耳に当てる。ロックともポップともつかないが、女性ボーカルが軽快に聴こえてきた。

これはいい、とヘッドフォンを返しながら、同意する。私たちは下手をすると、仕事の合間にミュージックを楽しむのではなくて、ミュージックを堪能する合間に仕事をするようなところがあるので、情報にも精通している。目の前の同僚は、少々自慢げな表情を浮かべると、「このアルバムは、プロデューサーに注目すべきなんだ」と喋りはじめた。そして、このプロデューサーがいかに天才かをとうとうと話した。

「でも、このミュージックがいいのは、歌っている女性の声やセンスがいいからだろ」

私は言い返した。「プロデューサーは関係ない」

「そうだ。歌は声だよ。このプロデューサーもそう言ってる。素質と才能だ。だからこそ、だ」

「だからこそ？」

「この歌声を発掘してきた、このプロデューサーがすごいんだ」

私は曖昧《あいまい》な返事をした。勝手な勘ぐりではあるが、彼は地道な仕事ばかりしている自分を、裏方仕事のプロデューサーと重ね合わせているのかもしれない。

「おまえは？」彼が、私に顎《あご》を向けた。

「今日から調査をはじめた。でも幸い、簡単そうだ」藤木一恵の顔を思い出す。

「簡単も何も、はじめから、『可』にするって決めてるんだろ。どうせ」

「俺は、少しは真面目に判断するつもりなんだ。できるだけ、情報を仕入れて、正しい判断を下したいと思ってるんだ」そういう性格なのだ。

「でも、結局、『可』なんだろ」

「まあな」実際、そうなのだから、認めざるを得ない。「でも、一応、真面目に取り組んでるつもりだ」

「一応、だろ？」

「そう、一応だ」私はうなずいて、隣にあるヘッドフォンを手に取ると、頭からそれをかぶり、再生ボタンを押した。じゃあな、と手を挙げて、同僚の男は店から出て行った。

ジャズでも、ロックでも、クラシックでも、どれであろうと、ミュージックは最高だ。聴いているだけで、私は幸せになる。たぶん、他の仲間も同じだろう。死神だからといって、髑髏《どくろ》の絵がジャケットに描かれたヘヴィメタルしか受け付けないというわけでは、決してない。

6

藤木一恵に再び会ったのは、二日後の夜で、やはり小雨が降っていた。職場のビルの前で待ち、自動ドアから出てきた彼女を見つけて跡を追った。横の車道を車が通り抜け、轍《わだち》に溜まった水を、潮騒のような音を立て弾いた。

前回よりも急ぎ足だったのか、私は追いつくのに苦労をした。かなり近づいたところで手袋をつけた手を伸ばし、彼女の右肩を叩く。びくっと彼女が振り返った。眠っている猫に湯をかけたら、こうなるのではないかと思えるくらい、敏感な反応で、私のほうがたじろいでしまった。

私の顔を見た彼女が、「ああ」と小さな声を発し、安堵《あんど》の色を浮かべた。どうやら、私に怯えていたわけではないらしい。

「実は」私は、ポケットからハンカチを取り出した。「これを返したくて」

「え、それ、わたしの」

「そう。この間、俺がビールをこぼした時に貸してくれただろ」

「そ、そうでしたっけ」彼女は暗い顔で、首をひねっている。嘘だった。実際には、タクシーに乗せた時に私が、彼女のポケットから抜き取ったのだ。

「この間は、どうもありがとうございました。わたしよく覚えてなくて」彼女はしどろもどろになりながら頭を下げた。

「どうだろう、ちょっとまた話ができないか」

彼女はきょろきょろとあたりを窺った。人目を気にしている、というよりは、警戒をしているようだったので、「まずいかな?」と遠慮をしてみる。

「い、いえ」彼女は首を振る。「あの、実は、近くにいるかもしれないので」

「誰が?」

「前に言ったかもしれませんが、クレームの電話をくれるお客さんです」

「君をご指名で、苦情を言ってくる人か?」

「ええ」彼女の声はか細かった。「今日も電話があったんですけど、会いたい、とか言われて」

「それは怖い」

「近くにいるかと思って」

というわけで私は、即座にタクシーをつかまえ、隣の街まで移動した。何て強引な、と彼女が拒絶してくるかとも思ったが、さいわいそういうことはなかった。見知らぬ喫茶店に入ると、彼女はむしろ安心した様子になり、「ここなら、きっと大丈夫ですよね」と肩から力を抜いた。

「そのクレーマーは気味が悪いな」私は、彼女に話を合わす。ぜひとも喋ってもらいたい、というほどではなかったが、彼女がどれくらいつらい毎日を送っているかが分かれば、それはそれで報告書を書く判断基準にはなるし、何よりも、こうやって相手の悩みを聞きだすと、仕事をしている、という充実感を得ることができる。

「はじめは、ビデオデッキの取り出しボタンが壊れた、という苦情だったんです」

「もう少し、大きな声で喋ればいいのに」私は意識する前に口に出していた。

「え?」

「小声で喋ってると暗い感じがする」そうでなくても彼女は暗い空気をまとっているので、口調くらいは明るくすべきだと思われた。

「仕事の時は、無理して、明るい声を出してるんですけど」

だろうな、とは思った。こんな声で話していたら、苦情主はさらなるクレームを重ねかねない。

「わたしのところに回されるお客さんというのは、些細なことで言いがかりをつけているような人ばかりですから、じっくり話を聞いてあげて、ひたすらに謝るだけなんですよ。申し訳ありません申し訳ありません、の繰り返し」

「想像しただけで、憂鬱《ゆううつ》になりそうだ」

「最初はその人もそうだったんですけど、途中で変な感じになったんですよ。急に、『もう一度謝れ』とか言うんです」

「もう一度？」

「『もう一度、謝れ』って。当然、わたしは謝るんですけど、それを繰り返すんですよ。何度も何度も。もう一度って。最後のほうは、何か喋れ、って、怒ったりして」

「女性に謝られると、性的に興奮するタイプなのかもしれない」根拠があったわけではないが、人間の性的な嗜好の多様性については私もよく驚かされるので、ない話ではないと思った。

彼女は、「性的」という単語に顔を赤らめた。「で、その日は終わったんですけど、翌日、また電話が来たんです。今度はテレビでした」

「テレビ？」

「画面がどんどん狭くなってきて、突然、切れるって言うんです。もちろん、うちから修理に出向くって伝えるんですが、それはいいから原因を説明しろ、って言うわけです」

「故障の原因を？」

「わたしが分かるわけないじゃないですか」

「君はそういう役割ではない」

「苦情処理ですから。そのテレビを見たわけでもないですし。それなのに、何でもいいから話せ、と言うんです。もっと大きな声で、もっとはっきりと、って」

「きっと、話の内容なんて何でもいいのかもしれない。君と喋りたいだけで」と言ってみせると、彼女はひどく嫌そうな顔になった。

「次はラジカセでした」

「ミュージック！」思わず、声を上げてしまった。自分で恥ずかしくなる。「ラジカセが壊れたのか？」と取り繕《つくろ》うようにつづけた。

「それもきっと嘘ですよ」彼女が顔をゆがめる。「CDが取り出せなくなったとか言って、その曲を歌って聞かせるんですよ」

「怪しいな」

「ですよね。で、おまえはこの歌を知ってるか？　歌ってみろ、とかずっと言ってくるんです」

「修理が必要なのは、その客の頭だ。悪質だな。そして、ついに、『会いたい』とか言ってきたわけか」

「そうなんです」彼女は力のない弱々しい声を出すと、下を向いた。「DVDプレイヤーの故障について、くどくど文句をつけてきた後、どこかで会えないかと言ってきて」

「もしかすると、君を気に入ったのかも」

「わたしを？」彼女はそのことについては予想もしていなかったらしく、驚いた。

「君の応対に惚れ惚れしたのかもしれない」もしそうだとすると、彼女は死にたくはなくなるだろうか。

「そんなこと」彼女は動揺し、それから少し嬉しそうな素振りも見せたが、すぐに気がつく。「そんな変な人に気に入られても、嬉しくないです」

「だろうね」変質者に近い苦情主が、彼女を幸せにするとは思えなかったし、暗い女性とクレーマーのカップルの未来が明るいとも、考えにくかった。

彼女はしばらく黙っていた。何か話すべきだろうか、と思い悩みながら窓の外を見ると、顔をしかめた通行人が傘を差して歩いているのが目に入った。外の歩道にはところどころに水溜まりができていて、地面の凹凸《おうとつ》を浮き彫りにしている。

「最近、雨が多いですね」

「俺が、仕事をするといつも降るんだ」私は打ち明ける。

「雨男なんですね」と彼女は微笑んだが、私には何が愉快なのか分からなかった。けれどそこで、長年の疑問が頭に浮かんだ。「雪男というのもそれか」

「え？」

「何かするたびに、天気が雪になる男のことか？」

彼女はまた噴き出して、「可笑しいですね、それ」と手を叩いた。

不愉快になる。真剣な発言をユーモアだと誤解されるのは、不本意だった。だいたいが、どのあたりが可笑しいのか、自分が理解していないものだから、次の会話に生かすこともできない。私はこういう体験が非常に多く、そのたび不快になる。

しばらく経って彼女が、「わたしの人生っていったい何でしょう」と声を洩らした。我慢していたものが、吹き零《こぼ》れてきたかのようで、私はどきりとする。彼女の目に、縋《すが》ってくるような色が浮かんでいた。落ち込んだ穴から這《は》い上がれない女性が、地上を見上げて、「ロープが落ちてこないかしら」と、媚びと催促のないまぜになった声を発するのと似ていた。

彼女はもしかすると、私に助けを求めているのかもしれない、と思った。いいことなしで低空飛行の人生から自分を掬《すく》い上げてくれるのは、目の前のこの男に違いない、と期待しているように見えたのだ。そういえば、今回の私は、なかなかに魅力的な外見をしている。これは喜ばしいことではない。残念ながら、役には立てないし、私の仕事の範疇《はんちゅう》からは外れている。同僚の中には、どうせ来週には死んでしまう相手なのだから、せめてその短い間だけでも幸せな思いをさせてあげたい、といろいろな演出をする者もいるが、私にはそういう趣味はなかった。これから切ろうとしている髪の毛に、「せっかくだから」と装飾をほどこすのと同じだ。いずれ、切られることに変わりはないのだから、何をしようと意味がない。床屋が髪の毛を救わないように、私は彼女を救わない。

7

それから四日間、私はほとんど仕事と呼べるような活動はしなかった。いや、監査部から電話があるまでは藤木一恵に接触していなかったので、正確には、「ほとんど」ではなくて、「まったく」だ。

この四日というもの、私は街中のCDショップを渡り歩き、店員から訝しげに睨まれるまで試聴機の前でミュージックを堪能し、深夜の公園をうろつき、群れをなしてサラリーマンを襲う若者たちを見物し、書店で音楽雑誌をひと通り読み尽くしていた。

雑誌には、先日同僚が熱をもって語っていた、「天才」プロデューサーのインタビューが掲載されていた。私は、彼の名前は知らなかったが、彼が制作したと紹介されているCDは何枚か聴いたことがあった。そのいずれもが傑作だった記憶があり、なるほど天才なのだな、と認めることにした。音楽に関することになると私は、ほとほと人間に優しい。

その彼の言葉の中に、「死」という文字があって、目を惹く。「俺は死ぬ前に、真の新しい才能に出会えるのを待っている」とあった。彼のゆるぎない自信というか、確固たる信念というか、そのバイタリティが羨ましいと、感じた。私は仕事を辞める予定こそないが、それでも、このプロデューサーから滲《にじ》み出てくる熱のようなものは持ち合わせていない。そうか、と思った。私に欠けているのは、仕事への情熱だ。

監査部からの電話が鳴った時、私は試聴機のボタンを押したところだったので、慌てて、店の外に出た。

「どうだ」と訊ねてきた。彼らは、抜き打ち検査を行うがごとく、不定期に、私たちに連絡を入れ、仕事振りをチェックしてくる。

「やっている」と曖昧に答える。我ながら、熱気もやる気もこもっていない返事だ。

「報告ができるなら、早めにな」お決まりの台詞が返ってくる。

「ぎりぎりまでかかるかも」これもいつもと同じ答えだ。もちろん嘘に決まっている。報告書など今すぐに提出しても良かった。藤木一恵に限らず、どんな場合であっても、「可」と書いて、提出すれば済む。けれど、私たち調査部の者はそうしないことが多い。期間ぎりぎりまで、人間の姿で街を歩くのだ。なぜか。ミュージックを時間一杯楽しむためだ。

「おおよそ、どんな感じだ?」相手は最後にそう訊ねた。

「たぶん、『可』だろうな」

こういうやり取りは、恒例行事というか、儀礼的というか、単なる手続きのようなものとなりつつある。電話を切った後、そろそろ藤木一恵に会いにいくべきかな、と考えた。


彼女は相変わらず、決まった時間に会社から出てきた。気のせいか、前回よりも肩をすぼめているようで、それこそ死を間近に控えた者に相応《ふさわ》しい空気を発している。

小雨が降る中、傘を差し、小走りに進んでいく。いつものように地下鉄駅に向かうのだろうと追ったのだが、予想に反し、彼女は地下鉄入り口を通り過ぎた。交差点を横断していった。

有名ブランド品の販売店が並ぶ並木道を進み、猥雑なエリアにどんどん入っていく。屋根のある歩行者専用の場所で、人通りが多い。ゲームセンターや、ファストフードの店が立ち並び、騒音まがいのけたたましい音が、空気を汚していた。

彼女はそこで立ち止まった。道の真ん中に設置されている、小さな噴水の近くのベンチに腰を降ろした。

顔を下に向け、胸には女性ファッション誌を抱えているが、読む気配はない。待ち合わせだろうか、と見当をつける。あの雑誌は見知らぬ相手と合流するための目印に思えた。

藤木一恵に、待ち合わせをする相手がいるとは予想外だった。誰なのか。友人や知人であるのならば、あれほどびくつく必要はないだろう。もしかすると、とそこで思いつく。例のクレーマーかもしれない。彼女はさっぱり好転しない自分の日常に嫌気が差し、それを挽回《ばんかい》するための可能性がわずかでもあるのなら、それに賭けてみようと思ったのではないだろうか。いや、たとえ好転はしなくとも、変化のまったくない日々に比べれば、どんなにつらい出来事でも起こらないよりはマシだ、と決断したのかもしれない。で、変質者としか思えないクレーマーと会うことにした。充分、ありえる。

そう思っていると、一人の中年男が大股で、彼女の座っているベンチに近づいた。年齢は四十代の前半だろう。肩までの髪にパーマをかけ、色の付いた眼鏡をかけている。

中肉中背の、黒ずくめの服装で、これは堅気の商売をしている人間ではないな、と察しがつく。通行人の邪魔にならないよう、私はビルの壁に寄って、様子を窺った。

男が、藤木一恵に声をかけた。彼女は怯えた顔で男を見たが、その瞬間、その顔には落胆の表情がはっきりと浮かんだ。

中年男性はどう贔屓目《ひいきめ》に見ても、美男には分類できなかった。しかも、女性を幸せにするほどの財産を持っているようにも見えない。常識外れのクレーマーという欠陥を補うほどの魅力はない、というわけだ。彼女も一目見た瞬間に、そのことを察したのだろう。

男のほうも彼女を見て、がっかりするのではないか、と私は思っていたのだけれど当てが外れた。男性は、彼女と目が合った時に、「なるほど」と声を上げるような雰囲気はあったものの、幻滅をあからさまに見せることはなかった。

男は、彼女に話し掛け、街の奥へ誘導していこうとする。彼女はかなりの間、ためらっていたが、それでも最終的には男と並んで歩きはじめた。

これはどう転んでも、幸せな展開は望めないな、と私はすでに見切りをつけはじめる。

ああやって世間知らずの女性が、不意に現われた男によって、別の日常に連れて行かれるのを、私は幾度も目撃したことがある。風俗産業に就き、あまりの過酷な労働に身体を壊した女性もいれば、借金ばかりをつくり、財産を失った者もいる。私はあまり人間の悲劇については関心を持っていないので、同情することも哀れむこともないのだが、とにかく藤木一恵もそういう道に引き摺《ず》られていくのだとは想像できた。

彼女たちの後ろにつづき、脇道に入る。すると二十メートルほど離れた場所で、男が、藤木一恵を無理やりに引っ張っている光景が目に入った。

男が手を引っ張る先は、カラオケ店だった。派手な電飾をつけたビルに、「カラオケ」という文字が設置されている。

私はカラオケというものがあまり好きではない。ミュージックの試聴が無類に好きであるにもかかわらず、だ。何度か仕事の一環として、カラオケ店に入ったことはあるが、あまりの不快感に逃げ出したくなった。理由は分からないが、私の考えではたぶん、ミュージックとカラオケの間には越えがたい深い溝があるのではないだろうか。どちらが優れているという問題ではなくて、私はその溝のこちら側しか楽しむことができず、向こう側には近寄らないほうがいい、きっとそういうことなのだろう。

男が、彼女を店に連れて行こうとする理由は推測できた。ああいう店は、中に入ってしまえば個室が用意されているし、歌を歌うことは文字通り、「肉声」を聞かせ合うことでもあるので、お互いの距離を近づけるのには、適しているのだろう。もちろん、部屋に入ったとたんに、彼女に襲い掛かる心づもりなのかもしれないし、単に自分がストレスを発散させたいだけなのかもしれないが、いずれにしろ、珍しいことではない。

彼女はかなり嫌がっていた。腰を引き、しゃがみ込む寸前というところだ。傘を落としそうでもあった。

これ以上は、私が関わることではないように思われた。男女のトラブルを解決するのは、私の仕事ではない。引き返そうかと背を向けたのだが、ちょうどその時に声が飛んできた。「千葉さん！　助けてください！」

はっきりとした輪郭を持った、大きな声だった。トランペットが深い響きを発するかのように、藤木一恵は名前を呼んでいた。私の名だ、と気づくのに時間がかかってしまった。

8

私はまさに偶然、居合わせたという態度で、「どうしたんだい」と近づくことにした。彼女の隣に立つ男性は、私の正体を訝しんでいる。上から下までじろじろと眺めてきた。

「千葉さん、助けてください」彼女が腰を上げて、私の腕をつかもうとした。私は手袋をしていなかったので、それをよける。

「何があったんだ？」半ば事情が分かっていることを、素知らぬフリをして訊ねるのも面倒臭い。

「この人が、あの、前に言った」と彼女が途切れ途切れに言ってくるので、私は察しのいいところを見せた。「電話の男性？」

「そうです」

「君は誰だね」男は、遠くから見た時よりは、常識のあるタイプに見えた。ただし、折り目正しい会社員という風貌ではない。眼光が鋭くて、睨まれるとこちらの居心地が悪くなる。黒いジャケットの肩口が雨で濡れているが、彼はあまり気にかけていないようだった。

「ただの知り合いだ」私が言うと、藤木一恵が悲しそうな目になり、視線を逸《そ》らす。

「おたくは？」と訊いてみる。

「私は、彼女に用事があって」彼は正直に事情を話すつもりがないのか、言いよどんだ。

その時、藤木一恵が勢い良く、走り出した。しおれた植物のように立っていた彼女は動く気配もなかったのに、突如として逃げたのだ。「あ」と声を上げたのは、私ではなくて、男性のほうだった。

フォームはひどいものだったが、必死さの伝わってくる駆け方だった。手をがむしゃらに振り、頭を傾けて、バッグを落としそうになりながらも走っていく。「千葉さん、すみません、また」とずいぶん遠くで、叫ぶのが聞こえた。彼女の大声はアーケード街に反響し、とてもいい音になった。

「邪魔をするな」男が、私に詰め寄ってくる。たぶん彼は自分で意識している以上に、興奮していたのだろう、前のめりになってこちらへ飛びかかってくる迫力があった。怖いな、と思った瞬間、彼はバランスを崩し、倒れかかってきた。

舌打ちが出る。私は、彼を抱え込む恰好で地面に転がっていた。尻の下はマンホールの蓋で、その表面には雨が溜まっていた。私の穿いていたパンツにそれが沁《し》み、冷たさが肌に伝わる。気づいた時には、素手で相手に触っていた。

人間というのはどうしてこうも、好き好んで問題を起こすのだろうか。うんざりしかけた瞬間、彼の横顔を見て、はっとした。

9

男は起き上がると周囲を見渡し、自分のいる場所が路上であると察すると、恥ずかしそうに立ち上がった。ゆっくりと歩き出す。自動販売機の後ろに姿を隠していた私は、男を追跡する。どういうわけか今回は、尾行ばかりだ。藤木一恵ではなく、この男のことをつける気になったのは、ごく個人的な関心のためだった。つまり、仕事のためではなかった。

私はその男を知っていた。

そう言ってしまうとまるで、男と知り合いであるかのような誤解を招いてしまうかもしれないので正確に説明をすれば、私はその男の写真を見たことがある。

つい最近、立ち読みをした音楽雑誌に載っていたのだ。同僚が教えてくれた、あの、「天才」プロデューサーだ。彼は腰をさすりながら、よたよたと裏通りへ向かっていく。

その途中で、携帯電話を取り出した。

好都合だ、と私は自分の幸運を感じながら、目を凝らし、耳を澄ます。私たちは、電波に乗った音声ならば、離れた場所でも聞き取ることができる。無数に飛び交う電波の中から目的のものを選び出すのは、面倒ではあるが、不可能ではない。発信する場所とタイミングが分かっているのならば、比較的、容易だ。彼は電話を耳に当て、雑居ビルまで小走りで移動し、階段のところに入った。男の電話が呼び出し音を発しているのをつかまえる。

ほどなく、「はい」と女の声がした。

「俺だ」と彼が無愛想に言うのが聞こえる。名乗ろうとしないのは、よほど親しい仲なのか、それとも電話番号で伝わるために省いているだけなのか、私には分からない。

「どう？」

「もう少し待ってくれ」と彼は言う。

「うまくいかなかったの？　もう待てないんだけど」

「そんなことを言うなって。ただ、本物には間違いない。さっき聞いたんだ。あの声は本物だ」男の声には熱がこもっていて、それは私が音楽雑誌の活字から感じ取ったのと同じ種類のものだった。「ただ、彼女に説明ができていない」

「本物の声、なんてあるわけ？」

「ある。歌ってのは才能で、それはつまり、声の魅力だ」

「いくら声が良くても、音痴かもしれないじゃない」

「カラオケで歌ってもらおうとしたんだが、誤解された」

「そんなんで大丈夫なの」

「俺の直感を信じろって」

「何で、順を追って、その子に説明しないわけ？　怪しまれるだけでしょう」

「俺が音楽プロデューサーだと分かって、で、スカウトしたがっているなんて分かったら、たいていの奴はよけいな期待と緊張ばっかりになって、素直に歌えなくなる」

「考えすぎでしょ」女はどうやら、彼と同じ業界で働く古い友人か何かなのかもしれない。

「本当にいい声だったんだ」

「キャスリン・フェリアって知ってる？」女が質問をした。

「誰だ？」男が声に出し、訊ねた。

「誰だ？」私は頭の中で、訊ねた。

「オペラ歌手よ。電話交換手をやっていてね、たまたま、かけた人にその声を見出されて、結果的に大歌手になったの。まあ、後から作られた逸話かもしれないけど、でも、あなたがやってるのも同じことでしょ。偶然かけた電話で応対してくれた、苦情処理係の女の声に惚れた」

「そうだ」

「馬鹿馬鹿しくはない？　しかも、何度も苦情の電話をしたんでしょ」

「確信を得るためにな。聞けば聞くほど、あの子の声はいい」

「ルックスは？」

「ぱっとしない」と男は即答してから、自分で噴き出した。余裕のある温かい笑い声だ。「大丈夫だ。才能が発揮されていない者にありがちなことなんだ。才能が発揮されれば、皮が剝がれるように、外にも魅力が出てくる。そういうものだ」

「まあ、いいけど」女は期待をしているのか、していないのか分からない声で、「あと三日だけ待つから、連絡して」と言った。

電話が切れた。男は携帯電話をポケットに戻すと、足を引き摺りながら、それでも行き先を把握している者に相応しく、背筋を伸ばして進み、細い道に入る。屋根がなくなったので彼は傘を軽快に開いた。

私はそれ以上、彼を追わなかった。そのかわりに立ち止まり、何が起きているのかを考えることにした。

あのプロデューサーは、電機メーカーの苦情処理担当者、藤木一恵の声に惹かれた。どうやら、そのようだ。苦情の電話で、「歌ってみろ」と迫った、と確か藤木一恵は言っていたが、それも、そのためだろうか？　無茶苦茶なやり方だ。けれど、不快なやり方とも思わない。そもそも人間はたいがい無茶苦茶だ。

さて、とそこで私は空を見上げ考えてしまった。

彼女はいったいどうなるのだろう。本当に歌の才能があるのだろうか？　プロデューサーがいくら惚れ込んだところで、彼女に歌の能力があるとは限らない。仮に才能があったとしても、成功するとは限らないのが、人間の世界の常に違いない。それに果たして、そんなことで彼女の人生が幸せになるのかどうか、私には判断できなかった。

どうすべきだろうか、と自問する。このまま私が、「可」の報告を出せば、藤木一恵は明日、この世から去ることになる。どういう事故や事件が用意されているのか知らないが、死ぬことには間違いない。

私は、人間の死に興味はない。仕事だという理由で関わっているに過ぎず、担当している相手の人生がどのような形で終わろうと、あまり気にはならない。

ただ、もし万が一、あのプロデューサーの直感が正しくて、さらに万が一、彼女が優れた歌手となることに成功したとして、さらにさらに、私がいつか訪れたＣＤショップの試聴機で彼女の曲を聴くときが来たら、それはそれで愉快かもしれないな、とは思った。

気づくと、雨脚が強くなってきたのか、地面に跳ね返る雫が音を立てはじめた。まるで、わたしの結論を、急かすかのようだ。

藤木一恵の顔を思い浮かべてから、「よし」と思い決める。

ポケットから財布を取り出して、そこから十円玉を取り出す。迷わずに、それを指で弾いた。落ちてくる硬貨を手の甲で受け止めた。雨で湿った手の上に、硬貨が載っている。

裏か表か。それで決めようと思った。「可」にすべきか、「見送り」にすべきか。彼女は明日死ぬのか、それとも寿命まで生きるのか。どちらにせよ、私にとっては大した違いはないのだし、コイントスで充分にも思えた。

硬貨を見る。表だった。あれ、と私は首を傾げる。表の場合は、「可」にするつもりだったのか、「見送り」にするつもりだったのか、忘れてしまった。雨がさらに勢いを増してきた。それに小突かれるような気持ちで、もういいか、と決めた。いいか、「見送り」で。

死神と藤田

1

「おまえが千葉かよ」私の前に現われた若者は充血した目を剝き、唾を飛ばした。「ちょっと来いよ、おっさん」

それが礼儀正しい言葉でないことくらい、私にも分かる。今回の私は、五色の模様が入った派手なセーターを着て、その上から茶色の革のジャンパーを羽織っていた。若者はそのセーターの首まわりをぐいぐいと引っ張ってくる。降り止まない小雨で、路上には水溜まりができていたらしく、私はそれを踏んだ。足元で、地面が舌なめずりをするかのような音が鳴る。

繁華街につづく細道を歩いているところだった。横道から若者が出てきた。居酒屋やカラオケ店が並ぶ、けばけばしいネオンサインばかりの道だったが、平日のせいか、しぶとい雨のせいか、もしくは一向に良くならない景気のためなのか、まだ夜の十時であるのに人通りはほとんどない。

「おまえ、栗木《くりき》の居場所を知ってるんだってな」若者の茶色と黒の二色になった髪が、濡れてぺしゃんこになっていた。かなり長い間、私を待っていたのだろう。

私が曖昧な返事しかしないものだから若者は、「俺に会ったのが運の尽きだからよ」と唾を吐いた。雨が跳ねるのに紛れて、彼の唾も水溜まりに落ちた。

「運の尽き?」

「おっさんくらいの年齢だと、年貢の納め時、とか言うんじゃねえの」

おっさん、と呼ばれて私は、今回の自分が、「四十代の中年男」だということを思い出す。柄の良くない、四十代男性、だ。「おい」疑問に感じたので訊ねた。

「何だよ」

「年貢制度は今もあるのか?」かなり昔にそういう制度を耳にした覚えはあったが、最近ではあまり聞かない。すると若者は侮辱されたかのように顔を赤らめた。「馬鹿にしてんのか」と来た。

どうやら、「年貢の納め時」とは、比喩やレトリックらしい。

彼は身体を捻り、私の左顎めがけ、右拳を振ってきた。拳の動きははっきりと見えた。若者の動きはさほど迅速ではなかったので簡単に避けられたが、そうはしなかった。私は殴られる。痛みはないが痛いふりをする。脇の車道を車が通った。ヘッドライトが霧雨をくっきりと浮かび上がらせる。

「栗木の居場所を教えろよ」若者は、喧嘩の王様になったかのような態度だった。「藤田《ふじた》に会わせろ。そうしたら、教えてやる」私はそう答えた。そういう段取りになっていたからだ。

「おまえ、殴られておいて、なんでそんなに偉そうなわけ？」若者はすかさずもう一度、私を殴った。

「藤田に会うまでは、話さない」私が平然と言うと、若者は周囲の様子を窺いはじめた。敵に見つかるのを恐れているのかもしれない。

結局、若者の運転するセダンに乗せられることになった。私はもとからそのつもりだったので慌てることはなかったが、若者のほうが浮き足立っていた。鼻息荒く、「早く乗れよ」と私を後部座席に押し込み、大慌《おおあわ》てでドアを閉めた。

黒色のセダンを発進させ、ワイパーを忙《せわ》しなく動かすと、若者は携帯電話を取り出した。ハンドルを片手でつかみながら喋りはじめる。藤田本人と話をしているのだろう。

「いいんですか？　ええ、はい。じゃあ、連れて行きます」と若者が返事をした。

2

今回、私が担当するのは、藤田という中年の男だった。事前に渡された情報によれば、やくざ、ということらしい。

ずいぶん昔に私は、「やくざ、というのはどういう種類の人間を指すんだ？」と上司に訊ねたことがある。「どういう職業なんだ？」と。実は、私たちは比較的、やくざと呼ばれる人間と遭遇する機会が多い。たぶん、一般の人間よりも彼らが、「死」と近い関係にあるからなのだろう。ただ、その割に私は、彼らの本質については、つまりは、「やくざの実体」についてはは知っておらず、だから質問をした。案の定と言うべきか、上司の回答は不親切で投げやりだった。「そんなことを知らなくても、仕事はできる」

確かにその通りだ。仕事に支障はない。

私の仕事は、七日間、藤田を観察し、話を聞き、その結果、彼が死ぬべきかどうかを報告するだけだ。極端な話で言えば、藤田に会わずに、報告することもできた。報告を「可」としておけば問題がない。私の同僚の中には、ろくろく調査せずに報告をする者も多い。

ただ、私は真面目に仕事をこなすタイプだった。律儀と言うか、こだわりを持っていて、やるべきことはやる。だから、面倒臭い手続きを踏んでも、藤田に会いに行く。そういうわけだ。

3

辿り着いたのは、築二十年以上と思われるマンションだった。白かったはずの外壁は、煤《すす》を塗られたかのように暗くなっている。乗車していたのは十五分ほどだったから、さほど都心から離れているわけではないだろう。

八階建てで、階段や通路には綿埃が溜まっている。非常階段は錆びているし、エレベーターは黴臭《かびくさ》かった。通路の蛍光灯も古いのか、あちらこちらで点滅を繰り返している。隠れる場所としては適切だった。町の住人のほうが、必死で隠したくなるような汚い建物だからだ。

2LDKの部屋に、若者に引っ張られるままに上がった。板張りの床は清潔に見えたが、室内全体は明るくない。部屋には、一人用のソファが不規則に四つ置かれているだけで、がらんとしている。窓を眺める向きのソファに、座らされた。

周囲を見る。窓際の小さな棚の上に水槽が置かれていた。蜜柑色をした金魚が、二匹泳いでいる。陰鬱なマンションに、それだけが不釣合いの明るい色だ。台所の角の冷蔵庫から発せられる低い音が床を這って、伝わってくる。

私と向かい合う形で、すでにソファに腰かけている男がいた。

それが藤田だとすぐに分かった。

事前に教わっていた通りの外見であったし、何よりも、その冷たいとも言える無表情は、想像していたイメージと一致した。四十五歳と聞いていたが、角刈りに近い短髪には白髪も見えず、若く感じられる。太い眉と、深い眉根が力強く、顎が細く贅肉がないために鋭敏さと精悍《せいかん》さが滲んでいる。肩幅が広く、背は高い。ずっしりと重みのある、けれど尖《とが》った鏃《やじり》、そんな印象だ。

「あんたが千葉さんか」藤田は口を開く。

「そうだ」と私が答えると即座に、若者が近寄ってきた。「偉そうな口、利くんじゃねえよ」と肩を上からつかむ。

「阿久津《あくつ》」藤田はその若者の名前を呼んで、たしなめた。ソファから立ち上がり、ゆったりと歩み寄る。「あんた、栗木の居場所を知ってるのか?」

「ああ」もったいつける必要もない。「知っている」

栗木という男は、藤田とは別の組に属するやくざだった。話によれば、組を統率する立場らしい。人を殺して刑務所に入ったことがある、ベテランのやくざだ。

「栗木はどこだよ、おっさん」とヒステリックに喚《わめ》く阿久津とは対照的に、藤田は静かなもので、「教えてくれ」と言うだけだった。目の下の隈のせいか、彼の眼球は、樹木の幹にできた穴のようだった。

「俺がどうして栗木を探しているのか、知ってるのか?」藤田はその穴で、こちらを見つめる。

「さあ。あんたが栗木を探しているのは知っている。ただ、その理由までは知らない」

本当だった。私たちは、仕事で派遣されてくる前に自分の調査すべき相手、今回で言えば藤田の情報を教えられるが、それは大まかなガイドラインに過ぎない。詳細までは伝えられないのだ。派遣後に状況が変わることが多々あるし、人間の思惑や考え方は常に変化するので、細かいことは気にせず柔軟に対応したほうがスムーズだろう、と情報部は主張するが、結局のところ彼らが怠慢なだけではないか、と私は睨んでいる。

「栗木を殺す」藤田は力を込めるわけでもなく、言った。

「なるほど」さほど意外でもなかったので、私は感心や驚嘆の色を浮かべなかった。

「どうして殺すのか、訊ねなくていいのか？」

「俺には関係がない」私は答えた。

「兄貴を殺されたからだ」

「兄？」情報によれば、藤田には兄弟がいないはずだった。

「俺の兄貴分が、栗木に殺された」

「ああ」そっちのほうの兄貴か。

しばらくすると藤田が、「千葉さん、あんた、何者なんだ？」と訝しそうに眉をひそめた。「栗木のところの奴ではなさそうだしな。阿久津、そうだろ？」

「こんな顔の奴は知らないです」阿久津はどうやら、栗木の組の構成員を全員把握しているらしく、どこか誇らしげだった。

私は説明する。「俺は、栗木の居場所を知ってる。あんたは、栗木を探している。だから、あんたは俺に用がある。そうだろ？　俺がどういう人間かなんて、重要じゃない」そもそも私は人間でもないのだから、と内心で付け足す。「違うか？」

阿久津が何か怒鳴ったが、藤田はそれを遮った。「阿久津、おまえは風呂でも入ってこい。頭、びしょびしょで、見てる俺のほうが風邪をひく」とバスルームを指差す。阿久津は反論もせず、開いた聖書の文言に従うかのように、うやうやしく後ろへ下がった。

「あんたの言う通りだ。あんたが何者かなんて重要じゃない。確かに、その通りだよ」

「だろ」

「千葉さん、あんた、面白いな」

「面白くはない」まただ。一生懸命に仕事をしているにもかかわらず、「面白い」などと言われるのは、心外なのだ。

「連れてこられたってのに、全然、怯えていねえ」

「いや、怯えているよ」

「もしかしたら、あんたはここで、俺に始末されるかもしれねえだろ？　命は取られなくても、骨くらいは折られるかもしれねえ。それなのに、平気な顔をしてる。あんた、この部屋に入ってきた時も、壁から窓から、全部、じっくり眺めていた。怯えている奴はそんなに落ち着いていない。阿久津が大声出しても、聞いちゃいない」

藤田が、私のことをそこまで冷静に観察しているとは思わなかったので少し驚いた。ほお、と小声で言ってしまう。

「藤田さん」横から阿久津が声を出した。見れば、彼はすっかり裸になっていて、股間を隠すこともなく、バスルームへと歩いていくところだった。背中には、深い緑色をした蛇のような竜のような絵が彫られている。「そいつ、口だけですよ。俺が殴ったら、すぐぶっ倒れましたから。口先だけっすよ」と通り過ぎていった。

「阿久津にわざと殴られたんだろ?」藤田が口を近づけた。「あんた、あいつに負けるような奴には見えねえぞ」

「あいつは喧嘩の王様だ」私は軽く肩をすくめる。殴られた頬が痛くて、喋ることもままならない。という演技をした。

藤田が唇をゆがめた。「千葉さん、あんたはいったい、何が望みなんだ」

「栗木の居場所を教えてやるから」私は静かに話す。「そのかわり、しばらく、俺をここに匿《かくま》ってくれないか?」そうすれば、調査もしやすい。「ここは安全のようだ」

「好きにしろよ」藤田は即答した。思慮が浅くて考えなしに返事をした、と言うよりは、彼には彼なりの思惑があるようにも見える。「千葉さん、あんたも栗木に恨みがあるのか?」

「まあ、そんなところだ」私はしれっと嘘をつく。

4

「栗木は、蕗田《ふきた》町の高層マンションにいる」と私は、情報部より教わっていた情報をそのまま藤田に告げた。すると彼はどこからか電話帳のような冊子を持ってきて、私に手渡すと、「そのマンションはどこだ」と言う。街のビル名や一軒家の世帯主の名前までが記載された、詳細な地図だった。情報部から教わった住所を頼りに、建物の場所を探し出す。要領がつかめず手間取ったが、ほどなく、「ここだ」と指し示せた。

藤田が地図を奪い、じっと眺めた。「ここに、栗木はいるのか」

「五階だ。五〇二」

藤田の目に力が入るのが、見て取れた。口がへの字に強く結ばれる。「蕗田町なら、ここから車で二十分もかからないな」と自らの高揚を鎮めるかのような低い声で呟き、顎を撫でた。そして、左手にはめた腕時計に目を落とすと、窓際の棚に視線を移動した。水槽の隣に、黒い工具のようなものが置かれているのが見えた。工具ではない。拳銃だろう。

「今から行くのか？」

「止めるのか？」藤田は目だけで笑った。おまえに止められるのか、と私の力を推し量るようでもある。

「いや、止めやしない」それは私の仕事ではない。

電話が鳴った。ソファの上の携帯電話が音を発し、光りはじめた。藤田は地図を置くと、しぶしぶという様子で携帯電話を拾い上げる。

私は座ったまま、じっと彼の様子を眺め、耳に神経を集中させた。電波に乗っている声を捉えるために意識を向ける。

「藤田か」電話をかけてきた相手が、そう言うのが聞こえた。低いが、藤田のものと比べるとずいぶん上擦《うわず》った声だ。

「そうです」藤田の口調が丁寧だったため、電話の主が、彼の上司、組の中でも偉い人間だろうとは想像ができる。

「栗木のところとは、来週、話をつけることになった」

「まさか、話し合いで終わりってことはないですよね」藤田は憤りを堪えている。

「おまえは心配しねえで、休んでろ。あいつが殺されて、いきり立ってるのは、おまえだけじゃねえんだ」

「でも、元はと言えば、俺のせいですから」

「関係がない。おまえのことがなくても、遅かれ早かれ、栗木とは揉めてたんだ」

「俺はいつまで、ここにいりゃいいんですか」

「栗木が狙ってるのは、おまえだからな。しばらく、そこにいろ。俺のほうで話をつける」

「話し合いでまとめるわけじゃないですよね」藤田はそれにこだわっている。「手を出してきたのは、栗木のほうですよ。しかも、まったくの言いがかりで。このまま、無事に済ませちまったら、うちが筋を曲げたことになりますよ」

「おまえは、筋にうるせえな」相手は、気色悪い毒虫の背中に触るような様子だ。

「筋を曲げて、何がやくざなんですか」

「藤田」電話の主の声に、刺々しさがあからさまに加わった。「とにかくな、先走って、栗木に手を出したりするんじゃねえぞ」

藤田は神妙に返事をし、相槌《あいづち》を重ねて、電話を切った。

「今の電話は？」私は遠慮せずに訊ねる。

「親父からだ」

藤田の父親はとうに、重い肝炎で亡くなっているから、これも、実際の親を指すのではなく、役職としての、「親父」なのだろう。

「千葉さん、栗木は本当にここにいるんだな」藤田は思案するようにしていたが、開いたままの地図に目を向けると言った。

「ああ」

そうか、と藤田が立ち上がった。私に背を向け、窓に近づき、棚の上の無愛想な拳銃に手を伸ばした。

「今の電話からすると、ここで大人しくしてなくてはいけないんじゃないのか？」

どうしてそれを、と藤田は驚いた風ではあったがすぐに、「他人の命令に従う性格なら、やくざになんかなってねえよ」と苦笑した。その仕草や表情はとても落ち着き払っていて、私は、ほお、とまた感心する。

その時に、バスルームのドアが開いた。阿久津が姿を現わした。香を焚いたかのような湯気が、室内に溢れ、石鹼なのかシャンプーなのか、薬剤と香料の混じった匂いが舞った。

「藤田さん」タオルで身体を拭こうとしていた彼は、藤田の姿に気がつくと濡れたままで駆け寄ってきて、「そんなのを持って、どこに行くんですか」とまるで、親に逃げられる子供のように慌てた。「まさか、こいつに栗木の居場所を聞いて、そこに行こうってんじゃないですよね」

藤田は、阿久津を邪険には扱わなかったが返事もせず、ただ無言のまま手を払って、玄関へと向かおうとした。

阿久津は退く様子を見せない。「ここに隠れてろって言われてるじゃないですか」

「おまえは、俺の味方じゃないのか」藤田は感情的ではなく、むしろ冷たいくらいだった。

「味方ですよ、何を言ってるんですか。俺は、藤田さんが心配で、だから、ここに一緒にいるんじゃないですか」

「組の命令だからだろ」

「そりゃそれもありますけど。でも、それだけだったら、わざわざ、このおっさんのこと連れてこないですよ」

阿久津が、私を捕まえたのは、「千葉という男が、栗木の居場所を知っている」という噂を聞きつけたからだ。

「それなら、引き止めるな。俺は、栗木をやりに行く」

「ちょっと待ってください」阿久津は手の平を開いて、必死に言った。「こいつが嘘言ってるかもしれないですよ。そうですよ。罠《わな》かもしれないじゃないですか」

藤田もそこで、足を止めた。阿久津の顔を見た。その後で、私に一瞥《いちべつ》をくれる。

「藤田さん、今、行くのは待ってくださいよ」全裸の阿久津が必死でじたばたするので、彼の背中に彫られた絵がくねり、踊るようだった。「そうだ。明日、俺がこいつとその場所に行きますよ。で、嘘言ってねえか、確認しますから。その後にしてください」

藤田は、論理的に納得したというよりは、阿久津の熱意にほだされたという様子で、「そうか」と首肯《しゆこう》した。

阿久津は喜びながら、私を睨み、「おい、おっさん、明日、そこに連れてけよ。嘘だったら、今度こそ許さねえからな」と毒づいた。

「阿久津」

「はい」

「早く服を着ろ」

「はい」阿久津がバスルームへ、跳びはねながら戻っていく。

藤田が水槽の隣に拳銃を置き、再びソファに座った。

「ひとつ聞いていいか」私は自分の仕事をこなすべく、質問をした。「あんた、死ぬことについてどう思う?」

特別、期待していた回答があったわけではなかったが、ただ、彼はやくざであるから、「死など怖くない」と強がるかもしれないな、とは推測した。

藤田は、私を探るように上から下まで視線で舐《な》めるようにした。それからこう答えた。

「死ぬことよりも、負けることのほうが怖い」

ううむ、と私は腕を組む。意味の分からない回答だった。

「千葉さん、あんた、面白い人だな」藤田が言うので、私にはまた心外だった。

5

翌朝、私は、阿久津に引っ張られ、セダンに押し込められ、蕗田町へと連れて行かれた。「そのマンションに案内しろよ」と運転席の阿久津が、脅し口調で言う。「それにしても、雨、止まねえな」

空にはまだ雲が充満していて、晴れ間はまるで見えない。ゆっくりと動くワイパーが、フロントガラスを撫でる。悪いな、私のせいだ。助手席に座った私は、内心でそう謝っていた。私が仕事で人間に会いに来ると、いつだって天気が悪い。それは横殴りの豪雨であったり、驟雨《しゅうう》であったり、霖雨《りんう》であったり、夕立であったり、雨脚の強い弱いにも違いがあるのだが、とにかく、快晴というものを拝んだことは一度もなかった。

オートマチックのレバー脇にある、デジタルの時計に目をやる。「やくざ、ってのは、朝の七時なんていう朝っぱらから、行動するものなのか?」

「関係ねえだろうが」と阿久津は答えながらも、眠そうに欠伸《あくび》を二度、三度と繰り返した。目尻には目やにが伸びていた。

「朝早くだと、他のやくざも出歩いてないからか?」憶測を口にしてみる。比較的、安全な時間帯ということか。

「分かってるなら訊くな」阿久津はむっとした。「おまえだって、やくざだろうが」

「俺は、やくざじゃない。そもそも、やくざが何なのか俺には分からないんだ」

「嘘つくんじゃねえよ」

嘘をついてはいなかったが、面倒なので返事をしなかった。そのかわりに、カーステレオに指を伸ばす。知らず、喉を鳴らしそうになる。「これ、動かしていいか?」

「おまえ、自分の立場、理解してんのか」

構わずに私は、再生ボタンを探し出し、叩くように押した。入っているのはコンパクトディスクらしく、回転する微かな音の後、音楽が流れ出した。背中が震える。顔の筋肉が緩み、じわじわと胸のあたりに温かみを感じる。

「おまえ、何で、にやけてるんだよ」横目で私を見た阿久津は、訝しそうだった。

「いや、好きなんだ」と正直に答える。

「ストーンズが?」

「ストーンズ? いや、音楽が好きなんだ」

「何だよ、音楽って。範囲が広すぎじゃねえか」

実際のところ、私はジャンルに関係がなく、音楽が好きだった。正確に言えば、私だけではなく、私たちはみなそうだ。人間に対する同情や畏怖などはまったくないが、彼らが作り出した、「ミュージック」を偏愛している。暇さえあれば、いや、無理やりに暇を作ってでも、CDショップの試聴機の前に立ち、ミュージックを聴く。

だから、と言うわけでもないが私たちは、派遣されてきた調査部の者たちとは、ろくろく連絡も取り合わない。誰がどこで、誰の死について調査を行っているか、など気にもかけていない。もし仲間に会いたければ、音楽の聴ける場所に行けばいい。たいてい、誰かが見つかる。

「でもよ、これ恰好いいよな。ブラウン・シュガー」阿久津がステレオを指差す。

「茶色の砂糖か？」喫茶店でそういう角砂糖なら、見たことがある。

「この曲だよ。知らねえのかよ、あんた。藤田さんの好きな曲なんだけど、やっぱり趣味がいい」自分のことを誇るかのように、阿久津は、藤田のことを話す。

セダンは緩やかに迂曲する道を進み、そのうちに大きなスクランブル交差点前で、停車した。理由の判然としない、鬱陶《うっとう》しい渋滞に巻き込まれたのだろう。

ちなみに私は、この、「渋滞」というものが、「ミュージック」とは対極の、人間の発明した最も不要で、醜いものだと確信している。なぜこれをなくさないのか、不思議でならない。

ハンドブレーキを引き、阿久津がこちらに顔を向けた。真ん丸い鼻が、彼の容姿全体を幼く見せている。

「訊きたいんだが」と私は言った。

「何だよ、おっさん」阿久津は乱暴に言うが、昨日よりは親しさを見せた。

「藤田はどういう男なんだ？」

「馬鹿にしてんのか」

「俺の知っているやくざとは、印象が違う」

阿久津はそこで意表を衝かれたかのように、はっとして、その後で顔を綻《ほころ》ばしそうになった。けれどすぐに顔を引き締め、「そりゃ、そうだ。藤田さんは珍しい。珍しいくらいに恰好いい男なんだよ」と無理やりに作ったふて腐れた口調で答えた。

前の車のブレーキランプが消え、先に進みはじめた。阿久津もハンドブレーキを下ろし、アクセルに足をやる。

「藤田は特別か」私はほんの少しではあるが、興味が湧いた。

「俺が初めて、藤田さんに会った時のこと、知ってるか」

「知るわけがない」

「あんたがさっき、ストーンズにうっとりしたのと同じだよ。がつんと頭を殴られた気がしたんだ。やべえ、これだって思ったんだよ」

「やばい？　それは、切羽詰まった時に言う台詞じゃないのか？」

「切羽詰まったんだよ。街角でロックンロールに出会ったら、びっくりするだろ。普通、そんなことねえからな。でも、俺は会っちまったんだって。やべえだろ」

「表現が抽象的だな」こういう表現でコミュニケーションが成り立つのだから、人間というのは珍妙だ。

「藤田さんは本当の、任俠の人なんだよ」

セダンがまた停止する。渋滞からはなかなか脱け出せないらしい。ぬかるんだ沼から、足掻《あが》いても足掻いても出られないのと似ている。

「にんきょう？」あまり聞かない言葉のため、私は聞き返した。

「そんなのも知らねえのかよ」阿久津が優越感を覗かせた。「辞書引けって、辞書」

「どういう意味なんだ？」

「弱きを助け、強きをくじく」

「クジク？」足をくじく、という言葉なら知っている。

阿久津は言ったそばから、照れ臭さと誇らしさのせいなのか顔を紅潮させた。「やくざってのは元々はそういう役割だったんだ。藤田さんがよく言うんだよ。弱者ってのはたいてい、国とか法律に苛《いじ》められるんだ。ってことは、そいつを救えるのは、法律を飛び越えた男なんだってな。つまり、無法者ってわけだ。無法者ってのは悪いイメージしかねえけど、それは、弱きを助けるってことなんだよ。それがやくざなんだよ」

「それが、やくざの定義か？」

「定義？」阿久津は怪訝そうに首をひねってから、「藤田さんだけだ。藤田さんは、他の奴らとは全然違うんだよ」と顎を上げた。

「先、進んでるぞ」前のRV車が前進をはじめたのを見て、阿久津にそう伝えた。阿久津がハンドブレーキを下ろす。その横顔は、何か悩み事があるかのように曇っていた。

「もう一つ、訊いていいか」私は気になっていることを口に出してみる。

阿久津が思い屈した表情のまま、こちらを見た。

「藤田みたいな男は、味方からも煩わしく思われてるんじゃないか？」

「何だよ、それ」

「人と違う奴ってのは、嫌われやすい。そうだろ？」昨晩、藤田と喋っていた、「親父」の面倒臭そうな声を思い出した。

ふん、と阿久津は鼻を鳴らし、アクセルを踏む。

6

マンションの向かいの道路にセダンを停車した。片側二車線の中央分離帯を挟んだ、対向車線側だ。マンションの入り口まではずいぶんと距離がある。雨脚は弱まりはじめていた。空は依然として灰色一色だったが、側面のガラスから外を眺めることくらいはできた。

「ここか？」ハンドルから手を離した阿久津の声が強張っている。「ここに栗木はいるんだろうな」

「そうだ」実際にこのマンションに来るのは初めてだったが、私が得ている情報によれば、間違いがなかった。もし違っていたら、それは私ではなく、情報部に苦情を言うべきものだ。

身を乗り出し、運転席側に顔を近づける。十階建てのマンションに目をやった。高級であることは、見て取れた。頑丈そうな壁は、藤田の隠れている建物とは雲泥の差に見える。

窓に額をつけ、外を睨んでいた阿久津は、私の顔がすぐ近くにあることに気づき、「はっ」と心底驚いた声を上げた。怯えた少年の表情になり、のけぞった。「おっさん、そんなに顔を近づけるなよ」

私は何も言わずに、身体をシートに戻す。

「ぞくっとしたぞ」と阿久津は顔を引き攣《つ》らせた。死神に近寄られたら寒気くらいはするだろうな、と言いたくなった。

「おい、あいつらは違うか？」私はマンションから出てくる人影があることに気づいて、指を向けた。

阿久津がバネ仕掛けの人形さながらに、勢い良く上体を起こした。外を見て、「栗木だ」と声を高くした。

窓の外を見やる。雨や、通り過ぎていく車が邪魔ではあったが、それでも車道の向こう側を歩いている、スーツ姿の男たちは見えた。全員が、見るからに柄の良くない人相で、その割には姿勢正しく傘を差している。一人だけ、自分では傘を差さず、若者の持った傘の中に入っている男がいた。恰幅が良い中年男で、細かい粒を並べたかのようなパーマ頭だ。阿久津が、「栗木の奴、相変わらず、偉そうだ」と言った。

「俺は嘘を言っていなかっただろ。栗木はこのマンションにいるんだ」

しばらく阿久津は、私に後頭部を向けたまま外を見ていた。数分すると、黒塗りの車がやってきて、栗木たちを乗せた。そして、右方向へと消えていく。

「誰か雇いやがった」阿久津は運転席に背をつける。

「雇った？」

「今、栗木の隣に、見たことのねえ男がいた。あれ、きっと雇ったんだよ」

「用心棒か？」そういう名前の職業の男を、ずいぶん昔であるが、担当したことがある。

「おっさん、古いなあ」阿久津が顔をゆがめた。「でもありゃ、ただの新入りじゃねえな」

「どうして雇ったんだ？」

「藤田さんから守るためじゃねえか」阿久津は深刻な声を出す。「たぶんそうだ。栗木の奴、臆病だから、びびってんだ。藤田さんを殺そうとしているくせに、その藤田さんに先回りされるんじゃねえかって。なあ、おっさん」阿久津が、私に向き直り、真剣な目で見つめてきた。充血した目ははじめて会った時と同じだったが、それ以上に、真摯《しんし》な力がこもっている。

「何だ？」

「話を合わせてくれねえか」

「何の話だ」

「おっさんが嘘をついていたことにしてくれよ。もし、栗木がここにいたなんてことが分かったら、藤田さん、すぐに乗り込んでくる。絶対だ。それは困る。だから、このマンションには、栗木がいなかった。そう話を合わせてくれねえか」

阿久津の言っていることは、論理的ではないように思えた。「それなら、はじめから、俺を見つけなければ良かっただろう」

「仕方がねえよ。藤田さんが、おっさんの噂を聞いて、連れて来いって言うんだからよ。逆らえねえだろ。それに、あんたがまさか本当に、栗木の居場所を知ってるなんて思わなかったんだ」阿久津は寒くもないはずなのに、足を小刻みに揺らしはじめた。苛立ちが震動となって、私の尻に伝わってくる。

「結局、おまえはどうしたいんだ。藤田をどうするつもりなんだ？　あそこのマンションに閉じ込めておくのか」

「うるせえな。俺だって分からねえんだよ」阿久津が癇癪《かんしゃく》を起こしたかのように、喚く。「組からは、藤田さんを監視してろって言われるしよ。藤田さんは、栗木を殺す気だ。どうすりゃいいんだよ。藤田さんの味方をしてえけど、それ以上に、死んでほしくねえんだ」

「おまえは、藤田が死ぬべきではないというのか」この若者は、死なない人間がいるかのように喋る。

「当たりめえだろうが」阿久津は、声まで充血させるかのようだった。「藤田さんが一人で、栗木のところに乗り込んで、で、殺されるなんてまっぴらだ」

「なぜだ」

「藤田さんが負けるわけがないからだ」と歯軋《はぎし》りをするかのように言う阿久津は、心底、苦しそうだった。「おまえだって、ロックンロールが壊れたら、悲しいだろうが」

「ミュージックが死ぬのか?」だとしたら重大な問題だった。

「そうじゃねえよ。喩《たと》えだっての」

私は胸を撫で下ろし、「死ぬとは限らないだろうが」と言った。いや、もちろん人間は最終的には死ぬに決まっている。ただ、近い将来のことだけを言えば、私の報告を待たなければ、藤田の死は確定しない。自殺や病気は死神の管轄外ではあるが、調査期間にそれが発生することもない。

「うっせえな。とにかく、頼むって。このとおりだから」阿久津は、私を拝むようにした。人に物を頼むのがほとほと苦手のようだった。「話を合わせてくれ」

7

藤田のいる部屋に戻ると、阿久津は、「栗木はそのマンションから、去ったみたいです」と嘘をついた。私の情報がでたらめだった、と言わなかったのは、たぶん、彼なりの気遣いなのだろう。

ソファに座った藤田は、「そうか」と抑揚のない声で応《こた》えたが、落胆しているようにも、次の算段を考えるようにも見えなかった。

昼を過ぎてもやまない雨は、暗いマンションをさらに沈んだ空気で覆う。路面を叩く雨の音が、すでに数十年もつづく日常の音のように馴染みつつあった。

藤田はまず、阿久津に一瞥をくれ、その後で私を見つめた。隈ができた目で、無言ながら、意味ありげに睨んだ。

阿久津が作った炒飯を食べ終えると、藤田は急に思い立ったかのように口を開いた。「コインランドリーで、洗濯をしてきてくれ」と阿久津に命じた。天気はしばらく良くならないから、干すよりは、乾燥機を使ったほうが早い、と理由をつけた。

「分かりました」阿久津は快活な返事をすると、洗濯物を紙袋に押し込んで、では行ってきますから、とマンションを飛び出していった。威勢の良い、礼儀正しい学生のようだ。

私は室内で、藤田と二人きりになった。私と話をするために、阿久津をコインランドリーに行かせたのだろう、とは察しがついていたので、「本当は」とおもむろに藤田が話をはじめても、さほど驚きはなかった。「本当は、栗木はいたんだろ？　阿久津は悪人じゃねえけど、とにかく、隠し事が苦手な奴なんだ」と両手を組んだ。

私は、どう答えるのが適切なのか、瞬間的に頭を悩ませた。

「阿久津に気を遣う必要はねえから、教えてくれ。あんたが言ったとおり、あの蕗田町のマンションには、栗木がいた。そうだろ」

「あんた、どうしても、栗木を殺すつもりなのか」

「もともと、俺があの組の若い奴らに手を出したのがきっかけだからな。俺が決着をつけるのが、筋だろうが」藤田の声はよく響くが、下品な威圧感のようなものはない。

「若い奴？　喧嘩でもしたわけか」

「年寄りを裏路地に引き摺り込んで、金を奪うのが、やくざのやることだと思うか」藤田は口の周りの皺を深くした。傷のような皺だった。天井の蛍光灯が、その皺に影を彫り込むようでもある。

「で、あんたは我慢できずに、そいつらを殴ったわけか」

「殴って、捻って、骨を折った」藤田は表情を変えない。正義を為した満足感も滲ませない。「大人げがないが、とにかくああいう偉そうなガキは許せねえからな」

「それで、栗木は怒ったのか？」

「自分の部下が伸《の》されたから、面子《めんつ》が立たねえんだろうな。まあ、もとから俺のことも気に入らなくて、うちに喧嘩を売る口実なら、何でも良かったのかもしれねえけど」藤田は淡々とした口ぶりだった。「とにかく、この始末は俺がつけるしかねえんだ。こんなマンションに隠れていられるかよ。千葉さん、そう思わねえか」

「どうだろうな」私に同意を求められても困る。

「実はな、さっき、親父が情報をくれた。来週、栗木と会う段取りをつけたらしい。お互い、仲間を連れず、一対一で膝を突き合わせて、話をつける。そういうことだ」

「あんたは話し合いに反対だっただろう」

「だから、その前を狙う」藤田の眼が光った。興奮したところはないが、ただ、覚悟を決めた意志の力強さが、暗く輝いた。「栗木は一人でその場所に現われる。そこを狙うんだよ。相手が一人なら、俺一人でもやれる」と拳銃に視線を向ける。

「来週のいつだ」

「水曜。六日後だ」

なるほどそういうことか、と私は膝を打ちそうになった。事の成り行きが見えた。私たち調査部の担当者は、派遣されてから、七日間の調査期間を与えられている。そこで、「可」とすれば、翌日にその人間は死ぬ。つまり、私がやってきてから八日目に死が訪れる、というわけだ。

今回、私が派遣されてきたのは、昨日、水曜日だ。ということは、藤田が死ぬとすれば、八日目、次の水曜日ということになる。

藤田が、栗木を狙うのはまさにその日であるから、その場面で、藤田は死を迎えるのに違いない。推測でしかないが、可能性は高い。

「あんた、その情報を信じるのか？」と私は言ってみた。

「どういう意味だ」藤田が目を細める。

「その日、本当に栗木は一人でやってくるのか？　いや、そもそもだ、あんたの親分はその日、栗木と本当に会うのか」

「どういう意味だ」同じ質問を重ねながらも、藤田はすでに、私の言葉の意味を知っているように見えた。

もったいつける必要はなかった。「あんた、裏切られてる可能性はないのか？」

もしそうであるなら、分かりやすかった。何らかの理由で、藤田の組は、栗木と取り引きをした。たぶん、金だ。人間は不思議なことに、金に執着する。音楽のほうがよほど貴重であるにもかかわらず、金のためであれば、たいがいのことはやってのける。

藤田は売られたのだ。充分にありえた。以前学んだ、「生贄《いけにえ》の羊」という単語が頭に浮かび、それから私は、次の水曜日に起きることを想像してみる。栗木を殺すために、藤田が路上に飛び出す。するとそこに、事前に隠れていた栗木の部下たちが沸きあがった水蒸気のように、唐突に素早く出現し、いっせいに拳銃を構える。合図もなく発砲が行われ、藤田は背広を赤く染めて倒れる。そういうシナリオが用意されているのではないか。

藤田は目を剝き、その目で私を食わんばかりの形相になったが、つかみかかってくるようなことはしなかった。「親父が、俺を売った。そう言いてえのか」

「可能性はある」私たちは、派遣八日目に、「見届け」に来るまで人間の死因については分からない。けれど、予想を立てることはできる。

「千葉さん、あんた、本気で言ってるのか」

「仕事は本気でやるに決まっている」

「仕事?」

藤田が聞き返してきたので、慌てて別の質問をぶつけた。興味もなければ、必然性も感じなかったが、間を埋めるために口に出した。「もし、そうだったとしたら、罠だとしたら、どうする。栗木を襲うのをやめるか」

「いや」藤田は顔面に集めていた力をふっと抜き、こだわりや意地が霧消したかのような表情になった。「やる」と静かな声を出した。「曲がったことをやる奴らに、俺が負けるはずがねえだろ」

残念ながら、かなりの確率で、あんたは負けるんだ。そう言いそうになる。「もし、死んだらどうするんだ?」

「逃げるよりはましだ。本望だよ」と言う藤田には嘘を装う気色はまるでなかった。よほどのことがない限り、調査結果は、「可」とするつもりなので、「本望か、良かった」と私は内心で返事をした。

8

それから数日間は、何事もなく進んだ。もはや結論は出たのだから、さっさと報告をして仕事を終えるべきなのかもしれないが、そうなると音楽を聴く機会を失ってしまう。だから私は最終日まで、監査部から、「どうだ?」と途中経過を訊かれても、「やっている」といつもの曖昧な返事をするだけで、マンションに居残っていた。幸いなことに、阿久津が小さなラジカセを持ち込んできたので、音楽を聴くことはできる。

藤田は、まるで栗木のことなど忘れ去ったかのように普通に生活をつづけていた。阿久津が作る料理を誉め、時に昼寝をし、時に筋力トレーニングをし、時に私と一緒に音楽に耳を傾けた。

「やくざってのは、あんまりこういうのを聴かねえんだ。伝統とか文化とか、言ってな」藤田はソファに座ったまま、片眉を下げた。「でも、恰好いいもんは恰好いい。そうだろ?」それから、ラジカセを指差して、「ストーンズのロックス・オフ」と言った。どうやら曲名のようだ。「還暦過ぎても、ロックをやってるミック・ジャガーを見てると気分がいいよな。あんなに馬鹿馬鹿しくて恰好いい大人が偉そうにしてるなんて、悪くない」

「そういうものか」彼の言わんとすることは理解できなかったが、相槌は打った。何よりも聞こえてくる音楽が、痛快でかつ躍動感に溢れ、颯爽《さっそう》としていたので、私は幸福だった。

「な、おっさん、藤田さんは一味違うんだよ」阿久津が口を挟んだ。

一味違うも何も、おまえは藤田を食ったことがあるのか、と疑問を口に出しそうになるが、どうせこれもレトリックなのだろう。

変化があったのは、月曜日、派遣六日目だった。夜の十一時、カーテンを締め切った窓の向こう側では相も変わらず、雨が路面を叩いている。昼間よりも、夜間のほうが雨脚が強くなるように感じた。暗いうちに、町中の汚れを洗い流すかのような勢いがある。

藤田は風呂に入り、私と阿久津は、ソファにのけぞるように座っていた。阿久津はすでに私のことを、「得体の知れない敵」とは認識してはいないようで、「得体の知れない同居人」程度にしか警戒をしていなかった。心なしか、彼の呼ぶ、「おっさん」の言葉にも、何らかの親しみが含まれはじめている。

その時に阿久津の携帯電話が鳴った。抑揚のない、無愛想な電子音がし、阿久津は電話をつかんで窓際へと寄っていった。興味があったというほどでもなかったが、私はその電話に意識を向けた。会話を聞く。

「おい、阿久津」と声がした。先日耳にした、組の親分のものとはまた違う、攻撃的で、荒っぽい口調だった。「おまえ、きちんと監視してんだろうなあ」

「ええ」阿久津の声は力なかった。

「明後日だからな。分かってんのかよ。藤田を連れてこいよ。しくじったら、どうなるか分かってんだろうな」

「ええ」

「おまえな、こういう時に役立たねえと、本当に立場ねえぞ」

「でも、藤田さんが」

「いつまでも、藤田さん、藤田さん、言ってんじゃねえぞ。藤田はもう古いんだよ。誠実だとか、任侠の時代じゃねえだろうが。これからは交渉だよ、交渉」

そうか、これからは交渉の時代なのだな、と私は一つ学んだ気分になる。

「見放された舟に乗ってたら、おまえも沈むぞ。とにかく、明後日、しくじるんじゃねえぞ。栗木のところとは、段取りできてんだから。分かってんだろうな、阿久津」

電話は切れた。阿久津は舌打ちをし、ソファに戻ってくる。現実には見えない巨大な石の塊を背負っているかのような、苦しげな顔を見せた。

「どうした」私は事情が分かっているにもかかわらず、訊ねる。

「ちょっとな」おそらく阿久津は、藤田に罠が仕掛けられていることを知っているのだ。阿久津がこのマンションにいるのは、藤田の監視を命じられているからに違いない。

「おっさん、仮によ」阿久津が口を開いた。視線は逸らしているが、いつになく縋るような声だった。「仮に、藤田さんが大勢の敵に囲まれたとしてよ」

「栗木の仲間にか?」

「何でもいい。大勢の敵だ」阿久津は、知恵の回らない者がムキになるように、語調を強めた。「大勢の敵相手に、藤田さんは立ち向かえると思うか？　勝てると思うか」

「何を心配している」

「負けて欲しくねえんだ」阿久津は天井近くに目をやったが、それは壁紙の模様ではなく、別のものを睨みつける風でもある。「負けるわけねえって」と繰り返す言葉は、断定口調ではあったものの、どこか震えてもいた。

残念だが藤田は、たくさんのやくざに囲まれて死ぬことになるだろうな、と返事をしても良かったが、わざわざ口にはしなかった。阿久津が信じるとも思わなかったし、伝える意義も感じなかった。

その日、さらに夜が深くなった後で私は、自分の上司に連絡を取った。

「どうだ」と訊ねてくる相手に、「可だな」と素早く答える。

「分かった」といつもと同じ返事が戻ってきた。私たちの報告はたいてい、「可」であるから、これはやはり儀式だ。

朝が来たら、藤田に挨拶をして、去ろう。私はそう思いながら、ラジカセから流れてくるサクソフォンに身体を揺らした。

ところがその後、予想外にも、阿久津に無理やり起こされた。もちろん私には睡眠の必要はないため、単に横になり眠ったフリをしていただけだったのだが、「静かにしろ。

いいから、外に出ろ」と怒りと緊張を溜め込んだ顔で阿久津が身体を揺すってきたので、少し驚いた。何が起きたのだ、と不審に思う私に構わず、阿久津は腕を強くつかんだ。部屋の外へと引っ張っていく。エレベーターを使い、マンションを出る。

セダンの助手席に、荷物を詰め込むように私を乗せると、彼は微笑ましいくらいに必死の形相で、運転席に乗り込んだ。ハンドルを握り、「行くぞ」と自分自身の覚悟を確認するかのように言った。

タイヤを鳴らし、車が進む。街に降り注いでいる無数の雨を、ヘッドライトが照らした。

「どこに行くんだ」言いながら時計に目をやると、夜の一時だ。つまり、調査の最後の日となっていた。私はすでに報告を終えているので、慌てる必要はなかったが、それでも阿久津とドライブを楽しみたい気分でもなかった。「栗木んところだよ」興奮した声で、阿久津が言った。

「栗木のところ?」

「やるんだよ」阿久津は掠《かす》れた声になる。恐怖心が彼を覆っているのが、見て取れた。

「やる?」

「いいか」と阿久津は堰《せき》を切ったかのように、喋り出す。「いいか、おっさん、藤田さんはやべえんだ。ここだけの話だけどよ、これは罠なんだよ。全部、仕組まれてんだ」

私はそのあたりの事情はすべて察しているつもりだったが、黙って聞いた。

「でもよ、やっぱり我慢できねえんだよ。俺は許せねえんだよ。藤田さんが、あんな姑《こ》息《そく》な奴らに負けちゃいけねえのに。そうだろ」

「その、『姑息な奴ら』の中に、おまえは入るのか？」

私の問いかけに、阿久津は一瞬だけ、アクセルを緩めた。言いよどむ間がしばらくあって、その後で、「ああ、そうだ」と奥歯を嚙みながら、彼が認めた。「俺も馬鹿なんだよ。組の命令が怖くて、言うこと聞いちまった。最低だ。最低なんだ。でもな、まだ間に合うんだよ。今からやれば。まだ」

「だから、何をだ」

「俺たちが栗木をやるんだよ。先にやっちまえば、藤田さんももう関係ねえだろ？」

どうして人間は、何かと言うと同意を求めてくるのだ。

「俺たちが、栗木を先に殺せばいいんだ」必死に考えた末の行動なのだろうが、阿久津の発作的な計画は、利口な者のやり方とはとうてい思えなかった。私は助手席のシートベルトを装着しながら、眉間に皺を寄せる。「俺たち、俺たちって、何で、俺も数に入ってるんだ」

9

阿久津は迷うこともなく、蕗田町に入り、マンションへと辿り着いた。前回と同じく、幅広の車道にセダンを停車する。右手の対向車線側に、暗い茶色の建物が見えた。雨天の深夜に浮かぶマンションには、どこか不穏な色が滲んでいるようだった。阿久津に目をやる。黙り込んだまま、手に血管が浮き出るくらいに、強くハンドルを握っていた。恐怖心に襲われているのは明白で、今にも、歯を鳴らし出すのではないか、と私は思いもした。

「おっさん、これ、使え」彼は助手席前のダッシュボードから、冴えない色の拳銃を取り出した。一つを私に寄越し、もう一つを自分の手で握る。「勢いと気合いで、殴り込むしかねえよな」

私はじっくりと手の中の拳銃を眺めるが、相変わらず、不細工な道具だとしか思えなかった。

そろそろ行くか、と私はドアに手をかけたが、そこで、「ああ」と阿久津が情けない声を上げた。フロントガラスをまっすぐに見たまま、口を開け、固まったかのように動かない。私も同じように前を見て、「なるほど」と返事をした。

ヘッドライトは点《つ》けたままだったので、それにより、前から歩いてくる男たちが浮かび上がっていた。五人ほどいる。派手な背広をだらしなく羽織った、人相の悪い男たちが、雨であるのに誰一人傘を持たず、のしのしと近寄ってくる。目立たぬように手は下ろしているが、銃を携帯しているのは間違いない。

「これは」阿久津はぽかんと口を開け、すっかり頭の中が空になってしまったのか、飛び出して銃を撃ちまくることも、車にエンジンをかけて自暴自棄に発進させることもしなかった。ただ、呆気《あっけ》に取られている。

するとほどなく、荒い足音がそばに聞こえ、窓ガラスに巨大な石や金具が乱暴に叩きつけられ、堪らず阿久津がドアを開けた。

品のない凶暴な男たちが、私と阿久津を外に引きずり出すのに、時間はかからない。てめえら、この間もここにいただろうが。こんな偉そうな車、怪しいに決まってんだよ。どこのもんだ。あ、てめえ、藤田の舎弟じゃねえか。ちょうどいいぞ。おい、部屋に連れていけよ。早く、連れていけ。周りで喚かれて、うるさくて仕方がなかった。私たちはそのまま、片側二車線の車道を横切らされ、マンションへと引き摺られていく。

10

人間に捕まって、椅子に縛り付けられるというのは初めての経験だった。広い応接室のような場所で、私は木製の椅子にガムテープでぐるぐる巻きにされていた。隣には、同じ恰好で阿久津が座っている。

夜は深いはずだが、煌々《こうこう》と蛍光灯が照っている室内は明るかった。壁には、毛筆で書かれた漢字が額付きで飾られている。壁にしろ、机にしろ、木の素材が強調されているせいか伝統的な趣のある部屋だった。重々しく静謐《せいひつ》な雰囲気ではあるが、その割にはそこにいるやくざたちの姿が、雑然としている。

阿久津は口から血を流し、首を前に出し、うな垂れていた。目の周りを腫《は》らし、荒い呼吸をしている。

「おい、藤田を呼び出せって」坊主頭の男が、阿久津の前で杖のようなものを、いじくっていた。先ほどから何度かそれで、阿久津を殴っている。私も先ほど、二十二回、それを身体に当てられた。阿久津は、絶対に喋るものか、という意思表示でなのか、力強い目で睨み返している。

「親父、どうします？」坊主頭はそう言って、振り返った。そこには、ひときわ柔らかそうな黒いソファがあって、太った中年男が煙草を吸っていた。

栗木だ。先日、路上に立っていた時と同じく、堂々としたたたずまいだった。鼻が大きく、目が細い。同じやくざでもいろいろいるのだな、と感心するほど、藤田とは佇まいが違う。

「そっちの奴は吐かねえのか」と栗木は、右手に持った煙草ごと私を指した。

「こいつ、さっきから痛めつけてるんですが、応えてねえんですよ」

その通り、私は応えていなかった。頬を殴られ、杖で叩かれ、砂の入った革袋をこっぴどくぶつけられたが、痛みも恐怖も感じなかった。感慨もない。わざとらしく呻《うめ》き声を出してみたが、芝居がかっていたかと思う。

「爪でも剝がしてやったらどうっすか」後ろから凶暴そうな若者が進言する。いや、爪を剝いでも同じなのだ、と私は申し訳ない気分になる。

「おっさん、喋るんじゃねえぞ」阿久津が、精一杯の力を振り絞り、言った。哀願であり、忠告だった。そこには信頼感が含まれていたのかもしれないが、私は気にかけず、部屋の様子をじっと眺め、どのタイミングで立ち去ろうかと思案をした。ある程度まで成り行きを見守ったら、帰るつもりだった。報告は終わっているので、これはすでに、アフターサービスや、手当てなしの残業に近い。やるべきことはやるが、余計なことはやるべきではない。

やくざたちの顔を一人ずつ見ていく。その誰もが、浅薄で、直情的な顔つきで、面白味が感じられない。ただ、ドアの脇で視線を止めた。木目の綺麗な扉の隣に、長身で耳の大きな男が立っているのが目に入ったのだ。腕を組んで、こちらをじっと見つめているが、その目には愉快げな色があった。私のことを興味深そうに眺めている。

ほどなく私は、「ああ、そういうことか」と呟いてしまった。

「何か言ったか」と杖を持った坊主頭が、私の前にずかずかとやって来て、声を張り上げた。こめかみの傷跡が目立つ。

「藤田の電話番号を教えてやる」私はそう言っていた。その瞬間、阿久津が目を剝き、こちらを見た。椅子ごと体当たりをしてくるかのような迫力で、身体を揺すった。いったいどこにそんな体力が残っているのか、と感心するほど、激しい罵声を私に浴びせてくる。おっさん何を考えてんだ、裏切るのかよ、と絶叫した。

私は、暗記している携帯電話の番号を、口にする。阿久津が、子供が泣くような呻きを発し、それがおかしいのか離れた場所から誰かが笑う声もした。

坊主頭が、栗木を振り返り、うなずいた。そして、テーブルの上にある電話に手を伸ばすと、すぐにボタンを押した。「嘘だったら、ぶっ殺すぞ」と私に凄んだ。

「おっさん、裏切りやがったな」阿久津は、喉から血を出すかのようだ。

「藤田は、おまえを助けに来る」私は言う。任俠の男が、やって来ないわけがない。

「てめえ」阿久津が奥歯を砕くような、顔になった。「それがこいつらの狙いなんだよ。藤田さんを殺してえのか」

私はそこで声を落とし、疑問を口にせざるを得ない。「おい、藤田が負けるのか？」

「え？」と阿久津が目を見開く。

「おまえは、藤田を信じていないのか？」今まで散々そのことを、私に訴えてきたではないか。

藤田は死なない。

私はそれを知っていた。なぜなら、藤田が死ぬのは、明日だからだ。死について調査する私が言うのだから、間違いがない。調査期間中に死亡することはないし、その間に死因が発生することもない。つまり藤田は、明日、たまたま横断した車道で信号無視の軽トラックに轢《ひ》かれたり、もしくは、溺れた若者を救うために川へ飛び込み、その結果、溺死したり、そういった原因で死ぬことにはなるのだろうが、今日、ここで、ということはないのだ。

「信じてえけどよ」阿久津が無念そうに、か細い声で呟く。「こんだけの人数だぜ。藤田さんもさすがにやべえよ」

そこで、電話をかけていた坊主頭の男が乱暴に、「藤田の奴、今すぐすっ飛んでくるようですよ」と喚いた。「一人みたいです」

「馬鹿な奴だなあ」栗木が苦笑するのが見えた。煙草を、灰皿に押し付け、「古臭えんだよなあ、ああいうの。流行《はや》らないって」と大声で言った。追従するように、笑い声が起きた。

私はもう一度、ドアのそばにいる、耳の大きな男に目をやった。他のやくざたちとは異なり、興奮した様子もなく、冷笑すら浮かべて壁に寄りかかっている。感情の見えない瞳は、じっくり観察すると人間離れしていることが分かる。それもそのはずだ。彼は、私の同僚だ。調査部の仲間だった。私よりも一日早く、派遣されていたのは知っていたが、どこの誰を担当しているかまでは聞いていなかった。

先日、阿久津が、「栗木が、見たことのない男を連れている。用心棒を雇っている」と言っていたが、あれは私の同僚の、彼のことを指していたのだろう。つまり彼が調査をしていたのは、栗木だったのだ。

同僚の彼の調査は、私よりも一日早かったのだから、栗木に死が訪れるのは、今日ということになる。同僚は、死を見届けるために、今ここにいるのだろう。

「栗木が命を落とすのは今日で、藤田は明日だ」私は確認するようにそう言ったのだが、阿久津には聞こえなかったようだ。私は背もたれに背中をつけた。

「おい、藤田さんは、か、勝てるのかよ」阿久津が、乾いた血を鼻の下に見せながら、小声で言った。恐る恐る訊ねてくる。

「すぐに分かる」私は素っ気無く答えた。

正直に言ってしまえば、藤田がどうなろうが興味はなかった。私の仕事の結果が変わるわけでもなければ、評価が上がるわけでもない。ただ、どうせこういう場面に巻き込まれたのだから、最後まで見て行こうではないか、と思い直してはいた。

ドアをまっすぐ眺めながら、藤田がこの部屋に飛び込んでくるのを待つ。何を期待しているわけでもないのだが私の頭の中では、ブラウン・シュガーもしくはロックス・オフのイントロが流れはじめていた。あの能天気ながらも毅然《きぜん》としたロックンロールの響きに合わせ、藤田は現われるだろう。愚かな、剛毅さを漂わせて、やってくる。そして、死なない。

「藤田さんが負けるわけがねえんだ」隣の阿久津が縛られた腕の先で拳を強く握り締めていた。彼は、もはや私に同意を求めては来なかった。「弱きを助け、強きをくじく」と何度も何度も繰り返すのを、私は黙って聞いている。

吹雪に死神

1

　これほど大量の雪を見るのははじめてのことだった。私は窓越しに、外を眺めている。洋館の周囲はシラカンバの林が広がっているのだが、木々の輪郭も判然としないほどに白い雪で覆い尽くされている。

　降り止む気配はまるでなかった。羽毛とも綿埃とも見える雪の塊がひっそりと、次から次へと落ちてくる。朝の六時過ぎであるが、太陽の位置も分からない。

「さっぱり晴れねえし、気が滅入るからカーテン閉めろよ」と後ろから声がした。英一《えいいち》という名前の、三十代の男だ。銀縁の眼鏡をかけ、樽を腹に入れたような肥満体型をしている。職業は分からないが、怠惰で無責任な、ようするに人間らしい人間に見えた。

「そうですね」私は礼儀正しい口調で言い、カーテンを閉める。今回の私は、「姿勢の良い好青年」となっている。

洋館を入り、右手の奥にある広い場所に私たちはいた。ラウンジのソファに座り、私を含めた宿泊客の五人が向かい合っている。

「これはいったいどういうことなんでしょうか」向かい側にいる真由子《まゆこ》という女が、怯えた声を発した。年齢は二十代後半で、身体が細く、色白で、茶色がかった長髪が目立つ。

「田村《たむら》夫人の様子はどうでした?」と白い服を着た料理人が、私に訊ねてきた。若干、震えた声だ。前髪を垂らしているせいか童顔で、四十歳には見えない。

「さっき見てきた時は、眠っていましたよ」私は答える。二階の寝室で、田村聡江《さとえ》は寝息を立てていた。気絶したままであるのか、それとも気絶から覚めた上で眠っているのかは、はっきりしなかった。

「おまえさ、千葉って名前だっけ」眼鏡を人差し指で持ち上げながら英一が、私に絡んでくる。

「ええ」

「おまえのせいかもな」彼は口を尖らせ、忌々しい御札を見るような目をした。

「僕のせい?」私は、好青年らしくたじろいでみせる。

「俺たちはもとから、この洋館で宿泊する予定だった。招待状も来た。けれど」顎のたるんだ肉が喋るたびに、揺れる。「おまえは違うじゃないか」

私は溜め息を吐き、精一杯申し訳ない表情を作り、「雪が酷《ひど》くて、ここに避難するしかなかったんですよ」と嘘をついた。私がこの洋館に来たのは、避難のためではなく、仕事のためだ。

「おまえが来たせいで、こんなことになったんだよ。まったく台無しだ」英一がぶつぶつと愚痴を零《こぼ》している。彼の言う、「台無し」の意味が私には分からなかったが、聞き返すことはせず、ただ、「そんな」と困惑してみせる。

「英一、それは言いがかりだろ」彼の隣の男が、たしなめるように言った。額や眉間が皺だらけの、権藤《ごんどう》という男だ。英一の父親で、定年退職したばかりらしい。

けれど英一はなおも、「もしかすると、あのおっさんをやったの、おまえじゃないのかよ?」と私を責め、そして自分の背後にある、「あのおっさん」を、親指で示した。

厨房の入り口付近に倒れている、田村幹夫《みきお》の姿だ。俯《うつぶ》せで、口から泡やら涎《よだれ》やらを垂らしている。

死体だ。

「証拠もないのに、軽々しく決めつけるな、英一」権藤は厳しい口ぶりだった。

真由子が、「でも、千葉さん、あんまり怖がっていないですね」と細い声を洩らした。上品な顔立ちをしている。「わたしなんて、もう怖くて仕方がないのに」

それはそうだろう、と喉まで出かかった。私は死神であるのだから、人の死には馴染み深く、どちらかと言えば、死体を見ても、「またか」とげんなりするくらいなのだ。

2

今回の私に出された指示は、いつも以上に不親切だった。昨日の午後、雪が強く降り頻《しき》る、シラカンバの林に放り出され、「まっすぐに進んでいくと、十分ほどで洋館の前に出る。そこに行って、吹雪を理由に泊まらせてもらえ」と言われただけだった。

「その洋館に、田村聡江がいるんだな」私が確認をすると、情報部の彼は、「そうだ。夫婦で来ているはずだ」と答えた。

「その洋館が、その田村聡江の住居なのか？」

「違う。田村聡江の旦那は、東京で開業医をやっているんだ。今回は、旅行で来ているだけだ」

「旅行？　その洋館はホテルか何かなのか」

「もともとの持ち主は十九世紀のロシア人だったらしい。それがこの国を離れ、別の人間が管理することになった。二階建ての、厳《おごそ》かな雰囲気を持った建物だ。風格がある、と言うのかな。今は、一般人に有料で使わせているらしい。まあ、そうだな、小さなホテルのようなものだ」

「夫婦水入らずの旅行というわけか」

「いや、そうじゃない。他にも何人か泊まりに来ているはずだ」情報部の彼は早口で言う。早く立ち去りたくて仕方がないという本心が、ありありと見て取れた。「田村夫妻のほかに三人、泊まりに来ている。雇われた料理人を入れたら四人だな」

「先に言ってくれ」私はむっとして言うが、彼はそれには答えず、「彼らは、招待状で呼ばれて、やってきている。『豪華な洋館での二泊三日の休日はいかがですか』という当選葉書が送られてきて、それで、集まっているようだ」

「当選葉書？」それは胡散臭《うさん》そうだな、と私は直感的に思った。だから、「胡散臭いな」と実際に口にも出した。

「胡散臭いさ」情報部の彼が当然のように、うなずく。「誰かが何かを企んでいるに決まってる。山奥の洋館に呼びつけて、何かをやらかそうとしているんだろ」

「誰かって誰だ。何を企んでいる」

「さあな」

「ひとつ訊ねていいか？」

どうぞ、と言うかわりに彼は肩をすくめた。

「どうして、情報が小出しなんだ」私が積極的に質問をしなければ、何も教えてくれない。死ぬべき人間を選出し、その情報を取りまとめるのが情報部で、それに基づいて調査を行うのが私たち調査部の仕事だ。それにしてもこの不親切さは何なのだ、と腹立ちを通り越し、神秘的にさえ思えた。

彼には悪びれた様子がなかった。「詳細が分からなくて、おまえの仕事に支障でも生じるか?」と来た。

「生じない」私は即答する。

「だろ。おまえたち調査部っていうのは、割り振られた調査だけやってればいいんだ。どうせおまえたちには、全貌の把握はできないんだから、情報があっても、使いこなせないだろ。とにかく、早く行けよ。雪がどんどん積もって、歩きづらくなるぞ」

どうせおまえたちには、という断定の仕方に私は少々腹が立ったが、反論するのも面倒なので、足を踏み出した。そこで、「あ、そうそう」と背後から彼が声をかけてきた。

「何だ」

「ちなみに、その洋館で、何人か死ぬことになりそうだからな」

私は振り返り、片眉を上げた。「どういうことだ」

「その洋館の宿泊客の何人かに、すでに、『可』の報告が出ているんだよ」

「田村聡江以外に?」

「もちろんそうだ。みんな、調査が早いからな、すぐに報告が来る。今回はそれが重なってるんだ」

「そんなに急いで報告をして、どうするんだろうな」私は、同僚たちへの不満を、と言うよりも疑問を口にする。ろくに調査もせずに、「可」と報告してそれでよしとする気持ちが私には理解できなかった。

「うちは、調査部が報告を上げてくれれば、早かろうが遅かろうが問題はない」彼は言ってから、「とにかく、その洋館で、田村聡江以外に何人か死ぬ予定だ。一番近いのを言えば」と自分の記憶を辿るような顔つきになり、「田村幹夫だな」と言った。

「田村聡江の夫か」

「そうだ。田村幹夫は、明日中に死ぬ」

「他にも死ぬんだな?」

「雪の中の洋館で次々と人が死んでいく、というのは多少、演出がかっている気もするんだが、どう思う?」

「さあな」私は関心がなかったので、いい加減に返事をする。どうせ私たちには全貌が分からないし、情報を使いこなせない。足が雪に潜った。それを引き抜いて、さらに前方へ踏み込む。雪を踏む音は、足が潜る時の響きは、どこかリズミカルな音楽のようでもあり、心地良かった。

結局、その日の午後三時過ぎに洋館に辿り着いた。宿泊客たちは全員、ロビーの暖炉の周りに集まっているところだった。突然、雪だらけの姿で現われた私を当然ながら、ひどく怪しんだ。邪魔そうに眺め、どうにか追い払おうとする気配すらあり、だから私は、疲労困憊《こんぱい》を滲ませ、ここで外に放り出されたら吹雪よりも不人情で死んでしまう、というような怯えを浮かべ、それでどうにか、宿泊を了承してもらった。

夕食時に私は、「みなさんは何の旅行なんですか?」と訊ねたのだが、すると田村幹夫が、他の全員を代表するかのように、「いや、たまたま、旅行会社の抽選で当たったんですよ」と説明をした。

「抽選？」

「信州の洋館のペア宿泊、というやつですよ。こうやって当選するというのははじめてのことなんで、家内と一緒に来たのですが」開業医の彼は、日頃から患者を相手にやっているせいか、物事の説明をすることには慣れている様子だった。隣で、白髪の田村聡江がうつむいている。

それをきっかけに、順番に自己紹介がはじまった。

初老の権藤がまず名乗り、「いい年の息子と旅行ってのも、気色悪いが、まあ、たまにはいいと思ってな。父子旅行だ」と無理やりの笑みを作った。

「慣れないことをするから、吹雪《ふぶ》くんだ」英一が脇に顔を逸らして、愚痴をこぼした。

頰を膨らませると、顎に肉が寄る。

「わたしは東京で、女優の卵のようなことをしているんですが」真由子は下を向きながら、照れ臭そうに言った。「最近、こういう旅行がよく当たるんです。いつもはなかなか来られないんですが、今回、こういう山奥も面白いかと思って、来てみました。ただ、彼が後からやって来る予定なんですけど、まだ到着していなくて」と心配そうに、柱の時計を眺める。

「この雪だから、大変かもしれないですよ」と皿を並べる料理人が言った。心なしか、無感情で儀礼的な声にも聞こえた。

「もしその恋人が来なかったら、うちの馬鹿息子はどうだ。かわりに一緒に寝てやってくれよ。まだ三十五で、独身だ」権藤は、下品な冗談とも、抜け目ない親心とも取れる台詞を吐いて、歯を見せた。

　真由子の眉が一瞬だけ、動いた。引き攣《つ》った笑いを浮かべて、「そんな」と呟いた。本音からすれば、馬鹿な、とでも言いたかったのかもしれない。

「あなたも自己紹介を」と田村が、〈童顔の料理人〉を促した。すると彼は唐突の指名にはっとし、サラダの皿を落としそうになるが、「私は、先月まで東京都内のホテルで料理長をしていたのですが、辞めてしまいまして、今は友人のつてなどを頼りに、あちこちで、雇われシェフをやっているんですよ」と快活に挨拶をした。「今日は、急に電話で依頼をされたんです。なので、みなさん同様、私もこの洋館ははじめてなんですが」

　それから彼は、食材は大量に準備されていることを口にし、「だから、もし吹雪がつづいて、閉じ込められても、食糧の心配はないですよ」と微笑んだ。

「明日になれば止むかもしれないですね」と真由子が呟くと、「もし、そうなったら展望台に行ってみませんか？　近くの山にあるんです」と田村幹夫が提案した。

「展望台ですか」真由子はあまり乗り気ではなさそうだったが、「興味深いな」と権藤が返事をした。言葉とは裏腹に、まるで興味がなさそうだった。

「みんなで行きましょうよ」と〈童顔の料理人〉が言うと、英一もうなずいた。まるで全員が、何が何でも展望台へ行かなくてはならない、と思っているようで、少し可笑しくも感じた。

「でも、甘く見てると意外に、吹雪、長引くかもしれねえよな」英一がぼそっと言う。

「甘い？　吹雪に味があるんですか？」と私は感じた疑問を口にした。

「おまえさー」と英一は呆れ果てて言葉も出ない、という息を吐き出す。

田村が立ち上がった。「シェフ、一人で運ぶのも手間でしょう？　私たち夫婦が皿を運びますよ」と〈童顔の料理人〉に申し出る。

「そうですね。わたしたち、厨房に一番近いところに座っていますから」と田村夫人も立ち上がった。

彼ら夫婦の死期は近かった。情報部の言葉によれば、田村幹夫は一日後には死ぬだろうし、夫人も、私の報告次第では一週間後に亡くなるはずだ。残された時間は貴重だから、食事の配膳などをやっている場合ではない、と私はそう伝えたい気持ちにもなったが、口にしなかった。

それが昨晩、つまりは一日目だった。

3

そして、二日目の今日、私たちはラウンジに集まって、田村幹夫の死体を遠巻きに眺めている。「警察はどうなってるんでしょうか。誰か、電話をかけました?」真由子の声は小さい。

「電話が通じない」と答えたのは、権藤だった。この中でもっとも落ち着いているのは、私を除けば、彼だ。顔をゆがめてはいるが、それはもとからの皺のせいとも思える。

「この雪で、電話線が切れたのかもしれない。携帯電話もここは繋がらないからな」

「携帯電話が繋がらない場所が日本にあるだなんて」真由子はそれが最も恐ろしいことであるかのように、絶望的な声を出した。

「なあ」英一が組んでいた足を戻し、上半身を起こした。「あのおっさん、本当に、毒を飲んだのか?」

「毒?」真由子が目を丸くした。「毒なの?」

「あれは、毒だな」権藤が首肯した。もったいつけた様子はない。「傷もないし、首を絞めた跡もない。嘔吐の仕方や胸の引っ掻き方は、毒で死んだものに似ているな」

「心臓発作とかじゃないのかよ」英一が言う。

「その可能性がないとは言わないが、でも、あれは毒物を口にした死体にしか見えない」

その言い切り方には、経験に基づく自信のようなものが漂っていて、私は感心した。

「ストリキニーネ」真由子がふいに呟いた。思わず、口を突いた様子だった。

「何ですか」と私が聞くと彼女ははっとして、「あ、いえ、外国の推理小説によく出てくる毒の名前なんですよ」と恥ずかしそうに言った。「わたし、よく読むので、何だか思い出してしまって。あれって架空の毒なんでしょうか」

「どうでしょう」私は受け流す。

「親父は、警察に勤めていたんだよ」英一が疎ましいものを遠くから指差すように、権藤を見た。「定年まで真面目にこつこつ勤め上げた、刑事でさ。だから、こういうの俺たちよりは慣れてんだよ」

真由子の目に一瞬、安堵と感心の色が浮かんだ。元刑事が同席していることを心強く感じているのかもしれないし、同時に、不気味さを覚えているのかもしれない。「毒ということは自殺でしょうか」

「分からないな」権藤が腕を組み、唇をきつく結んだ。

「もし、田村さんが自殺でないとしたら、誰か犯人がいるかもしれないですよね」真由子は切実な声で、早口だった。「吹雪でこういう場所に閉じ込められて、で、殺人なんかが起きたら、それこそ推理小説じゃないですか。自殺だったらいいのに」

「自殺のほうがいい、なんてずいぶん勝手な言い草だ」英一が鼻を鳴らした。

「じゃあ、他殺のほうがいいわけ?」真由子はきっと目を吊り上げる。実のところ彼女は、気が強いのかもしれない。

「そう言えば、閉鎖された島とかで、次々に人が殺されるってやつ、ありますよね。『オリエント急行殺人事件』とか」と〈童顔の料理人〉がぽつりと言った。

「それは違いますよ」真由子が遠慮がちではあったが、しっかりと指摘をした。「それは、別の趣向の小説です」

「あ、そうでしたっけ」

「残念ですが」私は口を開いた。「僕は、これは自殺ではないと思います」

え、と驚いた顔で真由子が、私を見た。「何で言い切れるんだよ」と英一が眼鏡の奥から、私を睨みつけてくる。田村幹夫は自殺ではない。私からすればそれは当然のことだった。

私たちが調査を行うのは、不慮の事故や不幸な事件など突発的な死に限っている。老衰や病死、自殺の場合は関係がなかった。情報部が言うには、田村幹夫にも、「可」の調査結果が出ていたということだから、誰かが調査をしたということになる。つまり、自殺はありえない。

「自殺じゃないとしたら、何だよ。誰かが、あのおっさんに毒を飲ませたって言うのかよ」英一が目を強張らせる。

権藤は顎に手をやり、しばらく険しい顔をしていた。そして、口を開くと、「厨房には、コップが二つ残っていたな」と言う。

ああ、と他の者たちもうなずいた。田村の死体が横たわる厨房で、ワイングラスが二つ置かれているのが見つかった。グラスとグラスは離れた場所に置かれていたが、二つとも底にうっすらと、ワインらしき液体が残っていて、〈童顔の料理人〉が昨晩まではなかった、と主張したことからも、夜のうちに誰かが使ったのだとは推測できた。

田村は無類の酒好きだ、と田村聡江が言っていたことを考えると、一つは田村が飲んだものだろう、と思える。

「グラスが二つということは、もう一人、誰かがいた、というわけだよな」その誰かを燻《いぶ》り出すかのように、英一が全員を見渡した。「そいつが、ワインに毒を混ぜたのかよ」

「あのワイン、昨日の夜に皆さんにお出しした残りなんですよ」〈童顔の料理人〉がおずおずと言い出す。

「ということは、前から毒が入っていたわけでもないんだな」権藤がそこで組んでいた腕を解き、ソファに深く座り直した。「田村氏が死んだのは何時頃なんだ」

「それなら」私は記憶を辿った。「たぶん、朝の五時から六時までの間ですね」即答に近かったから、他の宿泊客たちは怪訝そうな顔を見せた。しまったな、と思った時にはすでに遅く、英一が身を乗り出した。「何で、そんなことがおまえに分かるんだよ」

私はすぐに、「実は」と説明をする。「私の部屋は階段の隣で、誰かが通るたびに足音がするんですよ」

「で?」権藤はまばたきもせず、見つめてきた。偽りを口にしたとたんに嚙み付いてくるような、目の見開き方だ。

「朝の五時頃、音がしたんです。気になってドアから覗いたら、田村さんが階段へ向かっていくところでした」

宿泊客と料理人の部屋は全て二階にあった。階段を昇って、右方向に長い廊下がつづいている。その左右に、五つずつ部屋のドアが並んでいた。一番手前の右手が私の部屋で、廊下を挟んで向かい側が、田村夫妻の部屋だった。

「魚眼レンズで覗いたというわけか」

「レンズ？　ええ、そうです。ちょうど覗いたら、田村さんが一人で部屋から出て行くところでした」

実際のことを言えば、私はその時だけではなく、一晩中、そのレンズを覗いていた。私にとっては、ベッドで眠ることも、ドアの前で立っていることも、労力としては大差なく、数時間でも数日間でも苦ではない。だから、正面の部屋から田村聡江が現われたら、偶然を装って話でもしようかと思い、ドアから機会を窺っていたのだ。

そして朝の五時頃、田村幹夫が出てきたのを目撃した。寝付けなかったのだろうか、浮かない面持ちで部屋から出てきて、深刻な足取りで階段の方向へと進んでいくのが見えた。

「何で、おまえ、五時なんかに起きていたんだよ」英一が鋭く突いてくる。

「吹雪がどうしても気になってしまって」私はそれらしく嘘をついた。「眠れなかったんですよ」

「死体が発見されたのが六時だったな」権藤が確認する。

発見したのは、田村聡江と私だった。田村が階下に消えてから一時間ほどして、彼女が部屋から出てきた。私は目論んでいた通り、たまたまドアを開けたような素振りで外に出て、彼女と挨拶を交わした。彼女は穏やかに微笑み、「起きてみたら、主人の姿が消えていたんですよ。どこに行ったのかしら」と答えた。まだ、その返事には余裕があったから、おそらく彼女は夫の死を予感してはいなかったのだろう。

私たちは一緒に階段を降りて、そして厨房の入り口付近で、田村幹夫が倒れているのを発見した。

「田村さんの奥さんの悲鳴が聞こえて、それで私は飛び起きて、一階に行ったんです」〈童顔の料理人〉が顎に手をやる。

「俺と息子も何事かと思って、起きた」権藤が唇を歪ませる。真由子に人差し指を向けてから、「あんたとも階段で一緒になったな」と言う。

「だって、凄く声が響きましたから」真由子は、その時の驚きを表現するつもりなのか、胸に手を当てていた。仰々しい、と言えば仰々しい仕草だ。

「ということは」と〈童顔の料理人〉が言った。「あの時、他の全員が二階にいたってわけですよね。では誰が、田村さんとワインを飲んでいたんでしょう」

「外に逃げたんでしょうか」私は思いつきを口にする。そう考えるのが筋とも感じた。

「この吹雪の中か？」権藤がカーテンの閉まった窓に目をやる。「この洋館は鍵がかかっているんじゃないのか」

〈童顔の料理人〉に視線が集まる。便宜上、料理を作る彼が、この洋館のホスト側の人間と位置付けられていた。「一応、正面の入り口の鍵はかけてあります」

「じゃあ」真由子は分かりやすいくらいに顔を青くした。「犯人はどこに消えたんですか」

「消えたとも限らない」権藤は落ち着いていた。「俺たちの中の誰かが、田村氏とワインを飲んで、その後で二階に戻ったのかもしれない。夫人の悲鳴を聞いて、素知らぬ顔で一階に行けばいい。外に逃げる必要はない」

「でも」私は反射的に口を開いた。「夜のうちに、他に、階段を降りた人はいませんでしたよ」

「どうして言い切れるんだよ」英一は、いかがわしいものを眺めるように私を見る。

ずっと廊下を監視していたからだ、と言うわけにもいかない。「さっきも言いましたけど、僕の部屋は階段の隣で、誰かが通ればすぐに分かるんです」

「馬鹿な」権藤がぴしゃりと言う。「君だって人間だ。まさか、ずっと起きていたわけではないだろうが。君が眠っている間に、誰かが通った可能性はある」

私は人間ではない。ずっと起きていた。本当のことが伝えられないのは残念だ。「嘘は言っていないです」と私は、信じてもらえないのは承知していたが、主張だけはしてみる。朝の五時から六時の間、田村幹夫以外に、階段を使った者がいないのは事実だ。

「探せば、どこかに、外に出られる窓やドアくらいはありそうですよ」〈童顔の料理人〉が言う。「そこから、犯人は逃げたのかも」

「でもよ」英一が唐突に、「毒殺だったら、可愛い顔したあんたでもできるよな」とふて腐れた顔を外に向けたまま、他人にも聞こえる独り言という様子で、発言をした。

「どういうことです」真由子が驚いた顔をする。

「あんたが田村さんをやったんじゃねえのか？」英一の態度は、相手をからかっているようにも、あまりの混乱に投げ遣りになっているようにも、女性に対する加虐趣味がうっかり出てしまったようにも見えた。

「英一、やめろ」と権藤が注意をする。「証拠もないのに勝手なことを言うな」

元刑事に相応しい台詞だった。

「わたしがどうして田村さんにそんなことをするんですか」

他の者たちの目が彼女に集まる。私は熱を感じた。昨晩、夕食の時からそうだったが、他の宿泊客が真由子を見る時には、その視線に何らかの熱がこもっているように見えるのだ。真由子がただ一人の若い女性だからかもしれない。性的な好奇心とも、極端な嫌悪感ともとれる緊張感があった。

「たとえば」真由子は何かが閃《ひらめ》いたのか、「こういうのはどうなんですか」と言う。「ボトルの中でワインが、夜の間に、何か化学反応を起こして、酸化みたいに、それで今朝になって毒性を帯びてしまったとか。田村さんがそれを飲んだら、たまたま」

「事故死、というわけですね」それならばありえると私は思った。事故死は私たちの管轄であるし、たとえば、田村が自殺の意図なく、毒を飲んでしまったのだとしたら、可能性としては充分にあった。

「一晩でワインが毒になるなんて聞いたことがない」と権藤が否定をした。「だいたい、グラスがもう一個あったんだ。そんなことを言って、あんたがやったんじゃないのか」英一がまた真由子を睨む。「彼女だけを怪しむ理由はないですよ」私は当り障りのない台詞を吐いた。けれどその、当り障りのないはずの言葉が、英一には気に入らなかったようだった。人間の反応は時折、私の想像に反する。「おまえ、この女の肩を持つのかよ」

どうしてそうなるのだ。

「おまえ、本当に吹雪から避難してきたのかよ。この女の仲間じゃねえのか?」

「え」と私は聞き返した。

「昨日も、女の料理を、一緒に分け合っていたじゃねえか」

記憶を辿ってから、「ああ、あれですか」と私は答えた。昨晩の夕食時、鶏肉の香草焼きが出たが、運ばれてきた時に真由子が私に、「この香草焼きって苦手なんです。食べてくれませんか?」と囁いてきたのだった。丁寧な依頼のようだったが、裏側には、自分の頼みごとが断わられるわけがないという確信じみたものも隠れていて、私は好ましくは感じなかった。

だから、「食べたくないのなら残せばいいですよ」と提案したが、「丸々全部、残すなんてできないですよ」と言ってきた。

どうしようか、と一瞬だけ悩んだが、結局は彼女の料理も引き受けた。以前、別の仕事でレストランを訪れた際に、隣の席の若者が、「食べきれないのなら、俺が食べてあげるよ」と言っていたのを思い出したからだ。あの男は相手の女性に、「優しいね」と賞賛されていたので、「好青年」である私も、同じ行動を取るべきだと判断した。

私には味覚もなければ、栄養も必要ない。食事をすることに興味はなかったが、二人分の肉料理を食べた。

「気づかれていたんですか」私は苦笑を浮かべた。できる限り目立たないように、一切れずつ彼女の皿から取ったのだが、やはり、不自然だったのかもしれない。

「初対面の男女が、食べ物を共有したりするのかよ」

英一の言い分を聞きながら、もしかすると彼は、私に嫉妬しているのだろうか、とも考えた。真由子から料理を譲られた私に不快感を抱いたのだろうか。そうでなければもしかすると、鶏肉の香草焼きがよほどの好物なのか。

「そんなことよりも」私は厨房を指差した。「あのわずかに残ったワインを、どなたか飲んでみませんか？　そうすればあれに毒が入っていたのかどうか分かるんじゃないでしょうか。まずそれを確認しましょう」

「もし本当に毒が入ってたらどうすんだよ」英一が鼻で笑う。

その時、背後で足音が聞こえた。「わたし見たんですよ」と声がした。一斉に全員がそちらに顔を向けると、階段をゆっくりと田村聡江が降りてくるところだった。細く骨ばった顔は血色悪く、短い髪も水分を失って乾燥しているように見えた。「主人が倒れているのを見つけた時に、さっと裏口から消えていく人影を見たんですよ」

4

田村聡江は貧血から完全には回復していないのか、足取りが危なげだった。ソファに座ると、「見たんですよ」とうわ言のように繰り返した。「朝、厨房に主人が倒れていて」と後ろに目を向ける。当然ながらその場所には依然として、田村幹夫の死体が倒れているので、彼女は一瞬息を飲んだが、それでも目をぎゅっと閉じ、奥歯を嚙み、泣くのを堪《こら》えていた。「主人の身体をさすっていたら、その時に厨房の窓の外をすっと、一瞬、人影が移動していくのが見えたんです」と涙が目に浮かんでいる。

「その人が犯人ですね」真由子は明らかに、そう決めつけたがっていた。

「どういう感じの人か、覚えてますか？」〈童顔の料理人〉が、夫人の顔を覗き込む。

「背が高くて、グレーのコートを羽織っていました。髪は短そうでしたが、鼻が高くて」

「一瞬だったというのに、よく覚えてるな」権藤は現役の刑事のようだ。

「ええ」夫人が強くうなずいた。「実は、つい最近知り合った方に似ていたんですよ」

「誰です？」権藤が姿勢を正す。

「医療器具の営業の方らしいんですが、先週、初めてお会いしました。感じの良い、三十代後半くらいの男性で、この一週間、うちの医院に毎日のように来ていたんですよ。

蒲田《かまた》さんとおっしゃって」

「そいつがどうしてここに」英一が言った。

「さあ」田村聡江は首を振る。「主人とは意気投合していたみたいですが。ワイン好き仲間と言いますか」

「ワイン好き！」英一が声を高くした。「一緒に朝からワインを飲んだのは、そいつじゃねえか」

「だが、この吹雪の中、その男はどこから来たんだ？　それでどこに消えた？」

「もしかすると、この洋館にまだ隠れているのかもしれないですよ」〈童顔の料理人〉が言う。

何気ない意見に過ぎなかったのだろうが、私以外の全員が青褪めた。「犯人がこの家に？」と真由子は頰に手を当てる。

「調べよう」と英一が立ち上がった。

「調べる？」私は聞き返した。

「このホテルに、その蒲田という男が隠れているかどうか、捜すんだよ。当たり前だろ」

「危なくないですか」〈童顔の料理人〉が尻込みをする。

英一が苛立ちを浮かべる。「犯人が隠れている状況のほうがよっぽど危ないだろ。向こうは一人、こっちは六人、怖くねえよ」

申し訳ないが、と私は半ば言いかけていた。真剣に話し合っているので申し訳なかったが、蒲田という男は犯人ではないと分かったからだ。

その男は、私の同僚に違いない。

蒲田という名前で働く、調査部の同僚だ。つまり、田村幹夫の調査担当は、蒲田だったというわけで、彼は昨晩、田村幹夫の死を見届けに来たのだろう。私の同僚であれば、吹雪の中だろうが洪水の最中だろうが、容易に現われることができる。蒲田は早朝の厨房に現われ、田村に挨拶をし、一緒にワインを飲んだのかもしれない。いや、唐突に現われては、田村が驚くだろうから、きっと厨房のそばで、田村の死を見届けたのだろう。その後で、残ったワインをグラスに注ぎ、飲んだ。味覚がないはずの私たちの中にも、「あの血のような色が好きだ」と赤ワインに目がない者もいる。グラスを置いたまま去ったのは、うっかりしただけか、もしくは、別に構わないと思ったのかどちらかだ。そして仕事を終え、立ち去った。そういうことだ。

5

案の定、捜したところで、洋館から怪しげな人間が発見されるようなことはなかった。私たちは、貧血気味の田村夫人を含め、全員で建物を見回り、建物の裏側の倉庫まで足を延ばした。外は静まり返っていて、それでも降り続く雪が積もっていくのが、不思議に感じられた。

「この雪の中、逃げられるとも思えないがな」権藤が不可解そうに首を捻った。

「そう言えば、あなたの恋人、大丈夫ですかね」倉庫を確認した帰りに、〈童顔の料理人〉が真由子に言った。彼女は、「ええ」と不安を露わにし、「せめて、電話が通じればいいんですが」と目を伏せた。

唯一の発見は、ワープロだった。しかも事態を前進させるたぐいの発見ではなく、混乱させる種類のものだった。ロビーのフロントに旧型のワードプロセッサが置かれていて電源が入っていたのだ。たまたま、カウンターの裏側に回った権藤がそれを見つけたらしく、「これを見ろ」と声を上げた。画面を覗き込むと、私以外の全員が絶句した。

『一人目は毒で死ぬ』

横書きでそう、文字が並んでいたのだ。全員が顔を見合わせる。

「どういうことですか、これ」〈童顔の料理人〉が、権藤を窺った。

「分からん」

「誰が書いたんでしょうか」

「蒲田という男かよ」英一が歯軋《はぎし》りをしながら、息を荒くした。「ふざけんなよ」

蒲田なのだろうか、と私は疑問に思った。私の同僚が、死を見届けた後で、ワープロに悪戯などをしていくだろうか。

「警察を呼ばないと」真由子が消え入りそうな声を発した。両手を、祈るように組み合わせている。「警察を呼ぶか、そうでなかったら、わたしたちが早くここから出て行かないと。早くそうしましょう」

「それが無理だから、困ってるんだろうが」権藤の声は苛立ちを含み、軽度の地響きを思わせた。「電話は通じない。ここを出ようにも、この吹雪じゃ無理だ。分かってんのか？」

「あの」田村聡江が思い悩みながら、口を開いた。「あの、主人は、あのままでいいんでしょうか」

「あのままで？」と私は言った。

「あのままですと、あの、傷《いた》んだりしないでしょうか」その台詞は、自分の夫を死体かもしくは果物として扱うようで、踏ん切りがつかなかったのかもしれない。ずいぶんと勇気を奮って、喋っているようだった。

「警察が来た時のために、現場はいじらないほうがいいと思うんだが」権藤が腕を組み、考え込むようにした。「一応、外に出しておくか。この雪なら腐ったりしないだろうし」

腐る、という表現に、田村聡江はぶるっと身体を震わせたが、すぐに、「よろしいですか」と安心した声を出す。

「気分は大丈夫ですか？」隣に立った私は、明らかに疲れている田村聡江に声をかけた。

「ええ、平気です」彼女は、ふう、と息を吐き出して、目をこすっている。彼女のあまりにつらそうな表情に、あなたも近いうちに死ぬのですよ、と教えたくもなる。

一日、という単位は、あくまでも人間が作った単位に過ぎない。他の宿泊客にとっては、ひどく長い一日だったかもしれないが、私からすればあっという間に夜だった。

状況の変化はまるでない。雪は一向に弱まらず、シラカンバの木々はどんどんと雪に埋没していく。洋館は奇妙なくらいに静まり返り、夕食の支度をする厨房の音が時折、響くくらいだった。朝食後、男たちで、田村幹夫の死体を洋館の外に運び出し、雪に埋めた。それ以降は、それぞれがばらばらに行動をした。

真由子は、恋人と連絡を取ろうと何度も電話機の前に立っていたが、成功はしなかったらしい。後の時間は部屋に閉じこもっていた。権藤と英一は、ラウンジで顔を寄せ合っていたが、にこやかに親子の談笑をしているとは思えない。フロントのワープロに打たれた文字はそのままになっている。誰も手を触れようとしなかったし、話題としても触れなかった。電源を切ればいいのではないか、と思うが、それすらも彼らはしなかった。

私はロビーの椅子で、陰鬱な表情で茫然としている田村聡江の隣に座り、表情を観察し、質問をし、反応を窺った。つまり、仕事をしたわけだ。

「何を見ているんですか」と訊ねると、彼女は泣いていた跡も隠さずに、「外にいる、主人を」と答えた。確かに、その場所から、埋められた田村幹夫の膨らみが見えた。

「どうしてこんなことに」と彼女は両手で顔を覆った。

「世の中って理不尽ですよね」気が利いているようでいて、実のところ何も言い表していない、という台詞を私は言ってみる。こういう空虚な言葉が、間を埋めることはよくある。人間が好んで使う手法だ。

「どうしてわたしたちばかり、こんな目に遭うんでしょうか」

「わたしたちばかり？」引っかかった。「どういうことですか？」

田村聡江は目頭をつまみながら、「実は、うちには一人息子がいたんですが」と言った。

過去形であることに、私は気づく。「いた？」

「二十四歳の時に死んだんですよ。妙な薬を飲んで」

彼女が言うには、その息子は、友人から手に入れた非合法の毒物を飲み、自殺をしたらしい。なるほど確かに、息子につづいて夫までもが毒で死んだとなれば、憤慨したくもなるだろう。自殺の動機を訊ねると彼女は、声を震わせてむせび泣き、聞き取りにくい喋り方となった。片想いであるとか、失恋であるとか、そういった内容であるのは言葉の端々から想像がついたが、それ以上の細かいことは分からなかった。

「ひどいですね」と私は同情を装う。探るように、「あなたもいっそのこと死んでしまいたいと思いませんか」と言ってみた。

彼女がそこではっと顔を上げた。ちょっと結論を急ぎすぎたか、と思ったが彼女は、「かもしれません」と答えた。

そうこうしているうちに、夜になった。

〈童顔の料理人〉も仕事が手につかなかったのか、夕食の品数は少なく感じたが、誰がろくに手をつけなかったので問題もないようだった。食事を終えると宿泊客たちは挨拶もなく、沈んだ顔で各自の部屋に戻っていく。明日こそは吹雪が止むようにと、誰もが念じているのが、私にも分かった。

階段を昇り、自分の部屋のドアノブを捻ったところで私は、情報部の台詞を思い出した。洋館で何人かが死ぬ、と彼は言っていたではないか。果たして次は誰が死ぬのだろうか。

7

三日目の朝、洋館から出て少し歩いたところ、雪の上で権藤が死んでいた。

ちょうど、田村幹夫の死体を埋めた、その膨らみの隣だった。早朝、田村聡江が、「主人が死んだとは信じられなくて」やってきた時に、見つけたらしい。またもや、第一発見者となった彼女は悲鳴こそ上げなかったが、それでも顔面蒼白で、洋館のロビーに座っていた私に駆け寄ってくると、「大変です」と嘔吐するように言った。それが朝の八時だった。

私は驚かなかったが、慌てた素振りで、他の三人を部屋から呼んだ。田村幹夫とは異なり、権藤は明らかに他殺と分かる状態で倒れていた。背中に包丁が刺さっていたのだ。俯せで、雪の地面に頬をつけている。私は反射的に周囲を見て回った。権藤が死んだということは、彼を担当していた者がいるはずで、その担当者が見届けに来ていたはずだからだ。どこかにいるかと思ったのだが、姿はない。すでに立ち去ったあとなのだろう。

すでに呼吸をしなくなった権藤の身体を囲むようにして、見下ろした。田村聡江はショックのあまりなのか、しゃがみ込み、両手で自分の身体を抱くようにしている。「どうしてこんなことに」と小声で呟いているのが、かすかに聞こえた。

父親を失ったはずの英一は、意外にも取り乱してはいなかった。悔しげに唇を結んでいたが、眼鏡を外し、目に浮かんだ涙を一度拭《ぬぐ》っただけだった。揺れる腹を抱えて、考え込むような顔をしている。

真由子は終始、無言だった。悲しげに眉を下げてはいるものの、生気を失ったかのような面持ちで、右手を自分の腹に当てていた。深呼吸を何度も繰り返している。〈童顔の料理人〉が一番分かりやすく狼狽《ろうばい》していた。「何ですかこれは、何ですかこれは」と呟き、小さな円を描くように同じ場所を行ったりきたりし、「だから嫌だったんだ」と仕事を引き受けたことを後悔しているかのようでもある。

「権藤さん」と声がしたのは、その時だった。立っている私の耳に、誰かが嘆くように言うのが聞こえたのだ。私は少し戸惑った。その小声は男のものであったし、聞こえてきたのは明らかに左方向からで、そちらには英一しかいなかったからだ。つまり、彼の口から発せられた言葉としか思えなかったのだが、息子である英一が、父親に対して、「権藤さん」と呼びかけるのは、どこか違和感があった。私の聞き間違いであったのか、それとも英一と権藤の間には、通常の親子とは異なる結びつきがあるのか。

「戻りましょうか」力ない声で田村聡江が言い、私たちはばらばらと洋館の中に戻ることにする。前方を、〈童顔の料理人〉と英一が並んで歩いていた。二人が会話をしているのが聞こえたので、耳を澄ます。

「これはどうなってるんですか」と〈童顔の料理人〉が怯え、「知らねえって。あの女がやったんだろ」と英一が答えている。

フロントの前を通り過ぎたのだが、その時に、「これ」と〈童顔の料理人〉が声を上げた。「これを見てください」とフロントに置かれたワープロの前に立ち、声を震わせる。英一と私が近寄ってみると、画面には新たな文章が追加されていた。

『二人目は刃物で死ぬ』

ほお、と私は言いそうになる。

私たちはまたソファで向かい合うことになったが、昨日とは異なり、すぐに状況の確認や今後の検討が行われることはなく、ただひたすら全員が押し黙っていた。不自然なくらいに口を噤《つぐ》み、なかなか喋ろうとしない。

昨日と今日とでは、異なる点が幾つかある。

まず、死体が増えた。しかもその死体が、取りまとめ役となっていた、権藤だったために、残された宿泊客は頼りにすべき柱を失ったようになっている。さらに、権藤の死体が他殺であることは間違いなく、誰もが犯人の存在を意識せざるをえなかった。ワープロの画面に追加された、文章の不気味さも加わり、誰もが怯えて沈黙している。

少し経ってからようやく、〈童顔の料理人〉が口を開き、「権藤さん、いつ、部屋を出たんですか？」と英一に訊ねた。

「気づかなかった。寝てる間に、いつの間にか、消えていたんだ」

「本当ですか？」〈童顔の料理人〉が念を押すと、英一がむっとした。「どういう意味だよ」

「同じ部屋にいて、気づかないものですか？」

「俺を疑ってるのか？　どうして俺が殺さないといけねえんだよ。おまえだって、それくらい分かるだろうが。それなら、この女のほうがよっぽど怪しいだろ」英一が、真由子を指差した。

真由子はびくっと身体を震わせ、英一を睨むが、言葉は発しない。唇が青褪めている。

「待ってください。落ち着きましょう」私は目的があったわけでも、落ち着かせる義務があったわけでもないが言った。

「何だよ、おまえ、やっぱりこの女の肩を持つのかよ」

「そうじゃありませんが、でも、責め合っても仕方がないですよ。一つずつ考えましょう。どうして、田村さんと権藤さんが亡くなったのか」

これでは私一人が取調べ人で、彼らが黙秘をつづける容疑者であるかのようだった。仕方がなく私は、「英一さん」と名指しで質問をすることにした。「権藤さんが何時頃まで部屋にいたか、ある程度の時間も分かりませんか？」

彼は、弛《たる》んだ首周りの脂肪をねじりながら、渋々という様子で口を開いた。「昨日は俺も眠くて、すぐに横になったんだ。ただ、眠ろうとした直前に声をかけられたのは覚えてる。その時が深夜零時だった。咄嗟《とっさ》に時計を見た」

昨晩も、ドアの魚眼レンズを覗いていれば良かったな、と私は少しばかり後悔をした。そうであれば、権藤と誰が一階に降りたのか把握できただろう。ただ残念ながら昨晩の私は、ドアの前には立っていなかった。

ラジオを見つけてしまったからだ。

昨晩、自分の部屋に戻り、窓の外の雪を眺めていると、出窓の脇に小型のラジオがあるのを発見した。今回は、信州の山奥、閉ざされた洋館ということで、周囲にはCDショップもなく、私は正直、落胆していた。そこにラジオが見つかったものだから、内心で歓声を上げ、すぐさま電源を入れた。はじめは雑音しか聞こえなかったが、それでもアンテナを引っ張り、窓際に近づけると、わずかではあるが音が聞こえはじめた。

ジャズが流れ出した。アルトサックスの音色がゆるゆると鳴っている。ラジオに耳を近づけて、それを一晩中満喫した。誰が洋館を歩き回ろうが、気にしている場合ではなかったわけだ。

「やっぱりこんなこと、いけなかったんだわ」田村聡江がわっと泣きはじめた。手を頬に当て、目から流れ出てくるのは涙ではなく希望だ、と言わんばかりに必死にそれを拭っている。

「こんなこと、って何のことですか？」私が聞き返しても、返事はない。当選して夫婦旅行にやってきたことを、そこまで悔いるべきとも思えなかった。一方で英一が、真由子を睨みつけている。俯いている彼女を視線で貫くようだ。

「おはようございます」と大きな、はっきりとした声が響いたのはその時だった。背後のロビーから聞こえてきた。

私や英一は、何事か、と素早く身体を起こし、〈童顔の料理人〉と田村聡江はゆっくりと背中を伸ばした。がばっと立ち上がったのは真由子だった。今までの暗い面持ちに、さっと明かりが差したかと思うと、「秋田《あきた》さん！」と声を出して、駆け出した。

私たちも後を追った。「彼女の恋人が来たんでしょうか」と〈童顔の料理人〉が、私の横で言った。「かもしれないですね」と答えると、さらに後ろにいた英一が舌打ちをした。〈童顔の料理人〉が英一に目をやり、二人は不満げに顔を見合わせた。

洋館の入り口に立っていたのは、体格の良い男だった。リュックサックを肩にかけ、身体に積もった雪を払っている。日に焼けた肌に白い歯が目立つ、二十代の運動選手という風貌だった。真由子が、再会を喜ぶかのように、抱きついている。

「遅くなった」と彼は弁解した。「雪が酷くて、どうにもならなかったんだ。今朝になって弱まったが、まだ、交通機関は動かない。仕方がないから、歩いてきた」

運動選手さながらの、がっしりとした体格の男だ。真由子は泣きじゃくりながらもたれかかり、不安や恐怖の全てを、男にぶつけているかのようでもある。

「はじめまして」男は、少し離れた場所に立つ私たちに気づくと、そう挨拶をした。

英一が歩み寄り、「ああ」とぎこちなく頭を下げた。そして、「ここは今、大変なことになっている」と太った腹を揺すりながら、言った。

私はじっと、今やってきたばかりの男を見ていた。ほどなく、男も首を傾けた。私と目が合うと、親しげに眉を上げた。なるほど、と私は思う。

彼も、私の同僚だ。

8

「よお」同僚が話し掛けてきたのは、その日の夕食後だった。彼がやってきたことで安心したのか、真由子はベッドに入るとすぐに眠ったらしい。他の宿泊客もそれぞれ、自分の部屋に戻っていた。用心するためにも一箇所で、全員で眠ったほうが良いのではないか、と田村聡江が提案をしたが、賛同は得られなかった。誰もが、他の人間を犯人と見なしていて、とにかく部屋で閉じこもっていたいのだろう。

電気の消えた真っ暗なラウンジで、私は同僚と並んでいた。

「おまえが来た時は、雪が止みそうだったが」私はラウンジの窓の前に立ち、カーテンをめくり、外を見ながら言う。

正午あたりまでは、回復の兆しを見せていた天候も、結局、吹雪に逆戻りをしていた。大粒の雪が次々と降り注いでいる。吹雪が再び勢いを増し、また洋館を覆いはじめた。そのことが、宿泊客の疲労を強くしたのは間違いがなかった。午後から夕食までの間、会話はほとんどない。

「おまえが仕事をやる時はいつも天気が悪いんだってな」彼は言った。「調査部でも有名じゃないか」

「まあな」

「晴れた空を見たことがないって聞いたけど、あれは本当なのかよ」

私は肩をすくめ、「まあな」と答えた。嘘ではなかった。私が現われる時、空にはいつも雲が満ち、その雲の晴れた向こう側がどうなっているのかは確認したことがない。興味がないと言えばないが、けれどどこか損をしている気分はあった。「でも、仕事には支障がない」

「だよな」

「ただ、こんな大雪ははじめてだ。いつもは、せいぜい雨なんだが」私は、夜の闇の中でも執拗に、強硬に、降りつづける白い雪に見惚れていた。白でも黒でもいい、風景は一色になるべきではないだろうか。人間の世界には色が多すぎる。「おまえがあの真由子という女を担当していたのか」

「先週からだ。明日が当日だよ」彼は鼻の頭をこすっている。当日とはすなわち、対象の人間が死亡する日のことだ。つまり彼は、真由子の死を見届けるために、この吹雪の洋館に現われたことになる。

「『可』にしたわけか」

「もちろんだよ。おまえは誰を担当しているんだよ」

「田村聡江。中年の女性がいただろう?」

「どうせ、『可』なんだろ?」彼は通常の人間よりもずいぶんと健康的な笑い方をする。

「まあ」私は答えかけたがすぐに、「いや」と否定をした。「いや、まだ、決めていない」

「そんなことを言っても、ようするに、『可』なんだろ」

「そうかもしれないが、もう少し調べるつもりだ」

「さっき、彼女にも聞いたが、この建物、大変なことになっているんだって?」彼が思い出したかのように言った。「何があったんだよ」

「興味があるのか?」同僚が、人間の死に関心を持っているとは思わなかったので、私には意外だった。少なくとも私なら興味は持たない。

「実はさ、あの真由子という女は推理小説というものが好きでさ」

「推理小説？」予想もしていない言葉に耳を疑うが、そういえば、真由子がそういうことを口にしていた。

「親密になるために、俺も読んでみたんだが」

「親密になったのか」私は、彼のその言葉に反応する。

「まあ」彼は眉を上げた。「だな」

調査部にも様々な担当者がいる。私のように、対象の相手にまるで興味がない者もいれば、「どうせ死を迎えるのであれば、それまでは相手に幸せを与えるべきだ」と主張する者もいる。恋愛的な接触を用いたり、物質的な欲望を叶えたりする者も少なくない。おそらく彼も、この何日間か、即席の恋人として振舞ったのだろう。

「で、その読んだ中に、こういう展開の話がいくつかあったんだ」

「こういう展開？」

「吹雪で殺人が起きるやつだ。次々に人が殺されていくんだ」

「確かに今、ここで起きているのも似ているかもしれない」

「真由子も死ぬから、三人か」と彼が顎を引いた。「さてそろそろ部屋に戻るかな」と階段に向かいはじめた。私もそれにつづく。

「そう言えばさ」と彼がついでのように口を開いたのは、階段の一段目に足を載せた時だ。「彼女、なかなか、酷い女だぜ」

「あの真由子という女か」

「そう。一見、静かで弱々しい女性に見えるけどさ。侮れない。今回も本当は別の男と旅行に来る予定だったんだ。それが急遽、俺と来ることになった。知り合ってすぐの俺とだぜ」

「ずいぶん簡単な恋人だな」

「男を弄《もてあそ》ぶタイプだ」と人差し指を出した。「結婚詐欺師って知っているか?」

「存在は知っているが、担当したことはない」

「彼女はそれに近いよ。男をその気にさせて、金だけ奪って、逃げる。逃げるというよりは、いつの間にか姿を消しているんだな。中には借金を背負って、不幸な目に遭った男も大勢いるらしい。彼女に夢中になって、裏切られたと思って、精神の螺子《ねじ》が緩んだ男もいる」

「ずいぶん詳しいな」

「情報部に問い合わせた」と彼は言ってから、その太い眉毛を歪めた。「あいつら、訊かないと教えてくれないからな」

「その通りだ」と強く同意する。

「あの情報部の不親切さとふてぶてしさっていうのは、人間に似てないか」

「それもその通りだ」私は再び、首肯する。それから思い立って、「実は、最初の田村幹夫の死因がまだ分からないんだ」と言った。「毒を飲んだのは間違いないんだが。犯人が分からない」

するとと彼は、「ああ、それな。さっき真由子にも聞いたよ」と口元を緩め、「こういうことは考えられないか」と自分の憶測を喋ってきた。

聞き終えた私は、「ああ」とうなずいていた。彼の推理には説得力があり、そして同時に、拍子抜けするようなものだった。

9

日が変わって深夜二時過ぎ、同僚が私の部屋に入ってきた。「あ、音楽」と、私がラジオに耳を寄せているのを見ると、羨ましそうに指を向けてきた。「こんなところにあったのか」

「どうしたんだ」私は心もちラジオを隠すようにし、唐突に現われた彼に訊ねる。

「いや、帰る前に、挨拶しておこうと思ってな」

「真由子は死んだのか?」と訊ねると彼はうなずいた。「どうやって死んだんだ?」とさらに訊くと彼は、真由子の死んだ状況を簡単に説明してくれ、犯人の名を口にし、去った。

朝を待ってから私は、彼女の死体を発見した。真由子の部屋のドアが開け放しのままで、中を覗き込むと、血だらけの死体がベッドに横たわっていた。包丁が腹に刺さっているのも見えた。そして、驚きと怯えの混じった芝居をしながら、各部屋を回った。「真由子さんが」と上擦《うわず》った声を出し、〈童顔の料理人〉と田村聡江、それから英一を起こした。

三人とも愕然《がくぜん》とした面持ちで、真由子の部屋の前で立ち尽くしていた。私はすでに、その三人のうちの誰が彼女を刺し殺したのか、同僚から聞いて知っていたが、すぐさまそれを指摘するつもりはなかった。

まずは全員が落ち着くのを待ち、一階へ降りる。「何が起きたのか、話し合いましょう」と三人をラウンジまで連れて行った。

「あ、あの男の人はどこなんでしょう」田村聡江が途中で気がついて、周囲を見渡した。

「あの、秋田さんという男性がいませんよ」

「本当だ」と〈童顔の料理人〉もうなずいた。

帰りましたよ、と答えようかと思ったが、窓から見える外の景色を見て、ためらった。雪は相変わらずの強さで降りつづいていて、「この吹雪の中、どこにどうやって帰ったのだ」と問い詰められても困るからだ。「どこに行ったんでしょうね」ととぼけた。

一階を歩いている時に私は、「そういえば」と思い、フロントカウンターへと足を向けた。例のワープロを確認したかったのだ。画面は開いたままで、覗き込むと、案の定と言うべきか、新たな一行が加えられていた。

『三人目も刃物で死ぬ』

なるほどこれも犯人の仕業なのか。


「さて」

全員がソファに腰を下ろしたところで私は、軽快に立ち上がり、他の三人を見渡した。疲労と困惑のせいか、全員がぐったりとうな垂れている。

正直なところ、私が必死になり、真相を明らかにする必要はなかった。誰が死のうと、誰が誰を殺したのであろうと、関係もなければ、興味もない。とりあえず田村聡江について、「可」と報告をして、すぐに立ち去ってもまったく問題はないのだ。

けれど私は、自分の得た情報から、この洋館で起きたことを整理しようとしていた。おそらく、「どうせおまえたちには、全貌の把握はできない」と情報部の担当者に言われたことが頭に引っ掛かっていたからだろう。全貌を把握してみせようじゃないか、と柄にもなく、張り切っているところがあった。

「これは、みなさん全員の計画だったんですね」私は単刀直入にはじめた。

「え」と三人が同時に顔を上げる。〈童顔の料理人〉が口をぱくぱくと動かし、田村聡江は目をしばたたいた。英一が身体を小さく震わせている。

「僕の想像です」とまず断わった。実際に、大半が憶測だった。いくつか、情報部に問い合わせたが、その情報からシナリオを構築したのは私だ。

田村聡江が口をもごもごとさせている。言葉を発する勇気がないのかもしれない。だから私はすぐに、「みなさんは全員で、真由子さんを殺そうとした」と言った。「そのためにここに集まった。ですよね？」

10

誰も口を開かないので、私は先をつづけるほかない。

「一日目の自己紹介の時、真由子さんは、最近、旅行がよく当たると言っていました。あれはたぶん、みなさんが旅行会社を装って、誘い出そうとしたのではないですか？違いますか？　今回ようやく、彼女がその気になって旅行に出ることにした。だから、計画を実行することにしたんですね」

しんと静まり返ると、外の風の音が響いて、聞こえた。ガラスが揺れて、窓枠とぶつかっている。

ほどなく田村聡江が、「英一さん、旅行会社に勤めているんです」と言った。覚悟を決めたかのような力強さと、諦めの表情がどちらも浮かんだ。隣の英一に目をやっている。それは、私の推測を認めたということでもあるのだろう。英一自身もすでに、抗弁したり、怒ったりする気力は残っていないようで、目を伏せているだけだった。

「全ての原因は」と私は、田村聡江を見つめ、「田村さんの一人息子、和也《かずや》さんにあったのですね」と言う。

今朝、私が情報部に問い合わせたところ、いくつかのことが簡単に分かった。いつだって情報は簡単に手に入る。こちらから訊ねれば、だ。

その情報によれば、田村和也は、真由子に騙された男の一人ということだった。田村聡江が、息子の名前を呼ばれたためか顔をはっと上げた。悲しみなのか憤りなのか、目が妖しく光り、私は、まだ彼女は真由子を憎んでいるのだな、と理解する。

「和也は、あの女に騙されたんです」と彼女が声を震わせる。真由子に弄ばれ、結婚するつもりだったのは自分だけだったと気づき、プライドを傷つけられ、精神を病み、どこからか手に入れた薬を飲み、和也は死んだ。そういうことらしい。

「みなさんは全員、和也君の知り合いだったんですね」

宿泊客は全員、その和也に関係があったのだ。権藤は定年前に、真由子のことを調べていた刑事だった。正義感が強いのか、それともどこか彼自身も精神の螺子が緩んでいたのか、真由子に騙された被害者に必要以上に肩入れをし、執拗に調査を行ったが結局、真由子の罪を立証することはできなかった。

〈童顔の料理人〉は、田村聡江の弟で、つまりは和也の叔父で、英一は、和也の親友だった。私にはその、「親友」という絆の概念がよく理解できていないが、叔父にしろ親友にしろ、自殺した相手のために殺人を決意するくらいの関係ではあったのだろう。もしくは彼らは彼らなりに、真由子のような女に義憤を感じていたのか。

「権藤さんと英一さんは親子ではなかったんですね？」私は自分ではすでに確認しているにもかかわらず、訊ねるように、英一を見つめた。すると彼は生気のない顔をさらにぐったりとさせ、「男が一人で旅行に来るのも不自然だからな」と苦笑した。

「みなさんは」と私はもう一度、確認をする。「全員で、和也さんの復讐を果たそうとした」

今朝、別れ際にこの推測を聞いた同僚は、そういえばそういう内容の、容疑者全員が犯人っていう推理小説があったな、と愉快げに言っていた。

「ただ」と私はそこでいったん言葉を切り、若干同情する声音を作った。「その計画が崩れてしまった。そうですね？」

英一が力なく首を振った。「最初の、田村さんが死んだのがまずおかしかったんだ。急に死んで、あれで予定が狂っちまった。そもそも、あの毒は何だったんだ」

「あれは」田村聡江が俯き加減に、「うちの人が持ってきたんです」

「何のためにだよ」と英一が声を荒らげるのを見ると、どうやら毒は予定外の道具だったらしい。

「わたしたち」田村聡江は思い決めたかのように、顔を上げた。涙が目に浮かび、それが室内の明かりで光った。「この期に及んでと思われるでしょうが、みなさんを巻き込むのが申し訳ないと思ったんですよ」

「え」〈童顔の料理人〉が驚いた表情をしている。

「みなさん、和也のために協力してくれましたけど、でも、やっぱり、手を汚すのはわたしたちだけで充分なんです。だから、主人と相談して、わたしたちだけで、やろうと決めたんです」

それは嘘だな、と私は咄嗟に思った。きっと田村夫妻は、他人に迷惑をかけたくなかったのではなくて、自分たちだけの手で仇を討ちたかったのだ。そして、息子が飲んだのと同じ毒物を用いて、復讐を果たしたかった。仲間が事を起こすより先に、真由子を殺害してしまおうと目論んだ。

けれど、そこで手違いが生じたのだ。

「でも、どうして、主人が死んでしまったのか、それは今でもわたしには分かりません」田村聡江がわっと泣き伏した。

そうだろうな、と私は申し訳なく思う。田村幹夫が死んだ理由は、彼女に分かるわけがない。

「いったい犯人は誰なんですか」〈童顔の料理人〉は堪えていた感情が噴出したのか、高い声を発した。唾が床に飛ぶ。「田村さん、権藤さん、真由子さん、三人も亡くなってる。誰が三人を殺したんですか。僕じゃないですよ、この中の誰なんですか」

その言葉に英一は顔を背けた。田村聡江は肩を震わせ、泣き続けている。仕方がなくて私は、「犯人は」と言う。「犯人は三人いるんですよ。それぞれの人を殺したのは、それぞれ別の犯人なんです」

11

「え」きょとんとした顔で、〈童顔の料理人〉が私を見た。英一も田村聡江も目を丸くしていた。

「まず、権藤さんが死んだことについてです」私は人差し指を出した。誰かが、「どうして田村幹夫の死は後回しなのだ」と指摘をしてきたら面倒だな、と思ったが、幸いなことに誰も口を挟まなかった。「権藤さんは、田村さんを殺した犯人が、真由子さんだと推理した」と英一を見る。「だから、その日の晩、真由子さんを呼び出して、刺し殺そうとした。違いますか」

「たぶん」英一が苦々しそうな表情で、呟いた。「たぶんそうだ」

〈童顔の料理人〉も小さく首を振った。「田村さんが死んでしまって、私たちは困惑していたんですよ。もう一度、計画を練り直そうと話したんですが、でも、権藤さんはやっぱり、じっとしていられなかったんですかね」

「あの人、ちょっと病的に憤っていたからな」と英一が眼鏡を触りながら、口を開く。「あの女が憎くて仕方がないようだった。正義感が強すぎて、どこかで曲がったのかもしれない。もしかすると、あの人自身、ああいう女に騙されたことがあったのかもな。田村さんが死んだ後、ずっと、あの女が犯人に決まってるってぶつぶつ言ってたんだよ。

で、夜、いつの間にか、部屋からいなくなっていてさ。あの女を呼び出したんだろうな」

「ところが、権藤さんにも予想外のことが起きた。何があったのか分かりませんが、真由子さんに逆に、刺されてしまうことになったんですね」

その状況を想像してみた。

雪の中で、権藤と真由子が向かい合う。包丁で刺そうとしたのは権藤だったが、何かの拍子で、雪の中に転ぶか滑るかしたのではないか。包丁を落とし、真由子に背中を見せた。真由子が包丁を拾う。

「いったい何があったのか、私には分かりません」〈童顔の料理人〉が首を横に振った。「田村さんがどうして毒で死んだのかも分からないし、どうして権藤さんがあの女に刺されたのかも。それから、あのワープロも」

「あれは」と英一が力なく、言葉を発した。「あれは、大したことじゃない」

「知っていたのか?」〈童顔の料理人〉が驚きの声を上げる。

「田村さんが死んだ朝、権藤さんが自分で、打ち込んだんだよ。『一人目は毒で死ぬ』って」

「どうして」

「女の反応を見るつもりだったんだろうな。毒を飲ませたのがあの女だったら、そのワープロの文章を見て、動揺すると踏んだんだろ」

「もしくは、真由子さんを怖がらせるつもりだったのかもしれないですね」私は思いつきを口にする。

「でも、権藤さんが死んだ後も、新しい文章があったじゃないですか」〈童顔の料理人〉が言う。

「それはたぶん、真由子さんがやったんですよ」私は言う。「権藤さんを返り討ちにした真由子さんは、一人目の犯人に便乗しようとしたんじゃないでしょうか。二つの事件は連続していると思わせたかった」

「ということは、最初の事件は、田村さんに毒を飲ませたのは、あの女じゃないってことかよ?」英一がその時だけ声を荒らげた。「俺はてっきり、田村さんを殺したのもあの女の仕業だと思ってた」

「違うと思います」私は、その件に関しては説明しにくかったので早口で否定をし、「で、真由子さんを刺したのは、あなたですね」と指差すことにした。

英一は肩を落とした。てっきり激怒や居直りを見せるものだと思っていたが、そんなことはまるでなくて、「そうだよ」とあっさり、認めた。

秋田という名の同僚の言葉を思い出す。彼は、今朝、私の部屋にやってきた時に、「結局、真由子は刺されて死んだよ。部屋にさ、あの英一ってのが飛び込んできて、刺し殺したんだ」と言い残した。

英一には開き直っている様子もなければ、悪人を気取る雰囲気もなかった。太った体が心なしか、痩せて見える。もう疲れたんだ、と小声で呟いた。「せっかく、計画を立てたのに、台無しになった。このままだと、またあの女だけが生き延びる気がしたんだ。それだけは許しがたかった。だから、俺が実行することにしたんだ」と言い、眼鏡の位置を直す。「疑ったことを考えずにさ、はじめからあんな女、ああやって殺してしまえば良かったんだ。和也のためにも」

「最初の予定ではどうだったんですか？」私は訊ねてみる。「あの秋田という彼も殺すつもりだったんですか？」

もしそうであったとしても、私の同僚を殺すのは無理だったろうが。

「女だけだよ。その辺の手順も全部、権藤さんたちと打ち合わせていた。宿泊した翌日、近くの山に観光へ行くはずだったんだ。宿泊客全員であれば、あの女だって警戒はしないだろう。恋人の目を逸らしているうちに、崖から突き飛ばすつもりだった。宿泊客全員が、事故だと証言する予定でさ。そうすればまったく問題がなかったんだ。ただ」英一が顔をゆがめた。「それが狂った」

「僕が来たからですか？」

「違う、吹雪だよ。まあ、はじめは、おまえのことを疑っていたけどよ」と英一が、私に鋭い視線を向けた。

突然の私の来訪に、彼らは非常に困ったに違いなかった。これから殺人を犯そうとしているのに、余計な邪魔者が来たのだから、追い返したかっただろう。けれど、吹雪のためにそうもいかなかった。

「俺たちの計画を察して、女とおまえで何かを企んでいるのかと思った。そうしたら、田村さんが毒で死んだ。これは絶対、おまえが台無しにしたんだと思った」

「僕は全然、関係ないんですよ」実際は、田村の死にはかなり関係しているのだが、真由子の仲間でないのは確かだ。

「わたしたち、間違っていたんですよ」田村聡江がそこで、彼女にしてはかなり大きな声で喚いた。拭っても拭っても止まらない涙で顔を濡らしながら、口元には涎も垂らしていた。「息子の死をこんな風にやり返そうとして、だから、罰が当たったんです。主人も権藤さんも死んでしまって」

「でも、俺はやっぱり、あの女が許せなかった」英一の声には迫力がある。それこそ、今は亡くなり、洋館の外で寝ている権藤が乗り移ったかのような力強さで、これだけは真実なのだ、と訴えかけるようにも聞こえた。「あの女、俺が殺そうとした時も言い訳ばかりしてたよ。権藤さんを殺すつもりはなかったとか、正当防衛だとか、訳が分からねえよ。おまけに刑法の正当防衛だか、過剰防衛の条項をぺらぺら喋りはじめたんだぜ。最悪だよ、あんな奴。和也のことを言ったら、そんな男は知らないなんて言い出しやがった。そうしたら今度は、詐欺罪についての条項をとうとうと喋り出してよ。最低だよ。最低の女だ。あいつは反省なんてしていなかった。それに、あの、気取った仕草を見たかよ。弱々しく、体をくねくねさせて。あれで、男を騙してきたんだ」

「だから、殺した。で、あなたもまたワープロを打ったわけですか？」

「全部、同じ犯人の仕業だと見せかけられればいい、と思ったんだ」

「同じ犯人の？」

「田村さんが毒で死んだ時、おまえが、『犯行時刻には、誰も階段を使っていない』と言ったじゃねえか。ってことは、俺たちは全員、田村さんを殺した犯人ではないってことだろ？　だから最初の犯人が、他の人間も殺したと思わせれば、自動的に、俺は全部の事件の容疑から外れると考えたわけだ」

ややこしい説明で私は、彼が何を言いたいのかよくは理解できなかったが、特に詳細な説明は求めなかった。だいたいが、人間の説明ほど、信用のならないものはない。

「千葉君、君は、それで」〈童顔の料理人〉が、私を見つめ、「このことをどう処理するつもりなんですか？」と言った。「警察に通報するんですか？」

「そりゃそうですよ」と言ったのは、田村聡江だった。「わたしたち間違っていたんです。だから、自首をしないといけないんですよ」

英一は横に置いた手を握り拳にして、深く息を吸った。それから、ゆっくりと吐く。彼自身も罪の意識を感じているのだろうか、重々しい声で、「そうだよな」と呟いた。

「ですよね」と〈童顔の料理人〉も肩を落とした。「吹雪が止んだら街に出て、それから自首しましょう」

「いえ」と私はそこで、短く言った。

三人が驚いた目を、向けた。

「いえ、僕は別にどうするつもりもないですよ」と正直に答えた。「警察に行くつもりもないですし、こう言っては何ですが、みなさんのことはどうでもいいんですよ。忘れることにします」

これは何らかの取り引きか、そうでなかったら回りくどい脅迫なのか、と三人が警戒心を強めて私を眺めてくる。その表情を見ながら私は、どちらにせよ彼らは自首するのかもしれないな、とは思った。

ただ私が、彼らの秘密を洩らすことはない。関心がないし、する必要も感じなかった。彼らのせいで真由子が死亡したのは事実だが、彼らが何もしなかったところで彼女は死んだ。私から言わせれば、生き残ったこの三人にしたところで、遅かれ早かれいつかは死ぬのだから、大した違いはないように感じられた。人間というのはいつだって、自分が死ぬことを棚に上げている。

「そろそろ、雪も弱くなりそうですよ」混乱のためなのか口を開けたまま動かない三人に向かって、私は窓を指差した。

カーテンの隙間から見える景色には、まだ降り続く雪が見えたが、けれどその勢いもずいぶん収まってきている。「僕はここを出ます。後はみなさんのご自由に。自首をするならすればいいですし、そうでなかったら、ここで起きた事件は全部、秋田という男のせいにしてもいいじゃないですか。真由子さんの彼氏の。口裏を合わせればどうにかなるかもしれないですよ」

そして、私はラウンジを後にする。調査期間はまだ残っているから、この洋館を離れた別の場所でまた、田村聡江と接触するつもりだった。ただ、おそらく、「可」の報告をすることにはなるだろう。彼女に死ぬべき理由はないかもしれないが、特別、死を先延ばしにする事情もなさそうだ。

「それにしても、どうして田村さんは亡くなったんでしょうね」背後で、〈童顔の料理人〉が疑問を口にするのが聞こえた。田村聡江がまた泣きはじめ、英一は黙ったままだ。

私はその言葉を聞きながら、田村幹夫が死んだのは私のせいなのだ、と三人には聞こえないぐらいの小声で答える。

12

同僚の推測から、私が考えをまとめたところによれば、おそらく真相は次のようなものだ。

一日目の夜、田村は夕食の料理に毒を混ぜたのだ。厨房から皿を運ぶ役を買って出て、真由子の料理皿にその毒物を入れ、それで真由子をさっさと殺害してしまおうと目論んでいたわけだ。

入れたのはおそらく、鶏肉の香草焼きにだろう。もしかすると、彼の用意した毒は匂いがきつかったのかもしれない。だから、香りの強い料理を選んだ可能性もある。

けれど料理が終わっても、真由子は死ななかった。倒れもしなければ、苦しみもしない。それを目の当たりにし、彼は相当、驚いたに違いない。毒を入れたのになぜ、彼女は死なないのだ、と身悶えしただろう。

真由子が死ななかった理由は簡単だ。実際にその鶏肉料理を食べたのは、私だったからだ。彼女は、香草焼きが苦手だ、と私に皿を譲り、私はそれを目立たぬように食べた。毒を入れた田村幹夫本人も、あまり見ては怪しまれると思い、真由子が食べる姿には注目していなかった可能性も高い。

言うまでもないが、私は毒では死なない。

田村幹夫が次に何を考えたのかは、やはり想像するほかないが、きっと彼は、その毒の効果について疑ったのではないだろうか。つまり、「これは本当に毒なのか」と思ったわけだ。

どうしたのか？　試してみたのだ。

翌朝、目を覚ますと、一階の厨房へと向かい、開いていたワインに混ぜて飲んでみた。そして、死んだ。当たり前だ。それは毒だ。

というわけで田村幹夫の死は、辿っていけば私が発端だったとも言える。けれど、彼には「可」の報告が出されていたから、私が関わらなくても、別の死因によって亡くなったのは間違いない。

洋館の扉を開け、外に出た。強風の痕跡もなく静寂が広がっている。空は依然として雲で覆われているが、すでに雪は弱まっていた。眼前に広がる雪の光景が、白いシーツのように見えた。地面は陶器さながらの丸みを帯びている。風が吹いたのか、シラカンバの枝から、はらはらと雪が零れ落ち、砂時計がしなやかに時間を刻むように、地面へと溶ける。私はその、雪景色がささめき合うような音と動きを、ただ、眺めていた。

「これは美しいな」と私は思わず、声に出す。ミュージックは物足りなかったが、これが見られたのは幸いだったかもしれない。

恋愛で死神

1

八日目、私は、荻原《おぎわら》が血を流して無事に死ぬのを見届ける。

無事に死ぬ、とは妙な表現かもしれないが、私たちからすればそういうことになる。

マンションの四階、通路を歩き、西端の部屋へと向かう。左手に各部屋のドアが並び、右へ顔を向ければ、手すりの向こうに古びた別の建物が見えた。荻原はいつもあそこから、こちらのマンションに住む古川朝美《ふるかわあさみ》を眺めていたのだな、とぼんやりと思った。

四一二号室の前で立ち止まった。他の部屋と異なり、その部屋のドアだけが薄い青色で塗られている。つい二日前に荻原が塗ったものだ。

「二度塗りしちゃえば、下のは分かんないから」と彼は落ち着いた声で言って、手やら頬にペンキをつけながらも、丁寧に刷毛《はけ》を使った。その時に、「管理人さんに怒られないかな」とこの部屋の住人、古川朝美は心配を口にしたが、本心では彼女も愉快に感じていたのかもしれない。

「大丈夫ですよ、綺麗に塗れば管理人さんもむしろ喜びますよ」荻原は快活に笑い、「ねえ、千葉さん」と私に同意を求めた。

「俺は、管理人じゃないから」

「そんなこと知ってますよ。変わってるなあ、千葉さんは」荻原が歯を見せた。

まさかあの時の彼も、その自分が塗ったドアの内側で、古川朝美の部屋で、死を迎えることになるとは思ってもいなかっただろう。

ドアノブを回してみると鍵がかかっていない。引いて中に入った。三和土《たたき》に、男物のスニーカーが転がっている。靴入れの上に載っていた花瓶は横向きに倒れ、水がこぼれ、滴が垂れ、小さな溜まりを作っていた。外に降る雨を真似るかのような、垂れ方だ。

靴を脱ぎ、廊下に上がると、時計を確認した。先ほどまで、繁華街のCDショップでずっと試聴をしていたために、やってくるのが遅くなってしまった。荻原はすでに死んでいるだろうか、果たして死因は何なのだろうか、と私は思う。

居間に入ると、荻原が横を向き、倒れていた。腹を押さえている。包丁の柄がわき腹から突き出していた。彼のすぐそばに寄り、しゃがんだ。身体から流れ出た血液が、板張りの床にこぼれている。彼のこぶしがひどく腫れていたので、何者かと殴り合ったのだな、と想像できた。

「千葉さん」荻原にはまだ息がある。坊主頭の荻原が、白くなった唇を震わせている。例の、まるで似合っていない眼鏡を付けたままだ。彼の死を決定した張本人は、私たち死神で、さらに言ってしまえば、「可」の報告を下した私なのだが、とりあえずは、「誰にやられたんだ？」と訊ねた。

「知らない男です」荻原がかすれた声を出す。「たぶん、朝美さんの言っていた、例の奴ですよ。外に出て行きました。早く、追いかけないと」彼は、出血による貧血と戦うためなのか、歯茎を見せ、歯を食いしばっていた。「彼女が帰ってきたら、危ない」

「大丈夫だ」

「でも、どうして」荻原が不意に口にした。それを耳にした私は、てっきり、「どうして僕が死ななければならないのですか」という言葉が続くものだと思った。人間が最期に決まって洩らすのは、いつだってその嘆きだからだ。けれど案に相違し、荻原は苦しそうに呻き、「どうして、あの男はこのマンションを突き止められたんでしょうね？」と言った。

私は拍子抜けした。確かに、朝美を脅かしていた男は、電話番号しか知らなかったらしいが、電話番号から住所を突き止める方法などいくらもあるに違いない。「そんなことはどうでもいいだろう」

荻原は自分の腹を押さえながら、細かいまばたきをぱちぱちと繰り返し、「でも、これはこれで」と声を出した。彼の目の前に集まった血がその息で揺れた。「良かったんですよね」

聞きながら私は、荻原の表情に清々しさが漂っていることを不思議に感じる。彼の調査をしていた昨日までの七日間が頭に蘇る。

2

一日目、私は、荻原が古川朝美の姿を目で追っているのを目撃した。

水曜日だった。私が四〇二号室から出ると、通路の先に、荻原の姿があった。朝の九時過ぎだ。私の得ている情報によれば、彼はマンション前の停留所からバスに乗り、地下鉄駅へ向かい、そこから四駅離れた場所にある、ブランド洋品店に出勤するはずだった。

内ポケットから写真を取り出し、素早く確認する。坊主頭に、分厚い眼鏡、細身の体型、間違いがない。

残暑が終わり、すっかり秋らしくなった十月の後半だ。台風が近づいているわけでもないのに雲が空を埋め尽くし、全体が灰色に見える。そこから雨が落ちてくる。目を凝らすと、雨粒の一つ一つに、ゆがんだ景色が映っていた。

今回の私は、このマンションに引っ越してきた二十九歳の青年、ということになっている。荻原よりは一つ年上、らしい。

壁に寄ってしゃがみ、靴紐を結ぶ真似をしながら、前方の荻原の様子を窺う。彼は立ち止まったまま、向かい側の建物を見ていた。私は腰を上げ、そちらのマンションに目をやる。茶色いレンガを積み重ねて作ったかのような四階建てで、こちらよりは数倍、瀟洒《しょうしゃ》な外観だ。ほどなくその四階の一番西端のドアから、小柄な女性が出てくるのが見えた。背中を向け、鍵を締めたかと思うと、小走りに通路を、左手に進んでいる。

ほぼ同時に、目の前の荻原が歩きはじめた。私も距離を気にしながらではあるが、つづく。荻原は、エレベーターの到着には目もくれず、非常階段を駆けるように降りていく。右回りの螺旋状となっている階段を私も下った。一階に辿り着いたところで、目の前に荻原の姿があり、危うくぶつかりそうになった。彼も驚いたらしく、身体をのけぞらし、「おはようございます」とぎこちなく挨拶をした。

「あ、どうも」と私も挨拶をし、一歩脇に退いた。そして、「実は、昨日引っ越してきたばっかりなんだけど」と自己紹介を試みた。唐突ではあるが、不自然なほどではないだろう。こういうことは機を逸すると余計に面倒臭い。千葉、と名乗ると彼も、「荻原と言います」と頭を下げた。

「四〇二号室に引越ししてきたんですか？　全然気づかなかった」向かい合ってみると荻原は、なかなかの長身だった。分厚い眼鏡は濁った湖面のようで、その奥の瞳がまるで把握できない。どちらかと言えば不恰好な眼鏡だった。

「引越しと言っても、荷物、全然なかったからな」私は答えた後で、「バスの停留所どこか分かるかい」と訊ねた。

「え、ええ」荻原の視線は、別の方向を窺っていた。マンション前の歩道を気にしている。私の目に気づくと慌てて、「あ、僕も今から行くので」と早口で言い、歩きはじめた。

彼がマンションから出て傘を差し、私もその後から出る。ちょうど横を、小柄な女性が通り過ぎた。先ほど、向かいのマンションの部屋から出てきた女だった。彼は、その女が来るのを待っていた。そうとしか思えなかった。

バス停留所には屋根がついていたため、私たちは傘を畳み、列に並んだ。

「おはようございます」荻原が挨拶をした。見ればその前に、先ほどの女性が立っていた。彼女はゆっくりと、首だけで振り返り、「あ」とも「ああ」ともつかないぎこちない声を出して、「おはようございます」と答えた。儀礼的なものに感じた。

「暑さが過ぎたと思ったのに、雨とか降って、じめじめしますよね」

「そうですね」彼女には警戒心が滲んでいた。二人がどの程度の知り合いなのかは判然としなかったが、それほど親しいわけでもないらしい。

宅配便のトラックが前を通過し、車道に溜まった水を私たちの近くへ、ばちゃばちゃと弾き、その音が、荻原と女の会話をそれきりにさせた。

荻原はさり気なく身体を反転させ、そして後ろにいる私を思い出したらしく、「でも、四〇二号室って、空室だったんですね」と話しかけてきた。「のんびりした人当たりのいいおばさんで、よく挨拶してたんですけど、いなくなっていたなんて」

「俺もたまたま、その部屋をあてがわれたから、詳しくは知らないんだが」答えながらも私は、四〇二号室に倒れている「のんびりした人当たりのいいおばさん」のことを思い出した。おそらくは、薬を飲んでの自殺だったに違いない。食卓の脇で、椅子から転げ落ちた恰好で腕を鉤型《かぎがた》に曲げ、口からは嘔吐物を垂らし、死んでいた。死亡時期は分からないが、それほど昔ではないだろう。まだ、死体は発見されていない。だから私はそこを、仮の住居とできた。

よく誤解を受けるが、私たち死神は、自殺や病死には関与していない。たとえば、「不意に車に轢《ひ》かれて」であるとか、「突然現われた通り魔に刺されて」であるとか、「山の噴火で、家が押し潰されて」であるとか、そういった死については私たちが実行しているのだが、それ以外のものとは関係がない。

だから、進行していく病や、自らの罪によってもたらされる極刑や、借金苦からの自殺などは、「死神」とは無関係なのだ。人間たちが時折、「癌という死神に蝕《むしば》まれて」などというレトリックを使うと、「一緒にしないでくれ」と私たちは憤りを覚える。

バスは定刻通りにやってきた。横腹に携帯電話の広告をびっちりと貼った派手なバスで、到着と同時に、鼻息のような音を立て、扉を開く。

通勤時間にしては遅いせいか、車内は空いていた。例の小柄な女は車両中央あたりの席に腰を下ろし、荻原はもっと後ろの二人掛けのシートに座った。私はその隣に、自然を装って、並んだ。

「荻原はこれから、仕事なのかい？」私は断りもなく、名前を呼び捨てにした。相手によっては、そうすることで、より早く親密になれる場合がある。

「ええ」彼が首肯する。「ブティックで働いているんです」

「ブティックというのは」

「服屋ですよ」

「なるほど、勉強になった」私は本心から言ったのだが、それを聞いた荻原はきょとんとした顔になって、「何だか変わってますね、千葉さん」と頬を緩めた。どこが変わってるのか、私には理解できない。とりあえず、「それなら今度、服を買いに行ってみるかな」と言った。彼と親しくなるには、良い策に思えた。

「あ、でも」荻原がすぐに言った。「うち、女ものしか扱っていないんですよ」

「それならそうだな、俺の恋人のために買いに行くよ」私は急造で、自分の恋人をでっち上げる。

「千葉さん、彼女がいるんですか」荻原が羨む声を出した。囁く声でふっと波でも立たせるように、「羨ましいな」と呟いた。

バスが停留所に到着した。地下鉄駅よりも一つ手前で、博物館前、となっていた。

「荻原は、恋人がいないのか」興味はなかったが、私はそう訊ねる。

「ですね」と返事をした彼は、バスを降りるあの女性の背中を、ずっと目で追っていた。

3

二日目、私は、荻原が古川朝美とどうやって出会ったのかを聞いた。

翌日も私は、一日目と同様に朝のバス停留所に向かった。九時過ぎに部屋を出て、今度は先に停留所に立っていることにした。なかなか荻原が姿を現わさず、やきもきする。

結局、一日目は、朝のバス停以外では、荻原と接触はしなかった。私は久しぶりに仕事で人間の街へやってきたので、少々浮かれていた。CDショップに夜まで入り浸り、マンションに戻ってきた時にはすでに荻原も部屋にこもっていた。

仕方がなく私は夜の間ずっと、通路から景色を眺めていた。向かい側のマンションにやってきた、ピザ配達人の動きを観察していると、わざわざマンションの入り口までピザを受け取りに来る人間がいたので、よほど腹が減っているのだな、と呆れた。

「ああ、千葉さん、バスはまだ行ってないですか？」と傘を畳みながら寄ってきた彼は、心なしか浮かない顔をしていた。もちろん、彼の顔には、あの分厚い眼鏡がかかっているため、細かな感情は把握できないのだが、どこか落胆している雰囲気はあった。

バスが来て、昨日と同じ席に腰を下ろしたところで、例のあの、向かいのマンションの女性の姿がないことに気づく。

「具合でも悪いのかい？」私は、右隣の荻原に訊ねた。

「え」荻原がはっとして、私を見る。「大丈夫ですよ」

「どこか上の空というか、憂鬱そうだ」

「そんなことないですよ」と彼は眉を下げた。

私は、「不躾《ぶしつけ》な質問をしてもいいかい」と言うことにした。

「不躾な質問？」

「俺は、思ったことはすぐに口にしてしまうんだ。人生なんていつ終わってしまうか分からないんだから、話は交わせる時に交わしておくべきだ。不躾だろうが何だろうが。そう思うだろ？」先日会った人間が得意げに話していた前口上を、私も真似してみる。

「人生は短いんだから」と言う。君の場合は、あと七日だ、と思わず続けたくなった。

荻原はとても戸惑った顔つきだったが、それでも、こめかみのあたりを引き攣らせながら、「分かりますよ」と答えた。「ええ、人生は短いです」

たぶん君の思っている以上に短い。

「で、何が聞きたいんですか？」

「今朝の君が意気消沈しているのは」

「ええ」

「昨日はいたはずの、あの女性がいないからか?」私は率直に訊ねた。「そこの席に座っていた、あの小柄の」

「な」彼はそのような質問をぶつけられるとは思ってもいなかったらしく、ボールを顔面に投げ込まれたかのような、実際に、鼻が凹んだかのような、怯《ひる》み方を見せた。「何でですか」

「昨日、荻原はずっと彼女を気にしているようだった。ずっと見ていただろ」

「あー」と荻原は間延びした声を出した。人間が、自分の思考を整頓する際によく発する、空洞を風が抜けるかのような音だ。

「マンションを出た時も、彼女が来るのを待っているようだった」

「あー」と今度は顔を赤くした。自分の靴先を見るようにして、「千葉さん、鋭いですね」とうつむく。

私は、彼のその様子をじっと眺めながら、そう言えばこういう状態にある若者を今までに何人も見かけたことがあったな、と気づいた。煩わしいくらいに、高揚と落胆を繰り返し、無我夢中なのか五里霧中なのかも分からなくなる。病とも症候群ともつかないが、とにかく面倒臭い状況に、溺れそうになっている。「それはあれか」と記憶を引っくり返し、「かたおもい、というやつか」と言ってみる。

荻原は一瞬、面食らったがすぐに唇を震わせて、笑った。「千葉さん、よく真面目な生なんですから、片想いくらいはあってもいいと思うんですよ」

「いや、そういうわけでも」荻原はそこでまた笑う。「でも」と言った。「でも、短い人

「悪い大人ならいいというわけか」

「いい大人が口にするのには、度胸が」

「恥ずかしい言葉なのかこれは」

顔でそんなことを言えますね」

「本当に来てくれたんですか」

その日の午後三時、私は、荻原の働く店へ顔を出した。巨大な広告が貼られた筒型のビルの三階で、エスカレーターを上がった右奥の場所がそうだった。大文字と小文字の混じったアルファベットが五つ連なる店名が、壁に書かれている。床が白と黒のタイルになっていて、全体に無機質な冷たさを感じさせる。

「ちょっと仕事が空いたんだ」私は平然と嘘をつく。今の今まで、CDショップの試聴機でミュージックを楽しんでいただけで、私にとっての仕事は、荻原と話をするこれからだ。「今朝の話のつづきも聞きたかったからな」

「何の話でしたっけ」と言う荻原は白《しら》を切るようでもない。

「かたおもい、についてだ」

荻原はそこで顔を赤らめ、眉を下げ、口元を緩めた。「あれ、いや、あれはいいんで

すよ、あれでおしまいです」と手を振った。心なしか、朝に会った時よりも、気落ちした翳《かげ》りが薄まっているように感じたのは、彼が今、労働中だからだろうか。ただ、それとは別の違和感も覚えた。「ああ、眼鏡を外しているんだな」と私は、彼に指を向けた。荻原は慌てて、自分の目を隠すように手のひらを動かした。「仕事中は外さないといけないんです」

「外さないと?」

「だって、あんなダサい眼鏡つけてたら、お客さん激減でしょ」そこで別の人間の声が飛んできた。白いカウンターの裏から、背の高い女性が姿を見せたのだ。長い睫《まつげ》毛が目立つ。「荻原君の知り合い?」と私に首をかしげた。骨の動きを感じさせない、くねくねとした仕草だった。

「僕と同じマンションに住んでる、千葉さんですよ。千葉さん、こっちはこの店の店長」

「ねえ、千葉さん、荻原君の眼鏡ってほんと、最悪だと思わない?」店長の彼女が同意を求めてきた。「外せばこんなに恰好いいのに。しかも度が入ってないし」と荻原の顔の前で、指をくるくると回す。

「外見なんてどうでもいいんですって」荻原は苦々しく答えた。その苦々しさは、謙遜《けんそん》や照れ隠しではなく、あからさまな不快感を伴っていた。自己嫌悪が滲んでいる。持たざる者だ、「持たざる者!」と侮辱されたかのような怒りもあって、私は意外に感じた。眼鏡なしの荻原を改めて、見る。力強く、くっきりとした眉と、大きく、黒目がちな目がある。目だけでこうも印象が変わるのか、というくらいに、鋭敏な雰囲気をまとっていた。

「この店で働くのつらいんですよ」荻原は弱り切った表情を見せたが、彼女はまったく意に介していないようだった。

「荻原君はこの店の人気者なんだからさ、辞められたら困るんだって」

「それなら、眼鏡をかけさせてください」

「だからそれだと意味ないいんだって」

おそらく何度となく繰り返された言い合いなのだろう。荻原の態度には徒労感のようなものが、漂っている。

「ねえ、で、聞こえたんだけど、片想いって何の話?」店長が目を輝かせた。

「何でもないですよ」荻原がそこで話を打ち切るかのように、ぴしゃりと言う。

店長は、私にさらに近づき、「ね、千葉さん、片想いって何のことなの?」と強い口調で訊ねてきた。くねくね、くねくね、だ。

「そうだ、昼の休憩取ってないので、今から行ってきます」荻原が手を挙げ、宣言をした。「雨だし、客も来ないですよ」

「何言ってんの、逃げる気?」店長はそう言った後で、だいたいこの間も、病院に行くとか検査に行くとか言って急に休んで、あれも嘘だったんでしょ、と文句を言った。

「千葉さん、行きましょう」と私の背中に手を添えて、荻原は店の出口へと向かった。

私もついていくのは好都合だった。たまたまそこに、日焼けした女が二人、店に入ってきた。すれ違う荻原を何気なく見た後で、目を見開いた。何気なく見渡した野原に、花を見つけたかのような目のやり方だった。荻原の外見は確かに魅力的、らしい。

「あの彼女は、古川さんと言うんですよ。古川朝美さん」同じビルの最上階にあるレストランで、コーヒーを頼むと、荻原が言った。私はと言えば、店内に流れているチェロの音に、意識を奪われそうになっている。

「ああ、さっきの香水のきつい女か。店長の?」と私が返事をすると、荻原が、「違いますよ」とすぐに否定した。「全然違います。そうじゃなくて、ええと、あのバスで一緒の」

「かたおもいのか」私はコーヒーを飲む。

「それはもう言わないでくださいよ」荻原は心底、つらそうな声を出した。いつの間にか鼻には眼鏡を載せている。

「人間が作ったもので一番素晴らしいのはミュージックで、もっとも醜いのは、渋滞だ。それに比べれば、かたおもいなんていうものは大したものではない。そうだろ?」

荻原は当惑したようではあったが、「千葉さんは変わってますね」と言った。そしてふっと息を洩らした後で、「そう言えば、偶然ですけど、似た言葉を思い出しました」

「ほお」

『人間の作ったもので最悪なのは、戦争と除外品だ』」彼が微笑む。

「誰の台詞だ」

「古川朝美」と荻原が答え、そしてわざと忘れていたのかどうかは判然としないが、「さん」と敬称を付け足した。その後で彼は、古川朝美とどうやって出会ったのかを、ぽつりぽつりと話しはじめていた。興味はまるでなかったし、そんなことよりもチェロの演奏に集中していたかったのだが、私は我慢して、耳を傾けた。好きでもないことを必死にやる。仕事とはそういうものだ。

「彼女、うちの店のバーゲンの時に来たんです。この間の冬なんですけど」

「バーゲンというのはあれだろ、通常の値段よりも安く物を売るイベントだ」

「改まって言われると」と荻原は一瞬、のけぞる。「そうです、大安売りです。うちの店も人気で、混むんですよ。十時開店なのに、夜のうちから並んだり」

「人間は渋滞が好きだからな」

「その通りですね」と荻原は、私の言葉に対し、愉快げに応じた。「それで、初日は店内も凄く混んでいたので、最初は気づかなかったんですが、鏡の前で一生懸命、ジャケットを合わせている女性がいたんですよ。照れ臭そうに、ぎこちなく、こそこそと」

「それがその、古川朝美だったわけか」

「一人で来て、一生懸命に悩んでいたんですよね。ただ、次から次へとお客さんが来るので、僕も応対はしなかったんです。そのうち、買うか帰るかするんだろうな、と思って。それで、一時間くらいして見たら、まだいるんですよ」

「ずっと鏡の前にいたのか？」

「たぶん、一度、どこかに行ったんでしょうけど、また戻ってきたんですよ。よっぽどジャケットが気になったんでしょうね。それで、僕も声をかけたんです」

「さっさと買え、とか」

「まさか」荻原が噴き出す。「似合いますよって言ったんですが」

彼はその時の様子を思い出しているのか、一瞬だけ遠くを眺める表情になった。急ぐ理由もなく、私は、彼が喋りはじめるのを待つ。チェロのメロディに耳を傾けつつ、だ。

「それでも彼女、悩んでましたね」荻原はこめかみを掻いた。「滅多に、高級なブランドの洋服を買う機会はないらしくて、『今、頑張って決断しますから、遠くから見守っていてください』とか言うんですよね。それで、僕は他の作業しながら、彼女をちらちら見ていたんですけど、その時に、いいな、って思ったんですよ」

「何がいいんだ」

「彼女、外見は結構、地味ですけど、かと言って、くさってるようにも見えなかったんですよね。くさらず自分に酔わず、という様子が、いいな、って」

「それが、かたおもい、のはじまりなのか」人間の恋愛の発端はたいていが、下らない出来事で発生すると私も承知していたから、予想できた。

荻原は困惑気味の、勘弁してくださいよ、という顔つきになったものの、「今から思えばそうなんでしょうね」と認める。

「で、結局、その古川朝美はその服を買っていったのか？」

「いえ」

「諦めたのか？」

「いや、彼女、その服を買うのを決心したんですよ。真剣な顔で、レジに持ってきて。でも、よく見たらそれ、除外品だったんです」

「除外品？　さっきも言っていた言葉だな」

「ええ、バーゲン除外品です。その商品だけは安売りじゃないってわけです」

「詐欺か」

「違いますよ。新商品だったりするんで、値下げできないのは仕方がないんですけどね。でも、得てしてそういうほうが良く見えたりするんですよ」荻原が笑った。「『好みの服があったら、除外品だと思え』って言われるくらいです」

「彼女は買わなかったのか？」

「そうですね。かなり高かったですし。で、寂しい顔をしていたんですよね。そりゃまあ、一時間以上悩んだ末ですからね。気づかなかった僕がいけないから、謝ったんです。そうしたら、そこで彼女が言ったんです。『わたし、前から思っていたんですけど、人間が作った最悪の物って、戦争と除外品ですよね』って」

「何だそれは」

「真面目な口ぶりだったので、こっちも真剣に聞いてましたけど」

「とにかく、古川朝美はそのジャケットを手に入れられなかったわけか」

「ええ」荻原はうなずき、カップに口をつけた。「ただ、数日後、買って行きました」

「安売りじゃないのにか？」

「そこはちょっと嘘をつきました」

「嘘？」嘘をついて、どうやって買わせるのだ、と私は疑問に思ったが、それを問い質《ただ》すよりも先に彼は、「昔、観た映画にですね」と弁解するように言った。

「映画？」

「こういう台詞があったんですよ。『誤りと嘘に大した違いはない。五時に来ると言って来ないのはトリックだ。微妙な嘘というのは、ほとんど誤りに近い』って」

「何だそれは」

「たぶん、僕がついたのは嘘と言うよりは、誤りに近いんですよ」

意味が分からない、と私は肩をすくめるが、ほぼ同時に荻原が、店内の時計を見て、「そろそろ戻らないと」と腰を浮かせた。

「ちょっと待ってくれ」と私は慌てて、呼び止めた。「最後にいくつか訊きたいんだが」

「ええ」

「まずは、そうだな、死についてどう思う？」

荻原が意表を突かれたように、動作を止めた。

「自分が死ぬなんてことを想像したことがあるか?」

唐突に不吉なことを言わないでくださいよ、と唾でも飛ばされるかと思ったが、意外にも荻原は、「人って、自分が死ぬことを意外に自覚してないですよね」と神妙な面持ちになった。

「その通りだ」

「死ぬのは怖いです。人生は短いですよ。僕も最近、気づいたんです」

「素晴らしい」からかうわけではなく、本当に素晴らしい、と私は思った。

「だから」彼は唾を飲んだ。「だから、彼女と親しくなりたいと思ったのかも」

「彼女と親しくなりたいために、向かいのマンションに越してきたのか?」

「まさか」荻原はそれだけは誤解されたくないのか、ひときわ大きな声を発した。「違いますよ。偶然です。ある時、たまたま、正面のマンションの部屋から、彼女が出てくるのを見て、最初はどこか知っている顔だな、と思っていたんですが」

「前から訊きたかったんだが、恋愛とは何だ?」私は思い切って、その質問をぶつけることにした。「いつも分からないんだ」

荻原は半分立ち上がりかけていたのだが、その姿勢のまま、可笑しいことを訊きますね、とまた表情を崩した。「千葉さんも、彼女がいるのに」

「荻原はどう考えてるんだ? 恋愛とは何だ」

「それが分かれば世話ないですよ。でも、たとえば、自分と相手が同じことを考えたり、同じことを口走ったりするのって、幸せじゃないですか」

「同じことを？」何だそれは。

「たとえば、同じものを食べた後で同じ感想を持ったり、好きな映画が一緒であったり、同じことで不愉快さを感じたり、そういうのって単純に、幸せですよね」

「幸せか？」

「大きく言ってしまえば、そういうのは全部、恋愛の範疇じゃないかって、僕は思うんですよ」と荻原は笑った。「僕は、彼女が同じ町に住んでいたことも嬉しかったですよ。価値観が似ているのかと思って」

「だが」私はそこで、今まで見てきた人間の何人かを思い浮かべた。「恋愛というのはうまくいかないものなんだろ」

「いや、そういうわけでは」と荻原は反論を口にしかけたが、言葉を止めた。「まあ、たいていそうですね」と敗北を認める兵士のように、うなだれる。

「だろ」

「でも、うまくいかなくても、そういうのがあったほうが楽しいですよ」

「そういうものか」

「千葉さんが言ったように、人生は短いんですから。何もないよりは、何かあったほうがまだいいです。最高ではないけれど、最悪じゃない、そういうのってあるじゃないですか」

「次善の策ってやつか」私はこの言葉が案外に好きだった。

「ちょっと違うかもしれないですけど」荻原が笑う。「それでもいいです」

私は席を立つと、店の天井を、正確に言えば店内を流れるミュージックを、指で追うようにした。「これは何という曲だ?」

「バッハの」と彼は意外にも知っていた。「チェロの無伴奏組曲ですよ、たぶん」

「大バッハか」私は思わず、口に出す。バッハという名前の音楽家は大勢いて、なぜか、一番有名なバッハは、大バッハと呼ばれているらしいが、その呼び名が私は好きだった。

「いいな、これは」

「僕も好きなんですよ」荻原はテーブルの上の伝票をつかんで、ここは僕が払いますよ、と言った。「優雅で、切なくて、そよ風とも嵐ともつかない曲。そんな気がしません?」

その表現はとてもぴたりと来て、私は、ほお、と感心する。

レジのところで会計をしている荻原に、店員が親しげに話しかけていた。顔見知りらしい。長身で、目の大きな女性で、「荻原さん、何でいつもそのダサい眼鏡かけてるんですか。台無しじゃないですか」と苦情を申し立てるように言うのが聞こえた。

4

三日目、私は、荻原が古川朝美に誤解されていることを知った。

次の日の朝も私は、タイミングを計り、マンションの一階で、荻原と会った。雨が降っているが小雨で、灰色のアスファルトを、湿った藍色にする程度だった。バス停留所に向かう間、荻原の表情が明るかったのは、おそらく、古川朝美が前方に見えていたからだろう。「今日は、古川朝美がいるんだな」と私が言うと、隣の荻原は恥ずかしげに目を伏せた。

「おはようございます」とバス停留所に到着したところで、荻原が挨拶をした。前で傘を閉じている古川朝美に、だ。「昨日はお休みか何かだったんですか」

古川朝美は、ちらっとこちらを見る。

「いつもここで会うので、昨日はどうしたのかと思っただけなんですが」

「あの」古川朝美の声が、その語尾が揺れた。

「ええ」バス停留所に他の人間はいなかった。

「あの、もうやめてください」古川朝美は、視線こそ逸らしていたが、確かにそう言った。

「え?」

「電話とか、もう、そういうのやめてくれませんか」勇気を振り絞り、決意を固め、ずいぶんと思い切って口に出したのか、彼女は寒くもないだろうに身体を震わせた。

バスが姿を現わした。いつもよりもスムーズにドアを開けたように思える。古川朝美はいそいそと乗車していく。

「え」取り残された荻原は茫然自失となったかのように、動かなかった。

「乗らなくていいのか」私が耳元に囁くと、死神に囁かれたからというわけでもないだろうが、彼は水を浴びせられたかのようにひどく驚いて、バスに乗り込んだ。

車両の真ん中に座る古川朝美は、荻原と顔を合わせたくないからか、窓の外をじっと見つめていた。後方の座席に腰を下ろした荻原は血の気の引いた真っ白い顔で、ぽかんとしていた。今にも死にそうだな、と私は思う。

荻原は喋らなくなった。放心状態で、私がいること自体を忘れている。これはまずい、と思った。もう少し、彼とは会話を交わすつもりだったのだが、これでは口を利いてもらうにも一苦労だ。

しばらくしてバスが、博物館前、で停車した。古川朝美が席を立ち、降車口へ向かっていく。彼女がバスから出るのを見たのとほぼ同時に、私は立ち上がり、「おい、行こう」と大きな声を出した。

何事か、と目を丸くする荻原を半ば無理やりに立ち上がらせた。「彼女を追うぞ。彼女が怒ってる理由は、彼女から聞けばいい。今しかない」閉まりそうなドアに駆け寄った。

古川朝美は当然ながら、迷惑この上ない顔だった。不快感と警戒心、嫌悪感も浮かべ、追いかけてきた私たちに、傘を差したまま振り返った。「な、何ですか」と口元を震わせている。

はじめて間近で、真正面から、古川朝美に向かい合った。髪が短く、丸顔で、色白の肌に細い眉を見せていた。鼻筋が細く、口元にほくろがある。

「誤解を解きたくて」本来であれば、荻原と彼女で話し合うべきことなのだろうが、荻原にはまだその準備が整っていないらしく、息を切らしている。仕方がなく、私が言った。「彼がどうしても」と荻原を指差す。

「あの、わたし、もう仕事行かないと」

「すみません」荻原が必死に喋った。「きちんと自己紹介をしていませんでした。あの、向かいのマンションに住んでいる、荻原と言います。二十八歳で、服屋で働いています。いつも、バス停で見かけるので、勝手に知り合いのつもりだったんですが」と後半はぼそぼそとかすれるような言い方になったが、どうにか聞いてもらおうと必死の早口だった。「あの、何か悪いことをしてしまいましたか？」

「あ、いえ、あの」古川朝美は動揺を見せたが、荻原のペースに引き摺られたのか、「わたし、古川と言います」と頭を下げ、近くの映画配給会社で働いている、と言った。

「あの、何で僕が挨拶をしたことで、あんなに怒ったんですか？」

彼女はそれを聞くと腕時計を眺め、そわそわとして、「すみません。最近、わたし、いろいろあって」と早口になった。視線が定まらない風でもある。「ちょっと、被害妄想だったのかも。わたし、てっきり、荻原さんが電話の人だと思っちゃって」

「電話？」

「嫌な電話が最近かかってくるんです。すみません」彼女は頭を下げた。そして、さらに説明を求める荻原に、「わたし、もう行かないと」と時計を確認しながら、言った。

偽りではなさそうだった。私や荻原から逃げ出そうという口実にも感じられない。荻原もそれは感じ取っていたのか、「それなら」と恐る恐るという様子で、口を開いた。

「明日、土曜日ですけど、もしよければ、会って話を聞かせてくれませんか」

「でも」と彼女が一瞬、不安げになる。「予定があるし」

「その予定の前に、ほんの少しの時間でいいですから、話を」

「どうして、あなたに話を？」

確かに、どうして荻原に話して聞かせなければいけないのか、その理由ははっきりしなかった。論理的ではない、と私も感じた。けれど彼は、「僕は濡れ衣を着せられたようなものですから、事情くらい聞かせてもらってもいいじゃないですか」と少しばかり強い姿勢を見せた。さらに、「もし僕を訝しんでいるなら、二人きりで会うことに抵抗があるのなら、どなたかご友人を連れてきてもらってもかまいません。僕も、彼に来てもらいますし」と私を指差すことまでした。説明も打診もなく、いきなりの指名だ。まあ、やぶさかではないが。

5

四日目、私は、荻原が古川朝美の相談に乗る場所に同席する。

「千葉さん、お忙しいのに本当にすみません。せっかくのお休みの時に、つき合わせてしまって」待ち合わせ場所とした喫茶店の席で、隣の荻原がそう謝ってきた。店の外の敷地まで座席の並ぶ、オープンカフェと称されるたぐいの店らしいが、雨のため、外は閉鎖されていた。

「別にいいさ」私は無表情に答えた。「それよりも、荻原こそ、店を休んで平気なのか」

「店長に頼みました。いろいろ言われましたけど、そんなのどうでもいいんですよ」と笑う。口調こそ落ち着いていたが、それでも今日の彼には、どこか浮き立つようなものを感じた。それほど間を置かず、古川朝美は現われた。

「一人で来ました」と彼女は目を伏せたまま、向かいに座った。柿の色に近い、薄い茶色のジャケットを着ている彼女は、バス停で会う時よりも、細身に見えた。「わたし、あんまり友達いないんです」と笑った。ふて腐れるようではなかったし、自暴自棄を起こすようでもなく、清々しさがある。

隣の荻原が唇を結んだまま、言葉を飲み込んでいる。私の想像だが、彼はもしかすると、「恋人はいるのか?」と訊きたかったのかもしれない。けれど、それを思いとどまるくらいの、冷静さはあったらしい。

　カフェオレを三人分注文した後で、古川朝美が、「一ヶ月前なんですけど」と話をはじめた。「芳神《ほうじん》建設というところから、電話がかかってきたんです」それから、コップの水滴で濡れたテーブルに指をつけ、「芳神」という漢字を書いた。「聞いたことがないですね」と荻原が首を振った。

「とても感じが悪かったんです。名乗りもしないで、『ご主人様はいますか』と言ってきて、『一人暮らしですけど』と答えたら」

「答えたら駄目だ」私は思わず、口を挟んでいた。

「え?」二人が同時に、私を見る。

「実は前に、そういう話を聞いたことがあるんだ。悪徳勧誘の話を」本当のことを言えば、私自身が、そういった悪徳勧誘の会社に勤めたことがあるのだ。仕事の一環で、その会社に勤める男を調査するために、七日間、一緒に働いた。「そういう奴らは、相手から情報を引き出そうとたくらんでいるからな。余計なことは言わないほうがいい」

「やっぱりそうなんですか。名前とかは言わなかったんですけど。ただ、若い男の人で、すごく腹が立つ喋り方なんですよ」

「腹が立つ?」

「マンションに興味はない、って言ったら、『え!　あなた、マンションに興味がないいんですか？』って馬鹿にしたような口ぶりで、『あなた、今のまま賃貸マンションに住んでいたら、どういうことになるか分かってます？』とか言ってくるんですよ。『勧誘なら必要ないです』って言ったら、『勧誘ではありません』って言い張るし」

「結局は、勧誘に決まってるくせに」荻原は、自分自身がその電話と戦っているかのような、気持ちの入れようだった。「でも、どうやって古川さんの、電話番号を調べたんだろう」

「わたしも訊いたんですよ。そうしたら、市外局番と市内局番はそのままにして、後は数字を、一つずつ増やして、かけているって言ってたんです。『それで、今日、一〇九七番目にあなたのところに繋がったわけですよ。凄いでしょ』とか言って」

「それなら、相手は、古川さんの住所も名前も知らないわけだ」荻原が声を高くした。

「そうです」彼女は答えたが、浮かない声だった。「その時はそうだったんです」

「その時は？」

荻原がその言葉に引っ掛かる。

もちろん、私も引っ掛かった。

「その人、絶対に電話を切らせようとしないんですよ。『忙しいんで』と言うと、『それならいつがいいですか』って返してきて」

「『どんな時も嫌です』と答えたら、『じゃあさっきの忙しいという言葉は嘘ですね』と責めてきたか？」私が言うと、「どうして分かるんですか？」と彼女が驚いた。

私が働かされた時にも、同じような手順を教えられたからだ。「そういう仕事には全部、マニュアルがあるんだ。ああ言えば、こう言う、というやつの。相手に罪悪感を植えつけるのも手だ」

「本当に、そういう感じでした」

それを聞きながら私は、以前担当した女も電話で悩んでいたな、と思い出した。苦情担当の仕事をやっていて、自分を指名してクレームをつけてくる相手にうんざりしていた。あの電話主には予想外の意図があったようだが、今回の電話主は、悪質な勧誘が目的としか思えなかった。

「そういうのは、すぐに電話を切っちゃうべきなんですかね」荻原が、私に訊ねてくる。

「そうだな」私は自分の経験をもとに答える。「ただその場合は、すぐにもう一度かけ直してくる。それで、電話に出ると、『今度切ったら、直接、そっちに行くぞ』と脅してくる」

「脅迫じゃないですか」荻原が口を尖らせる。

「脅迫も何も彼らは気にしないさ。大体が、一度断ったのに、再度電話をかけてくるのは、法律で禁止されているはずだ。再勧誘の禁止だ」どうして私が、人間に法律のことを教えなければならないのだ。「けれど、彼らはそんなことは気にしない。法律違反だけどそれがどうした、という態度で仕事をしているからな。一番いいのは、電話を切って、しばらく、線を抜いておくことだ」

古川朝美はそこで、深く溜め息を吐いた。後悔が浮かんでいる。「わたしは結局、電話が切れなくて」

「長いこと喋ったのか？」

私の質問に彼女が、「ええ」とうなずいた。

「俺の聞いた話では」私は説明をする。正確には、私のやった話だ。「電話番号の並んだリストがある。そこに片端から、かけていく。相手が出たら、その性別と年齢、名前、家族構成を書き込む」

「わたしは嘘しか言いませんでした」

「ただし、会話をした時間も書き込むんだ。つまり、電話を切るまでにかかった時間だ」

「そうなんですか？」荻原がはじめて聞いた、という顔をする。

「そうだ。そして、通話時間が長かった者は、また、再勧誘の対象になる」

「時間で？　会話の内容は関係なく？」

「すぐに電話を切る者よりは、長く喋っている相手のほうが、脈はあるってわけだ。たとえ雑談だろうと言い合いだろうと時間が長い相手ほど、態度を変える可能性がある」

「それで」古川朝美が下を向く。

カフェオレが運ばれてきたので、テーブルに置かれるまで待つ。カップに口をつけた後で荻原が、「それで、ということは、またかかってきたんですか？」と顔をしかめた。

「ええ」古川朝美はまた長い息を吐き出した。「四日前なんです。相手は同じ人で、同じ口調で、同じ話を繰り返して」

「また、話を聞いたのか」

「まずかったですか？」

「最善ではない」私はそう言った。「まあ、断固として断りつづければ、どうにかなるだろうが。厄介は厄介だ」実際、私が働いていたところでは、相手の男が何度目かの電話でうっかり住所を洩らしたため、そこへ数人が出向いて、強引に契約を結んでいた。「会ってしまえば契約を取ったも同然」というのが、彼らの考えだ。

「古川さん、その時、まずいことでも言ったんですか？」

「いえ、名前とか住所とかは伝えなかったんですけど、でも、喋っているうちに」とそこで、恐怖のせいなのかいったん口ごもる。そして、気持ちを落ち着かせるように一回まばたいた。

「うちに？」

「急に、声の雰囲気が変わって、『君、声が可愛いね。会ってみようよ』とか言い出したんです」

「作戦を変えてきたんですかね？」荻原は眉間に皺を寄せて、私を見た。

「急に、豹変した感じなんです。『もう契約のことはどうでもいいからさ』とか言って。不気味なので、強引に電話を切ろうとしたら、『君の住所とかすぐに分かるよ』って」

「でも、相手は電話番号しか知らないんだよね？」

「わたしもそう言ったんですけど、『方法はあるんだ』とか笑って。薄気味悪いんですよ。インターネットとかで、電話番号から住所を調べることはできるって聞いたことがあるから、それなんでしょって言い返したら、『もっと簡単に、ただで分かる』とか言って」

「でたらめじゃないのかな」荻原の眉間はもうこれきりというくらいに膨らみを持っている。「ただの脅しかも」

「わたしもそう思ったんです。市内局番で、ある程度エリアは分かるかもしれないけれど、それ以上は無理だと思うんです。だから、別に気にすることないかなって。でもそれが、三日前の夜、家に帰ったら、留守番電話に録音が残っていて」そこで古川朝美は頬を震わせた。「『居場所が分かった』って例の、男の人の声が残っていて。うちのマンションの外観を説明してるんですよ。当たってるんです。それで凄く怖くて、眠れなくて」

「だから、一昨日は、出勤しなかったのか？」私は先回りをした。

「ええ」彼女は肩をすぼめた。

「それじゃあ、昨日の朝、僕が声をかけて怒ったのは、僕がその電話の男だと思ったから、ですか？」

「すみません」古川朝美はさらに肩を狭くする。「怪しく思いはじめたら、誰もが怪しく思えて。荻原さんはいつも挨拶をしてくるし、近くに住んでいるので、うちのマンシヨンも知っているでしょうし、だからてっきり」

「仕方がないですよ。当然です」荻原は鷹揚《おうよう》なところを見せたかったわけでもないだろうが、怒らなかった。「無防備でいるよりは、警戒しすぎるくらいのほうが、まだマシです」

「よく聞けば、荻原さんの声は、電話の人とは全然違うのに」古川朝美は弁解するわけでもないのだろうが、そう呟き、それから恥ずかしげな笑みを見せた。

「誤解が解けて良かった」荻原は胸を撫で下ろしている。「でも、まだ信じるのは早いです。そうやって簡単に、気を許すのも危険ですから」

「あ」古川朝美が微笑んだ。「そうですね」


それから彼らは、格式ばったセレモニーが終わったかのように、打ち解けた。私にはそう見えた。お互いに、緊張の糸を張ってはいるものの、若干ながらその張り具合を緩めはじめた、そういう感じだ。

毎日利用しているバスの運転が乱暴であるとか丁寧すぎるとか、そういう当たり障りのない話をし、それから、お互いのマンションの長所と短所を言い合った。横にいる私は口を挟むことなく、聞くことに専念していた。正確には、彼らの話を聞くふりをしつつ、店内に流れるジャズピアノを楽しんでいた。

「荻原さん、以前にどこかで会ったことがありますか?」話が一段落して、緊張の糸の弛緩がさらに進んだあたりで、古川朝美が言った。

荻原は、「いえ」と平然と答えた。「バス停以外で？」と訊ねる。

「ええ、違うところで」

「記憶にはないです」荻原がそう言うので私は、おや、と思った。洋服店のバーゲンで会っているはずではなかったのか。彼が自分の腕時計を指でつつき、「でも、古川さん、時間大丈夫ですか？　今日の予定は」と話題を変えるように言うので、洋服店のことにはあえて触れないのだな、と私は理解する。

「ああ」古川朝美がそこでばつの悪そうな引き攣りを、顔面の右側に作った。目を居心地悪く左右に動かした。「あれ、嘘なんです」

「嘘？」

「わたし、土日とかいつも暇なんですよ。昨日は嘘をついちゃいました。すみません」彼女は頭を下げた。垂れ下がった前髪が、カフェオレに入るのではないか、と私は心配になる。

「いや」荻原がそこで軽快に言った。「そんなの嘘のうちに入りませんよ」

「え？」

「僕の昔観た映画でこう言ってたんです」

それは一昨日、私に聞かせたのと同じ内容だな、と気づき、種を知っている手品を目撃するような気恥ずかしさに襲われる。

「『誤りと嘘に大した違いはない』って。それから」荻原がそこで間を置き、つづきを口にしようとしたがそれより先に、古川朝美のほうが言葉を発した。

「『微妙な嘘は、ほとんど誤りに近い』ですね」

「あ」と驚いた荻原は一瞬、息を止め、しばらくした後で、「古川さんも」とかろうじて言った。

「ええ、意外に好きなんです、あの映画」と彼女も勢い良くうなずいた。

そして、まるで二人で示し合わせたかのように、映画の題名を口にすると、その重なり具合にさらに感動したのか、同時に噴き出した。私はただそれを傍観している。「自分と相手が同じことを考えたり、同じことを口走ったりすると、何だか幸せじゃないですか」と言った荻原の言葉が、頭をよぎった。

6

五日目、私は、荻原が眼鏡をかけている理由を知る。

私は、先日、荻原と一緒にやってきたレストランを訪れていた。日曜日だからか、賑わっている。窓際の見晴らしのいい座席に座り、コーヒーを啜《すす》る。

「千葉さん、どうしたんですか、こんなところで」

前から荻原がやってきて、はっとした。反射的に腕時計を見ると、夕方の五時だ。

「今ちょうど、休憩しようと思って来たんですよ」荻原は声を弾ませた。相変わらず眼鏡をかけている。睫毛の店長と並んで、店に入ってきた。「あら、この間の」と彼女が頭を下げた。

せっかくだから一緒に座ってもいいですか、と荻原が言った。私が承諾も拒絶もしないでいると、彼は向かい側の座席に腰を下ろした。店長は別の場所に座りたかったのか、不服そうな表情を浮かべたが、結局は荻原の隣に座る。

「今日は何をしに来られたんですか？　あ、そういえば、千葉さんの彼女に服、選んでませんね」荻原の舌は滑らかだった。

「ああ、でも今日は、これを聞きにきただけだ」私は指を上に向ける。先日来た時と同様に、大バッハのチェロの曲が流れていた。

「ねえ、何かあったの？」店長が大きなまばたきを数回した後で、私に顔を近づけてきた。

「何か？」

「今日、荻原君、機嫌が良さそうなんだけど。鼻歌を歌いかねないくらいで」

「ああ」と私はうなずく。

「やっぱり何かあったの？」

「何もないですよ」荻原が面倒臭そうに、否定をした。私に視線を向け、「ですよね」

と強制力を滲ませた言い方をする。

「そうかなあ。何かいいこととかあったんじゃないの?」

私は昨日のことを思い出す。喫茶店で古川朝美と会い、悪徳勧誘電話の相談を聞き、雑談を交わした。あれが果たして、いいことだったのだろうか。ただおそらくは、荻原の表情が明るいのは、あれが原因に違いない。

「そんなことよりも、チケット取れたんですか?」荻原が、店長に言った。

「あのね、人に物をねだる時は、もっと色っぽい声を出すべきじゃないの?」

「色っぽいってどういう」

「少なくとも、そのダサい眼鏡は外してよ」店長が指を二本突き出して、荻原の眼鏡のレンズを突くような仕草を見せた。

「嫌ですよ」

「じゃあ、チケットは渡せない」

「ということはチケット、手に入ったんですね」荻原が嬉しそうに語調を強くした。

「何のチケットだ?」私は関心はなかったが、質問する。

「芝居のチケットなんです」荻原が説明をしてくれた。人気のある劇団の公演で、チケットが手に入りにくいらしい。

「それもあれか、得意の、行列を作って入手するたぐいのものか」

「行列って」と店長が眉を下げる。「そうね、本当は並んで取るんだけど、でも、わたしはその劇団にコネがあるから」

「ありがとうございます」荻原は威勢良く言った。「二枚ありますよね？　いくらでした？」

「ただではあげられないね」店長が鼻をこすり、挑戦的な、幼稚とも言える目で、荻原を睨んだ。

「お金は払いますって」

「そういうんじゃなくて。売ってあげるから、かわりに、誰とこれを観に行くか教えてよ」

「嫌ですよ」

「何よそれ。それなら、どうして眼鏡を取らないか教えてよ」

私は二人のやり取りを、ただ見ているだけだった。チェロが聴ければ、それで充分にも思えた。ただ、「千葉さんも知りたいよね」と急に水を向けられたので、慌てて、「まあ」と応じた。「まあ、そうだな」

店長が譲歩しないと踏んだのか、そもそも隠すつもりもなかったのか、ほどなく荻原は、「嫌なんですよ」と低い声で言った。

「嫌って何が」

「前にも言いましたけど、外見で判断されるのが、です」

「それって、自分の外見が良いって自覚しているってことじゃない」

「自覚というか、いや、まあ、経験上」荻原がごにょごにょと言葉を濁す。それから、「とにかく」と強く言い直した。「とにかく、嫌なんです。今まで付き合ってきた女の子はみんな、僕の外見が気に入っただけなんて」

「いいことじゃない」

「でもそれって、本質では、ないですよ」

「外見だって本質でしょ」店長はすげなく言い返す。「それはただの我儘だって。図々しいって言ってもいいし。でも、そんなわけで眼鏡かけてるわけ？　外見をダサくしたくて？」

荻原はうな垂れるようにして、うなずいた。「とりあえず、この外見ではじめようって思ったんです」

「それで、恋人見つけるつもりなんだ？」

「ええ」

それを聞いた私は、なるほどだから彼は、この店で働いていることを古川朝美に打ち明けたくないのだな、と理解した。眼鏡をかけていない自分を知られたくないのだ。

「でもさ」店長は呆れたように息を吐き、ジャケットのポケットから小さな封筒を取り出す。中にはチケットが入っているらしい。「でも、外見がいいのなんて、どうせ今のうちなんだから、その間くらいは、外見を武器にすればいいじゃない。むしろ、外見で悩んでいる人に失礼だよ。年取ったら、眼鏡なんてなくたって、自然とダサくなるかもしれないし」

私はそこで思わず、「いや、そんなに長生きできるかどうか、保証はない」と言ってしまった。

荻原が目を丸くして、私を見つめてきた。怒るでもなく、笑うでもなく、不思議そうな面持ちで、数秒空けてから、「ですよね」と洩らした。

7

六日目、私は、荻原がドアを塗り直しているのを眺める。

月曜日の朝、私が四〇二号室から外に出ると、ほぼ同時に、荻原も姿を現わした。ドアに鍵をかけ終えたところらしい。そして彼はいつものごとく、古川朝美のマンションに目を向けた。私もそちらに視線をやった後で、また雨か、とげんなりした。

「あ」そこで荻原が声を上げた。何事だろうか、と私は慌てて、近づく。私に気づいても彼の視線はずっと前を向いている。「あのドア」と人差し指を前に出した。

私はまた、向かいのマンションを見た。古川朝美の部屋を見やる。そして気づいた。

「字だ」と呟く。

「何て書いてあるんでしょう」荻原が呻き声を上げるように、言った。

古川朝美の部屋のドアに、真っ赤な落書きがされているのだ。大きめの筆か何かで塗りたくったような、読みにくい字だった。

「ひどい」と荻原は吐き捨てると、「ちょっと行ってきます」と非常階段へと走った。

私も追う。荻原には見えなかったらしいが、私の目では、ドアに描かれた字が把握できた。横書きで、「古川さんの家見つけた　また来る　楽しみに」とあった。右上がりの幾何学模様のような、汚い字だった。

荻原は階段を飛び跳ねるように下り、あっという間に一階へ到着した。眼鏡が落ちるのを気にしてか、何度か鼻に手をやり、それでも休むこともなく地面を蹴ると、古川朝美のマンションへ走った。入り口に駆け込み、ちょうどついたばかりのエレベーターに飛び乗った。四階のボタンを押す。気が急いているからか、何度も叩いていた。腰を曲げ、膝に手をやり呼吸を荒くしている。「千葉さん」と苦しげに息をしながら、私を見る。「全然、疲れてないんですね」と感嘆の声を発した。

「そうか?」私は怪しまれないように、深呼吸の真似を三度やった。

四階に到着すると、ちょうど、古川朝美が自分の玄関の前で、立ち尽くしているところだった。青褪めた表情で、唇を震わせている。「これ」と自分の玄関のドアを怯えた目で見ている。ドアの真正面に立ち、荻原が落書きを読んだ。そしてすぐに、「何だよこれ」と憤りの声を上げた。

「やっぱり」古川朝美が、荻原を見上げた。「やっぱり、家、ばれちゃったんですね」

「これに気づいたのは？」私が訊ねると、「今です。昨日の夜、帰ってきた時にはこんなんじゃなかったです」と彼女が答えた。

夜中にやったのか。

「どういうつもりなんだ」荻原が怒りと不安のやりどころに悩みながら、通路を歩き回る。

「すみません」古川朝美が申し訳なさそうに、自分の爪先を見つめるようにした。どうして謝るのか私には理解できなかったが、おそらくは論理的な理由があるわけではなかったのだろう。

「警察に連絡しよう」荻原が言う。「少なくとも、落書きは罪だ」

警察官たちは事務的だった。古川朝美に同情を感じているのは間違いがなかったが、一通り事情を確認すると、「深夜の見回りを強化しますが、マンション内までは回れませんので」と断り、「不審なことがあれば、また連絡をしてください」と言い残すだけで、帰っていった。古川朝美は、例の、悪徳勧誘電話の件も説明をしたのだが、それとドアの落書きを結びつける証拠がないこともあって、警察官は、「そういう会社ぐるみのところは、見つけにくいんだよね」と嘆いただけだった。

周囲の部屋の住人たちも集まってきて、「あらー」であるとか、「怖いわね」であるとか、「監視カメラが必要かもしれない」であるとか、「そういえば物音が」であるとか、憶測や思い付きを口にしていたが、一時間もすると、全員姿を消した。それぞれが不安や怖さを感じているものの、現実的にどうすべきかの方策は見つからないのだろう。人間はいつもそうだ。

私たち三人が、玄関ドアの前で取り残されるような形になった。すでに、正午近くとなっていた。古川朝美も荻原も、仕事場には連絡を入れて、休暇を取ったらしい。

「ずっとつき合わせてしまって、すみません」事態の変化はないが、気持ちは落ち着いたらしく、古川朝美の顔にも色が戻りつつあった。

「ああ、いいですよ、僕は」

「どうすればいいんでしょう」古川朝美が途方に暮れた声を出した。どれくらいその場で沈黙がつづいたのかはっきりしないが、最初に言葉を発したのは、荻原だった。「よし」と自らに言い聞かせるような歯切れのいい声を発すると、軽く手を叩いた。「ドアを塗っちゃいましょう」

「え」

「このままにしてたら、腹立たしいし、消しちゃいましょう。千葉さん、どうですか？」どうですか、と言われても困ったが、「そうだな」と答えた。反対する理由を探すのも面倒だった。

ドアの二度塗りが終わった後で、私たちは古川朝美の部屋で、ピザを食べた。宅配専門のピザ店に注文をしたのだ。私は今まで、そういった出前を頼んだことがなかったので、「俺に電話をかけさせてくれないか」と志願した。注文の手順について訊ねると、荻原が、「やっぱり千葉さんは変わってます」と感心するように言った。奮発しましょう、と荻原が言い、具のたくさん載った、大き目のサイズのものを注文した。

垂れるチーズに四苦八苦しながら、私はピザを飲み込んだ。味覚はないし、食欲もないため、食事をとるのは機械的な作業でしかないが、「美味しい」と棒読みの感想は口にした。

食べている間は、玄関ドアの落書きや勧誘電話の男のことは話題にしなかった。ただ、黙々と食べ、荻原は、古川朝美の会社の話に耳を傾け、彼女の父親がずいぶん前に亡くなっている話をしみじみと聞いていた。

「あ、そういえば」と古川朝美が言い出したのは、ピザを食べ終わり、皿の片づけが終わった後だ。小さなバッグを開けると、中から細長い紙を出し、テーブルに載せた。私に、ではなく、荻原の前に向ける。「これ、友達が余ってるからって、くれたんですけど」

荻原の脇から私も首を伸ばし、その紙を見る。「ああ」と私たちは同時に声を上げた。

荻原は一瞬だけ私に視線を寄越した後で、「これ、行きたかったんですよ」と言った。

「ほ、本当ですか?」古川朝美が声を弾ませる。

「おい」私は指摘せずにはいられなかった。昨日、店長からそのチケットをもらっていた彼を見ていたのだから、当然だ。「荻原、このチケット、おまえも持ってるじゃないか」

「あ」荻原がそこで、失敗を犯した部下を見るような、思わぬ伏兵に脇から刺されたかのような、「それ、言っちゃうんですかー」という困惑の嘆きを発した。

「え？」古川朝美が、私と荻原の顔を交互に見る。

「いや」と荻原が鼻の頭を掻く。言葉を探して唇を動かすが、なかなか喋らない。少し経ってから諦めたように、「実は」とポケットから封筒を出した。そして、封を開け、チケットを二枚取り出し、テーブルの上に並べた。「僕も昨日、手に入れたんです」

「あらー」と古川朝美が間延びした声を発した。「そうなんですか」

「古川さんと行くのはどうかな、と」荻原は小声になった。「思って」

「え」

「二人は同じことを考えていたんだな」特に思惑があったわけではなかったが私がそう言うと、「そうみたいですね」と荻原が顔をほころばせた。眼鏡をかけたままで把握はできないが、目を細めているのかもしれない。古川朝美も似たような表情で、「ですね」と笑う。二人とも手に入れているなんて、このチケットは本当に入手困難なのか？

私はそちらのほうが気になった。

8

七日目、私は、荻原の調査結果について、報告をする。

連絡があったのは、火曜日の午後七時だった。私は部屋の外に出て、暗くなった空を眺めていた。勢いは弱いが、雨は相変わらず続いている。向かいのマンションを見るとはなしに見たが、その時に、古川朝美の姿が目に入った。四階の通路を自分の部屋へと歩いていく。後ろには、荻原の姿があった。二人の足取りが軽やかなのが、遠目からも分かる。仕事帰りに待ち合わせ、一緒に帰ってきたのだろうか。二人の親密度が上がっているのは明らかで、なるほどあれが、うまくいく恋愛なのだろうか、と思いもした。

私の電話が鳴った。仕事用の電話だ。出ると同時に、「どうだ」と声が聞こえる。

「調査は終わった」と私は答える。「可だよ」

「まあ、そうだろうな」と相手が言う。

「きちんと調査した結果だ」

「みんなそう言うよ」

9

そして八日目の今、しゃがんだ私の脇で、包丁で刺された荻原は息を切らしていた。細切れの言葉から、事情を察する。荻原は今日、店が定休日だった。そして、たまたま外にいる時に、古川朝美の部屋に侵入する男を目撃した。男は鍵を難なく開けたらしい。荻原は慌てて駆けつけた。部屋の中には包丁を持った男がいて、揉み合いになった。男は、荻原を刺し、逃げた。そういうことらしい。

「やり合っている時に、あいつも傷を負ったはずです。早く捕まえないと」荻原が言うので私は、「大丈夫だ」と答えた。気休めではない。このマンションにやってくる途中で、警察官に取り押さえられる男を目撃していたのだ。アスファルトに横倒しになり、腕をつかまれていた。あれが、その男に違いない。荻原の返り血で服を汚していて、それで警察官に不審がられたのだろう。

それを伝えると、荻原はほっとした表情になった。それから、「せっかく、これからだったのにな」と余裕がないにもかかわらず、小さな笑みを浮かべた。

「これからって何がだ」

「恋愛です」

「悪かったな」私は正直に答えた。

ほとんど私の声など耳に入っていないのか、荻原はさらに、「でも、やっぱり良かったんですよ」と続けた。

「良かった？」

「これがなくても、僕、そんなに長くはなかったし」自嘲が含まれている。

「何がだ」

「がん」荻原はぶっきらぼうに、遠ざかる意識を引き戻すように言った。

「がん？」拳銃のことかと思った。

「医者には進行が早いと驚かれました。こんなことで特別でも嬉しくないですよね。あと数年と言われました」あと数年で何が起きるのかは聞かなかった。

「こうやって好きな子のために死ぬのも良かった気がします」途切れ途切れではあったが、彼はそう言った。

「人間はみんな死ぬ」

「ですね。これは」彼の目は焦点が合わなくなった。「最善じゃないけど、最悪でもないです」

私は腰を上げ、荻原を眺めた。「二度塗り」という言葉を思い出す。彼が進行性の病気で死ぬよりも前に、私たち死神が勝手に、別の死を塗ったようなものかもしれない。私たちは、病死や自殺には関与していないから、ありえることではある。

いつの間にか荻原は、動かなくなっていた。

私は部屋を見渡して、外に出ようとした。ただ、ゴミ袋に入ったピザの箱が目に入り、そこで閃いた。一昨日の晩、ピザ店に注文をした時のことを思い出したのだ。あの時、電話の向こうの店員はまず、「お電話番号を」と訊ねてきた。こちらがそれを告げると、「古川朝美様ですね」と述べ、つづけて住所を読み上げた。おそらくは、コンピューターに登録されている情報を、読んだだけだろう。もしかすると、「電話番号から住所を知る方法」とはあれを利用したのではないか。私は憶測を巡らせた。市内局番である程度の地域が絞れるのならば、その近辺のピザ店に電話をしていけば、古川朝美のデータを持つ店にぶつかる可能性は高い。

「どうかな?」私は荻原に訊ねるが、返事はなかった。

10

見届けが終われば、私にやるべきことはなかった。即座に姿を消して帰ろうかと思ったものの、バスの停留所から歩いてくる古川朝美の姿が見えたので、私はすれ違うようにして、「ああ」と挨拶をした。傘を差し、彼女は買い物袋を抱えている。

「こんばんは」微笑む彼女からは、幸福が発散されている。

「それ、夕飯の支度かい?」私は、彼女の持つ袋を指差した。

「ええ」と顔を赤らめた。「これから、荻原さんが家に来るんですよ」

「そうか」私は立ち去ろうとしたが一つ気にかかり、訊ねる。「君は、地下鉄に乗って四駅のところにある、洋服屋を知ってるか？」そう言って、荻原が勤めていた店の名前を口にした。

「知ってますよ」彼女はうなずき、自分の着ているジャケットの襟口を引いた。「これ、そこで買ったんです」

「バーゲンで？」

「凄く高いんですけど、安くなったので」

「それは例の」私は、荻原から教わった言葉を思い出しながら、「除外品ではなかったのか」

どうしてそんなことを、と古川朝美は若干、驚いたが、「よく分かりますね。最初はそうだったんですよ」とつづけた。

「最初は？」

「初日に行ったら、除外品だったんですけど、店員さんが、『最終日には値が下がっているかもしれませんよ』って教えてくれたんです。行ったら本当に安くなっていて、ラッキーでした」

「それは幸運だったな」私は無感情に言いながら、真相を想像する。荻原は、彼女のためにその服の代金の一部を自分で払ったのかもしれない。そして、最終日、彼女が来たのを見計らい、安くなった値札をつけた。違うだろうか。それが彼の言っていた、

「誤りに近い」

「嘘」の正体か。「なるほど」と私はつぶやく。

「何ですか?」

「いや。で、その店員さんの顔、覚えているかい」

彼女はあっさりと首を振る。「わたし、あまり人の顔を覚えるのは得意じゃないんです」

「そうか」私は今度こそその場を去ろうと足を踏み出しかけたが、彼女のバッグから覗く、ヘッドフォンに気づいて、「ミュージック」と言ってしまった。「それは何の曲が入ってるんだ?」

「ああ、これですか。バッハの」彼女はすぐに答えてくれた。「無伴奏チェロ組曲です。あの最初の部分、わたし好きなんです」

ほお、と私はまた内心で思う。「荻原もそう言っていた」

「そうなんですか?」彼女は嬉しそうだった。「優雅で、切なくて、不思議な感じがします」

「そよ風とも嵐ともつかない感じ?」

「そうですね」

「荻原もそう言っていたよ」

「本当ですか」彼女はその場で飛び上がりそうになる。そして、「わたし」と言った。「自分と他の人が同じことを考えたり、同じことを言ったりするのって、すごく幸せに感じるんですよ」

「ああ、それも荻原が言っていた」

満面の笑みを浮かべた彼女は、じゃあ、わたし行きますね、とそわそわとした。最後に、「そういえば千葉さん、今日、荻原さんに会いました？」と訊いてきた。

「会ってないな」私はそう答えている。

これは、誤りではなく、嘘かもしれないな。私はそう思った。

旅路を死神

1

なだらかな起伏のある国道六号は車が詰まりはじめていた。片側一車線のため、軽のトラックが一台いると、それだけでてきめんに渋滞となる。前方のワゴン車がたびたびブレーキを踏み、私は先ほどからギアを上げたり下げたりを繰り返していたが、とうとう止まった。雨がフロントガラスに垂れ、模様を作っている。午後の六時ともなると周囲もずいぶん暗かった。

「なあ、あんた、何なんだよ。平気な顔しやがって」助手席の若者が言った。左側の窓に頭をつけていたので、てっきり眠っているのかと思った。黒い髪は耳にかかるくらいで、細く吊り上った目は爬虫類に近い。

「起きてたのか」

一日前に東京の繁華街で人を殺害してきた森岡《もりおか》は、不気味なものでも見るように、私の顔を覗いた。「俺は人殺しなんだっての。信じてねえのかよ？　ラジオでも聞いただろ」

　数時間前、水戸を越えたあたりで定時のニュースが流れた。森岡は無表情のまま、若干誇らしげに、若干苦しげに、「これ、俺のこと」とラジオを指差した。昨晩、渋谷で若者同士の喧嘩があり、一人が一人を刺した。刺された若者は病院に運ばれたが、出血多量で死亡し、刺した若者は逃亡中ということだった。「俺がその、刺したほうの若者」とも言った。森岡耕介《こうすけ》、と名前が流れていた。

「あんた、俺のこと怖がってねえよな」

「怖いさ」と私は嘘をつく。正直なところ、ラジオから流れる音楽が、森岡の声で聞こえなくなることのほうが怖い。

「俺が、あんたの車に乗り込んだ時から、そうだった」

「どうして、この車に乗った？」

「たまたまだよ。あんたがたまたま、信号で止まってた。鍵もかかっていないようだったからな。それに」

「それに？」

「この車、映画で観たことあるんだよ。一度乗ってみたかったんだ」そこで森岡は照れ臭そうに、目を逸らした。

「死ぬ前に？」私は、死神らしく訊ねる。

虚を衝かれた様子ではあったが彼も、「ああ」とうなずいた。「そうだな。死ぬ前には一度、乗ってみたかった」

だから、このベージュ色の小さな車が用意されたのだろうか。情報部からは、「それに乗って、国道を進んでいれば、今回の調査対象である森岡耕介に、遭遇できる」と指示を出されていた。

言われた通りにしていると、本当に森岡がやってきた。今日の朝、十時頃だ。国道一六号と交差する手前で信号待ちをしていると、血のついたナイフを見せびらかすようにして、森岡が入ってきた。「大人しくしねえと、刺すからな。このまま北へ行け」

「北へ？」

「六号、四号、二八二号」興奮しているのか、森岡は上ずった声の早口で、国道の番号を列挙した。「ずっと行けよ。あんたにも予定はあるだろうけどよ、運が悪かったと思って、諦めろ」

運が悪いのは、死神に選ばれたおまえのほうではないか、と教えてやりたかった。

2

車がようやく進みはじめた。雨のせいか暗さのせいか、路面は真っ黒に見えた。アクセルを踏み込むと、車輪が水溜まりを踏む。手品師が客の前で一瞬だけ種を見せるかのように、ワイパーがさっと動いた。

「あんた、名前、何？」森岡は膝を折って、足をダッシュボードの上にかけていた。

「千葉だ」

「何歳？」

「三十歳」今回の私は、三十歳の会社員になっている。紺の背広を着た中肉中背の、ごく普通の会社勤め、そんなところだ。

「あ、そ」と森岡は私に一瞥をくれた。「十歳上だ。じゃあ、訊きてえんだけど」

「何だ」

「あんたのこの十年間で何か、有意義だったことってあった？」

私は意味が分からず、眉根を寄せる。

「俺があと十年生きたら、あんたの年になるんだろ。何かいいことあった？」

「特にない」私にも、人間が十年の間でどれほどの経験をするのかは想像ができる。

「贅肉が増えたくらいだ」

「だよな」森岡は安心したようだった。「じゃあ、変わらねえよな」

「変わらない？」

「俺の人生がここで終わっちまっても」

「終わるのか？」死ぬことを予感しているのか、と私は一瞬、驚いた。

「逮捕されたら終わりじゃねえか。一巻の終わり。でもよ、十年延長したって、人生っ

ての は有意義じゃないんだろ」

「人が生きているうちの大半は、人生じゃなくて、ただの時間、だ」

「何だよそれ」

「昔、私が仕事で会った男が言っていた」確か、二千年ほど前にいた思想家だ。

「面白えー」森岡がそこではじめて、歯を見せて笑った。「だよなあ」と小刻みにうなずく。「俺が刺したあいつだって、ろくな生活をしてなかったってことだよ。人生じゃなくて、ありゃ、ただの時間だ」

「そもそも、どうして刺したんだ」私は、前にいるワゴンが左折していなくなったので、アクセルを踏み込み、前の車両との距離を縮めた。左も右も水田が続いている。

森岡は私を見ず、むしろ逆方向の窓を眺めるようにした。「分かんね」

「おまえたちはいつも、自分のやったことが分からないんだ」

「おまえたちって何だよ。最近の若者は、ってやつか。偉そうに決め付けんなよ」

「違う。おまえたち人間は、ってことだ」

森岡は溜め息を吐き出した。気味の悪い奴の車に飛び乗っちまった、と後悔しているのかもしれない。

「街の喧嘩だったのか?」憶測を口にする。

「お袋を刺したからだよ」

「その相手がか?」その相手に森岡がやり返したのかと、私は推測した。

「違う。俺が、お袋を刺したんだ」

「意味が分からない」

「一年ぶりに家に帰ったら、お袋が電話をしてたんだよ。で、かっときた俺は、お袋に切りつけていた」

「ちょっと待て、おまえが刺したのは、若者だろ」私はラジオを指差した。繁華街での殺人、と言っていたはずだ。

「それはその後だ」森岡は、私にというよりは、自分自身の整理のために喋っているようでもある。「お袋を刺して、動転して、俺は家を出た。気づくと渋谷にいてよ、馬鹿笑いをしている奴がむかついたから、殴ったんだ」

「むかついたついでに殴って、殴ったついでに、ナイフで刺したのか?」

「お袋を刺したばかりで、ちょっと訳分かんなかったからな。興奮っつうか、苛立ちっつうか、とにかくすげえ、むかむかしてたからよ、気づいたらそいつも刺しちまってた」

「そんな理由で殺されるとは、そいつもとばっちりだな」私はそう言いはしたが、結局、その若者が死んだのも、突き詰めれば、私たちのせいだろうな、とは思った。人間の不慮の事故や事件には、死神が関わっているからだ。私の同僚の誰かが調査をし、そして、「可」と報告したに違いない。

「でもよ、さっきの話だとよ、俺はあいつの人生じゃなくて、無駄な時間を終わらせただけだろ。ま、大したことじゃねえよ」

「ずいぶんな開き直りだな。で、おまえの母親は無事なのか？」

「うっせえな」

「母親が電話をしたくらいで刺したのか？　おまえは電話が嫌いなのか？」

「電話の内容がひどかったんだよ」森岡の顔つきは凍るように色を失った。ぴしゃんと音がしたかのようだ。少しずつ車の流れが良くなり、「宮城県」の標示板が見えた。

3

いくら逃走中の殺人者であろうと、腹は減るらしい。休んでる暇はねえよ、と喚いていたにもかかわらず森岡は、「空腹じゃあ、話にならねえ」と言い訳めいたことを口にした。

宮城県に入ってすぐの、薄暗い国道沿いにある小さなラーメン店に入った。カウンターに白髪の店主がいるが、客は私たち以外には誰もいない。

出されたラーメンを、森岡と並んで食べた。麺を啜る音がしばらくつづくだけで、会話はない。私は味が分からないので、目の前の食べ物を口に押し込む、という作業をしていたに過ぎないが、森岡は途中で顔を上げると、「おっさん、うめえよ、これ」と声を上げた。「うめー」

店主は、「ああ、そうか」と俯いたまま、「なら、残すなよ」と言った。

「こんなにうめえのに残すかよ」

私は思わず、彼の横顔をじっと眺めてしまった。違和感を覚えていた。私が今までに会った人間の多くは、罪を犯すと、重い石や樽でも背負ったかのような、苦しげな雰囲気になった。苛立ちや怯えを見せたり、より凶暴になったり、とにかく平常心を失った。けれど横にいる森岡はどこか自然体だ。逃げ回り、時には神経質な面も出すが、ラーメン店で気軽に、店主に声をかけもする。人を殺した意識や実感がないのだろう。自分の置かれている状況に、真実味が持てていない。無邪気で屈託がない、とも言えるが、愚かとも言える。「想像力が足りないんだ」

森岡は口の動きを止め、箸で掬《すく》った麵を頰張ったまま、私を睨んだ。「何だよ」

私は目を逸らす。視線の先にテレビがあった。カウンターの上、棚の脇に、斜めの角度で設置されていて、ニュース番組が映し出された。反射的に時計に目をやるとすでに夜の七時だ。

森岡の起こした事件が放送された。森岡はその瞬間、青褪めた。座っていた椅子からずり落ちそうになり、れんげを落としかけた。店主はと言えばそれに気づいた様子もなく、蛇口から水を流し、鍋を洗っている。滝のような水の勢いを私は見つめた。

テレビのアナウンサーが、刺されて死んだ若者の名前を読み上げた。同時に、その男の顔写真が出る。赤い髪をした、丸い鼻と長い顎の目立った顔だ。それから犯行現場の、渋谷の繁華街が映し出される。小さな交差点の脇だった。

「森岡容疑者は、現在も逃走中です」とアナウンサーは言い、さらに、「しかも、この犯行の数時間前、森岡容疑者の母親である滋子《しげこ》さんが、怪我を負っていることも分かっています」と伝えた。

森岡の横顔を窺う。直後、満を持したかのように、画面に、森岡の顔写真が映し出された。学生服を着た、ずいぶん昔の写真らしく、今、私の隣にある顔よりもさらに幼さが残っていた。

森岡はその写真に、かなり、たじろいだ。がたっと身体を揺すると、店主に目をやり、顔をそむける。丼から、スープがこぼれた。

「動揺するな」私は、彼にだけ聞こえるような小声を出す。

「え」

「自然にしていれば、ばれない。あの写真はあまり似ていない」

森岡がこくっと顎を引いた。ぎこちなくではあったが、ラーメンを啜りはじめた。店主が、私たちを怪しむ素振りはない。

勘定を支払う際、森岡はそそくさと店を出ていこうとした。私が支払うことになるのはある程度予想していたので、二人分の金を取り出す。

店主が、森岡を呼び止めたのはその時だ。「ちょっと、待て」

森岡に足を止めるが、すぐには振り返らない。私は、さて何が起きるのだろうか、と興味深く、店主と森岡を見た。

森岡がゆっくりと振り返る。顔は不恰好に、引き攣っていた。「何だよ」

「本当にうまかったか?」

一瞬きょとんとした森岡は、顔面の強張りをほぐしながら、「うまかった」と答えた。

「なら、また食いに来てくれよ」店主の白い服には、さまざまな染みや焦げがあり、その汚れが、彼の歩んできた年月の厚みを表している。出した指は、木の枝のようで、小刻みに震えていた。

「俺たち、これから十和田《とわだ》湖に行くんだからよ、来れねえって」安堵のせいか、森岡の口調は乱暴なものに戻った。私は、はじめて行き先を耳にした。

「帰りに寄ればいいだろうが」店主は意外な粘りを見せた。「どうせ、うまいだなんて、口先だけなんだ」

それは、ラーメンの味であるとか、客との会話であるとか、そういうものではなく、店主自身の人生に対する嘆きにも聞こえた。

4

国道六号は最後の最後で、阿武隈《あぶくま》川を通り過ぎる。橋を越えるとすぐに、国道四号へ当たった。

私は、森岡の指示に従い、青信号を待って右折し、国道四号に入った。「おまえは運転しないのか？」ラジオから音楽が途切れ、人間のくだらない雑談が流れてくるだけになったので私は訊ねた。

「免許ねえっての」

「列車で行こうって気はなかったのか」

「あのな、あんた知らないかもしれねえけど、十和田湖、特に、奥入瀬《おいらせ》ってのは車のほうが便利らしいんだよ」

「おいらせ？　俺はそこに行くのか？」

「うっせえな」

「うるさいか？　どれくらいの声ならうるさくないんだ」カーステレオの音量を下げるつもりはないが、声なら問題がない。

「それが、うっせえっての」

「高速道路は使わなくていいのか」と私は先ほどから疑問に感じていたことを、口にした。北へ向かうのであれば、有料ではあるが、高速走行専用の道路があるはずだった。私は運転をしてそこを走ったことはないが、やれと言われればできる。

「高速ねえ」森岡は耳の穴を触った。

国道四号は二車線で、車の流れはずいぶんと滑らかになった。先ほどまでの道に比べると、左右に、電飾のついた派手な看板も多く、賑やかな景色だ。直進していくと、仙台市街地に出る、と標示板が示していた。

「どっちでもいいんだけどよ」森岡はそこで言い淀んだ。自分の弱みを見せまいとためらいながらも、弱音を聞いてもらいたい、と逡巡しているようでもある。「いくら最近の犯罪の逮捕率が低いっつってもよ、あんだけ写真が出て、追われたら、俺も遅かれ早かれ捕まるだろ」

「人殺しだからな」

「だからよ」森岡は忌々しそうに唇を曲げる。「さっさと用事を済まして、警察に行こうかな、とか思ってんだよ、俺は」

「用事があるわけか」

「でもな」森岡の目に、暗い光が浮かぶ。「なるべく、遅くしたいって気持ちもある。複雑なんだよ」

ようするに森岡も、自分の気持ちを理解していないのだ。時間を稼ぎ、結論を先延ばしにするために高速道路を避けている。

「言ってしまえば、これが俺の最後の旅行だからよ、満喫したいじゃねえか。そういうことだ」

「反省はいいのか？　母親を傷つけ、人を殺した。反省の気持ちがまるでなくて、いいのか？」

「いいのか、って訊かれてもな」森岡は難しい問題を突きつけられたかのように顔をしかめる。「でもよ、あんまり悪いって気はしねえよ。俺が刺したあいつなんてよ、死んで、誰が困るわけ」

「俺は困らないな。おまえが死んでも、困らない」

戸惑ったのか、怯えたのか、森岡はポケットからナイフを取り出し、私の腹の横に近づけた。刃先に血液が残っている。「あんた、調子乗るんじゃねえぞ。自分の状況、分かってんのかよ」

「状況は把握しているつもりだ。俺はおまえを乗せて、北へ車を走らせている。この車は、おまえが死ぬ前に一度乗ってみたかった車で、おまえは十和田湖に、その『おいらせ』という場所に用がある。おまえは、この旅行を満喫したがっている。状況は、そうだ」

「あんた、何なんだよ」

「そういえば」私はふいに知りたくなる。「旅行とは、どういう行動のことを指すんだ？」耳にはするし、おおよそのことは把握していたが、人間から直接説明を受けたことはなかった。

森岡は一瞬、押し黙り、きょとんとしたが、「知らねえよ」と投げやりに言う。「長距離を移動して、どっかに泊まったり、そういうのだよ。で、まあ、観光するとかよ、そういうのが旅行だろ。何でそんな説明が必要なんだよ。馬鹿か、あんた」

「なるほど」勉強になった。「それなら、宿泊しよう」

夜八時、仙台駅前はずいぶんと華やかだった。百貨店やオフィスビルが両脇に立ち並び、右に目をやると、線路をいく新幹線の姿もあった。ビルの屋上にある看板が点滅を繰り返し、車道を行き交う車のヘッドライトやブレーキランプがあちこちに反射する。ガラスが雨で濡れているため、滲んだ色が広がるようにも見えた。信号の赤で、停車した。交差点の横断歩道を大勢の歩行者が横切っている。色とりどりの傘が動く。

「すげえこと言ってやろうか」交差点を指差して森岡が言った。

「そうだな、すごいことを言ってくれ」

「あんなにたくさん人がいるのに、あの中に人を殺したことのある奴は一人もいないんだぜ。すげえだろ？」自分の絶望感と孤独を、開き直って吐露するかのようだった。

「俺がもっとすごいことを教えてやる」

「うっせえな」

「あんなにたくさんの人がいて、人間のことで悩んでいる奴は、たぶん一人もいない」

「馬鹿じゃねえの。みんな悩みばっかだって」

「自分のことで悩んでいるだけだ。人間のことで悩んではいない」確かこれも、以前、どこかの思想家が言っていた台詞だな、と私は思い出す。ふん、と森岡が横を向いた。

「で、どこに泊まる？　ビジネスホテルなら、いくつかありそうだ」私自身は眠る必要がないため、このまま夜通しで運転をし、北上をつづけても問題はなかったが、森岡の疲労を考えると休むべきだと思えた。疲れた人間を相手にすることほど、疲れることはない。

「ホテルは嫌なんだっての」

「あのニュースで流れていた写真は、それほどおまえに似ていない。不審な態度を取らなければ、ばれないと思うが」

「そういうんじゃねえよ」森岡の顔はどこか、血の気を失った様子だった。「ホテルってのはたいていベッドじゃねえか」

「ベッドが嫌か？　それなら、車で寝るか」

「車も駄目だ」

「顔が青いぞ」

「分かった、分かった」森岡が癇癪を起こしたかのような声を出す。腹をくるかのように、「どっか、ホテルでいいよ。うっせえな」

駅の線路下の連絡道路をくぐり、東口へと抜けた。カーブする道を緩やかに曲がり、大きな通りをしばらく進んだところで、ビジネスホテルを発見した。森岡は、私が逃げるのを恐れたのか、二人部屋を申し込んだ。受付カウンターにいた初老の男は、退役軍人のような姿勢の良さで、私と森岡を交互に見た。

部屋に着くなり、森岡はすぐに寝たのだが、ベッドでうなされていた。窓際へ身体をよじり、歯軋りまじりに唸っている。私はしばらく森岡を見下ろしていたが、時計が深夜零時を回ると、外に出ることにした。せっかく人間の街へやってきたというのに、ミュージックを聴かないのでは意味がない。

森岡を置き、部屋から出る。鍵を持って行くべきか悩んだが、とりあえず、窓からこっそり出ることにした。ベッドの脇を通り、窓を開ける。窓に身体をくぐらそうとした時、「深津《ふかつ》さん」と森岡が言うのが聞こえた。

私は千葉だ、と答えそうになるが、どうやら、寝たままのうわごとらしかった。「深津さん、助けて」と言うと彼は、幼児が身を守るように身体を丸めた。

5

ホテルを出る。悪天には変わりなかったが雨脚は弱まっていて、傘なしで歩くことにした。暗く細い通りを、ぽつりぽつりと立つ街灯に誘導されるようにして、進む。青年と遭遇したのは、しばらく歩いたところでだった。

はじめは音がした。右手の駐車場から、しゅー、と小動物が根気よく何かを威嚇《いかく》するような、そんな音が聞こえたのだ。

駐車場の敷地の一番奥の場所で、ブロック塀に向かい合っている青年の姿があった。手を激しく揺すり、かがみ、左右に移動している。まるで闇の中で舞踏するかのようだ。

砂利敷きの駐車場の中に足を踏み入れ、その青年に近づいた。しゅうしゅう、という長い吐息のような音に惹かれたのだ。手を揺すっているのは、スプレー缶を振っているためらしい。からからと金物の中で玉が転がる音がした。呼吸に似た音の正体は、スプレーの噴射音だった。

私の姿に気づいた青年は小さく驚いた。

「見ていただけだ。何をしているんだ？」

青年は痩身で、しなやかな体つきをしている。目が鋭く顔も小振りで、おそらく人間としては整った顔立ちの部類だろう。

「それは何だ、絵か？」私は塀を指差した。青い塗料で描かれた、字のような、絵のような、不思議な模様だった。幾種類かの青色が流線型の文字のようになり、赤で縁取られている。

「GOD」青年は静かに口を開いた。「英語で描いたんだ」

確かに、青く描かれた模様は、よく見れば、アルファベット三つを並べたものだ。

「おまえのものなのか？」

「神様が？」

「塀だよ」

「ああ、違う。ここは俺の塀じゃないよ」

「どうして、GODなんて描いたんだ？」

私たち死神も一応はその神の一種なのだと言ったら、末席を汚しているのだと謙遜したら、この彼は何と言うのか。

「CDショップはないか?」と質問すると彼は、「二十四時間営業している店はないけど」と肩をすくめた。「でも、レンタルビデオ店なら、あるかもしれない」

「もう一つ、訊きたいんだが」

「何を?」スプレーを持ったまま、姿勢良く立つ彼は威圧的ではなかったが、従容《しょうよう》とした雰囲気があった。たとえば私が、「死神だ」と名乗り出ても、「だと思ったよ」と言い返してくるような、落ち着き払った気配がある。

「どうして、人間は人を殺すんだ?」

彼が一瞬、目を見開き、黙った。駐車場の脇に立つ街灯が、電気を撒いて震えるような音を発し、明滅した。

「どうして俺に、そんなことを」

「ちょうど、君がそこに立っていたからだ。別の人間がそこにいたら、そいつに訊ねただろうな。たまたま、質問があって、その質問の先に君が立っていた」

青年はしばらくの間、口を閉ざしていた。ずいぶん経ってから、「恨みや怒り、計算。人を殺す理由はそんなところじゃないかな」と言った。

「計算?」

「あいつがいなければ、俺の人生は楽になるのに、とかそういう計算だよ。金の面、精神的な面で、損得を計算するんだ」

「人間はよく計算間違いをする」

「その通りだね」と青年が歯を見せた。

「実は今、人を殺した若者と旅をしているんだが」私はそう言ってみる。

「まさか」

「嘘じゃない。そいつは、昨日、人を殺して逃げているんだが、基本的にはけろっとしている。どうしてなんだ？」

「俺に訊かれても困るけど」青年はスプレー缶を持った右手から人差し指だけを伸ばし、側頭部を撫でた。右側の壁に目をやった。こいつに訊け、と、「ＧＯＤ」の落書きを眺めるようだった。

　彼とはその後、雑談を交わした。人間がいかに愚かであるか、という点で話が盛り上がり、奇妙な蚊の話であるとか、哲学者の台詞であるとか、話題は尽きそうもなかったのだが、その時に背後から、砂利を踏む靴の音が聞こえた。

「おい」森岡が駆け寄ってくる。「あんた、何やってんだよ。逃げんなよ。っていうか、これ何だ、目に沁みるじゃねえか、痛えー。シンナー臭え」森岡は騒がしかった。私の横に立ち、袖で目を押さえながら、塀の落書きに目をやる。

「絵だ沁みるのか？」私にはぴんとこない。

「あ、そいつ」森岡は遅ればせながらそこで、青年の姿に気づいた。「そいつ、誰だよ」と尻ポケットに手を入れた。また刃物を使おうとしている。芸にバリエーションがない。

「ナイフはないぞ。捨てておいた」

「もしかすると、この彼が、さっき言っていた、けろっとした人殺し？」青年は茶化すようでもなかったが、深刻さの足りない喋り方をした。

「あんた、もしかして俺のことをばらしたんじゃねえだろうな。こいつ誰だよ」森岡は足を踏み出し、青年の真正面に立つ。森岡は精神の回路が切り替わったかのように、目を強張らせた。口が引き攣っている。まばたきの数が減り、粘液で覆われたかのように、目が光る。なるほどこうやってこの若者は、母親を刺し、繁華街の若者を刺したのだ。

青年はその変化を察したのか、両手を小さく上げた。「まさか、本当に人殺しじゃないだろ」と言った。

「ああ」森岡はそこで、剃刀《かみそり》の傷のような目をさらに細めた。「そ、そうだよ、当たり前だ。人を殺してこんなところをうろうろするわけがないっての」

「だよね」青年は目を細めた。

森岡はそれから塀を見て、青年のスプレー缶に目をやる。「落書きかよ。何だよ、てめえも悪さしてんじゃねえか。同類か」

殺人を犯した者と落書きをした者がどれほどの近縁なのか、私には判別がつかない。

「だいたい、あんたもここで何してんだよ。とっとと逃げりゃいいのによ」

「逃げていいのか」

「駄目だけどよ」

青年は、私と森岡のやり取りを眺めていたが、「駅の向こうのレンタルショップまで、車で案内しようか?」と言った。それは助かる、と私が答えると、森岡は眉を吊り上げ、トカゲに一層近づいた形相になり、「ふざけんなよ、大人しくホテルにいろって」と怒った。


青年は、駐車場近くに止めている車のトランクを開け、荷物をしまった。「これは、おまえの車なのか?」と訊ねると、「俺のはもっと恰好いい四輪駆動だよ」と青年は微笑んだ。

「何だよ、じゃあ、これ、盗んできたのか?」と森岡が嬉しそうに、笑う。これでまた、青年が自分の仲間に近づいた、と言わんばかりだ。

そこで青年が、「あ、警察」と声を発した。彼の視線を辿ると、車道を赤いライトが動いていた。警察車両だ。音こそ鳴らしていないが、こちらに近づいてくる。

「やべ」と慌てたのは森岡だ。舌打ちすると、左右に首を振った。

「下手に動かないほうがいいよ」青年が言うのも聞こえていない。完全に混乱している。咄嗟に思いついたのか、開いているトランクの中に飛び込んだ。短絡的で、反射的な動きだった。示し合わせたかのように、青年もトランクの扉を閉める。

私と彼はそのまま立ち、警察車両の動きをじっと眺めていたが、結局、その車は道を折れて、姿を消した。

「本当に、殺人犯なのかい？」青年はすぐにはトランクを開けようとしなかった。目を落とし、言う。

「あっけらかんとしているだろ」

「もしそうなら、このまま俺たちが警察に通報するとは思わなかったのかな」

「単純なんだ。思慮が浅い。すぐ、かっときて、衝動的に人を刺す。しかも、罪悪感はさほどない。警察が来たから、逃げる。トランクが開いていたから、入る。その後のことは考えない。人間はこんな奴らばかりなのか？」私は疑問に感じた。「後悔しない殺人犯ばっかりか？」

青年は首をひねった。「でも、後悔するくらいなら殺すべきじゃない、とは思うよ」という言葉には、自らの決意を示す響きもある。

しばらく私たちは、自分たち以外の誰かが発言するのを待つかのように、黙っていた。

「これからどうするわけ」と訊ねられた時も、はじめは風が鳴ったのかと思ったくらいだ。

「こいつは、十和田湖に行く。おいらせ、というのがあるらしいが」

「奥入瀬渓流」彼は少し頬をほころばせた。

「知ってるのか？」

「十和田湖からの川の渓流で、美しいよ。俺は一度だけ、観に行ったけど、とても良かった。十和田湖や奥入瀬は、安心する」

「安心？」

「俺はよく思うんだけれど、動物とは異なる、人間独自のつらいことの一つに、幻滅、があるじゃないか」

「幻滅？」

「頼りにしていた人間が、実は臆病者だったとか、信じていた英雄が、実は、馴れ合いを得意とする狡い男だったとかさ。味方が敵だったとか。そういうことに、人間は幻滅する。そして、苦痛に感じる。動物なら、たぶん違うんだろうけど」

「それと湖が何の関係があるんだ」

「あの広い湖とか、美しい奥入瀬の流れは、絶対に、俺を裏切らない。幻滅させない。そう確信できて、安心できるんだ」

「だから、こいつも、そこへ行きたがるのか？　安心したくて？」とトランクをノックする。

「さあ、どうかな。違うかもしれない」彼はそこで片眉を上げた。「もしかしたら、彼の特別な理由があるのかもしれない。それをやり遂げなければ死んでも死に切れない、彼にとってのそういうものが、あるのかもしれない」

「死んでも死に切れない」死神の私からすれば、死んだら死ぬに決まっているので、その表現は可笑しかった。

「俺にもあるよ。やらないとならないことが」と青年は言う。「トランクを開けてもらっていいか？」

私はいつまでも話をしているわけにもいかなかった。

すっかり忘れていた、と彼は笑い、トランクを開けた。いつまで入れておくんだよ、といきり立った森岡が飛び出してくるのを覚悟していたが、案に相違し、彼は身体を震わせていた。気を失う寸前という様子で、瞼を痙攣《けいれん》させている。恐怖に怯える子供に見えた。唇を半開きにし、歯を小刻みに鳴らし、小さな声を発していた。耳を寄せる。「深津さん、深津さん」と言っていた。「助けて」

6

「あんた、起きてたのかよ」森岡が目を覚ましたのは、朝の八時だった。厚手のカーテンを開き、外を眺め、黒々とした雲にうんざりした顔をする。「今日も雨だし」

「ずいぶん眠っていたな」結局、昨晩の私は、トランクから引っ張り出した森岡を背負い、ホテルに戻った。ベッドに彼を寝かせたが、それきり彼は一度も目を開かなかった。

「おまえは車のトランクで、ほとんど気を失っていた」

シャツをジーンズに入れながら森岡は、「トランク」と忌々しそうに発音し、同時に顔色を悪くした。誤魔化すかのように、「さっさと出発するぜ。善は急げ」と乱暴に言う。

「おまえがやろうとしていることは善なのか」

「あんた、いったい何者なんだよ」助手席の窓に指を当て、外側で垂れる雨の雫をなぞるようにしていた森岡が訊ねてきた。すでに私の運転する車は国道四号を進み、仙台市を越え、宮城県北部の町を走っている。道の両脇に水田が広がり、古い民家がちらほらとある。車の数もさほどなく快調だった。

「何で、あんた、逃げねえんだよ？」

「逃げていいのか」

「駄目だって。でもよ、本当に怖くねえのか？　っつうか、仕事とかねえのかよ、あんた」

こうやっておまえと一緒に行動していることが仕事なんだ、と私は内心で答える。それから無言の時間が流れた。ラジオからは次々と、ロックバンドの演奏が流れてきたので、私は退屈しなかった。オーソドックスな演奏に、老獪《ろうかい》な眼差しを感じさせる歌声が、深みを与えている。こういうのはとてもいい、と思っているうちに宮城県を抜けた。一関《いちのせき》市という表示が現われる。景色は同じだ。広告看板、スーパーマーケット、田圃、それが繰り返し、目に入ってきた。

しばらく行ったところで私は運転席近くの計器類に目をやり、燃料の残量を示すメーターが、限りなく下へ寄っていることに気がついた。「これがなくなっても、走れるか？」

森岡は、「ば」と唇を震わせた。「馬鹿言うなよ。どっかで、ガソリン入れろよ」

「そういうものか」

五分も進まないうちにガソリンスタンドが見え、車で乗り入れた。給油の手順については知らなかったが、窓を開け、店員の言葉に従えば、さほど面倒なことはなかった。ただ補給中に、森岡がドアを開けて外に出たので、慌てて私も車を降りた。

「座りっぱなしで、腰が痛えよな」彼は手を腰に当てて、身体を反らしている。私もその恰好を真似する。どうやら、身体を伸ばしたかっただけらしい。

近くには他にも車が何台か止まっていたが、私たちの車よりはかなり大きい。と言うよりも、私たちのこの車が極端に小さいのだろう。巨大な獣に囲まれた、小型犬を思わせた。ガソリンの代金を払い終え、再び発進させる。そして、交差点を二つほど抜けたあたりで、「おまえに、何の事件があった？」と私は訊ねてみることにした。

目を瞑っていた森岡は、予想通り、眠っていたわけではなかった。右目の瞼を開き、私を見つめ、それから、「事件？」と身体を起こす。「昨日言ったじゃねえか。俺は刺したんだよ、お袋と赤髪のチンピラを」

「そうじゃない」

昨晩の落書き青年が言っていたのを思い出したのだ。あのスプレーをいじっていた青年は、トランクで震える森岡を見下ろした後で、「何か嫌な思い出でもあるのかな」と呟いた。その時だけ、雨雲がさっと裂けて、月が一瞬だけ顔を出し、トランクに光を射し込んだので、「それ、正解です！」と夜が伝えてきたかのようでもあった。「子供の頃に、何かトランクに嫌な思い出とかあるのかもしれない。事件とか事故とか。だからこんなに怯えているのかも」

私が、トランクでの怯え方がひどかったことや、ホテルのベッドでうなされていたことを話すと、助手席の森岡はまず、「うっせえな。関係ねえだろうが」と口元をゆがめた。

彼の答えがどうしても聞きたいわけでもなかったので、その後は、ラジオからの音を楽しんだ。砂と砂を擦り合わせるかのような、ギターの音が流れている。

「そんなに知りてえなら、教えてやるよ」しばらくして、森岡がくぐもった声を出した。そんなに知りたくもない、と言いそうになる。

「誰にも喋ったことねえんだ」森岡は口ぶりこそ先ほどと変わらなかったが、かなりの覚悟を決めたようでもあった。「俺はな、誘拐されたことがあんだよ」

「ゆうかい？」

「俺が五歳の時だよ。幼稚園のバスを降りて、家に帰る途中だ。ゆっくり横を走ってくる車があるなあ、と気づいてはいたんだ。でもまさか、ドアが突然開いて、中に引きずり込まれるとは思わなかった。俺の家はさ、結構金持ちだったんだぜ」

「今は違うのか」

「親父が金持ちだったんだ。企業の重役。親父が死んだ後は金持ちでも何でもねえよ。むしろ、笑っちゃうくらいに貧乏」

「で、どうした」

「トランクに入れられたんだよ、俺は」森岡が目を擦った。喘《あえ》ぐように、深呼吸を数度やる。

「トランクか」

「トランクに俺を入れたまま、一日中、走りやがった。真っ暗で狭いトランクに入れられたガキが、どんだけ不安か、あんたに分かるかよ。このまま一生、外に出られないかと思ってよ、震えてた。これはもう、罰なんだって思ったな」

「罰か」

「ずっと、ごめんなさい、ごめんなさいって言ってたんだ。泣けるだろ。本当にあった、泣ける話だよ。何も悪いことしてねえのに、酷い目に遭うことがあるなんてよ、ガキは知らねえんだ。涙も小便も大便も垂れ流しで、べちゃべちゃで」森岡はその時の恐怖や悪臭、忌々しさや屈辱、それらに耐え忍ぶためなのか、今までにない苦しげな顔をした。気のせいか彼の肌は、幼い頃に戻ったかのように艶々として見える。

「それで?」

「犯人たちはよ、俺をどっか、古い建物の部屋に閉じ込めやがった」

「犯人は一人じゃなかったのか」

森岡は心底苦しげだった。「四人いた。臭い奴とか、鼻息荒い奴とか、あと」そこで何の意味があるのか森岡は言葉を止めてから、「足を怪我してる奴と」と言う。

「どこの建物だ」

「あんまり覚えてねえんだよ。ただ、海が近かったな。波の音が聞こえたよ。ああ、だからか」

「だからか？」

「俺、波の音とかすげえ嫌いで、吐き気がするんだよ。癒しの音楽だとか言って、波の音とか聞こえてくるとよ、腹が立ってしょうがねえんだ。やっぱり、ガキの時のあれが原因だったんだな。あの時の波の音を思い出すから、気分が悪くなるんだ」

「今頃、思い出したのか」

「広い部屋だったけど、ぼろかった。赤い絨毯《じゅうたん》があって。あいつら、糞まみれの俺を殴ってよ、それで風呂場で洗って、服のままだぜ、で、部屋に閉じ込めやがった。外から鍵をかけて。臭いし、湿っぽいし、最悪だ」

「ガラスを割って、逃げ出したりはできなかったのか？」

「子供だぜ」森岡が怒りと悲しさの混ざった複雑な色を見せた。「部屋には、俺を監視してる奴がいたし」

「監視？」

「松葉杖ついたおっさんだよ。俺と同じ部屋で、ずっと監視してやがった。で、犯人はよ、俺の家に連絡をして、身代金を要求した。とにかく俺は、あの時のせいで、トランクとかベッドが嫌いなんだよ。監禁中はずっと、ベッドで寝てたからな」森岡は髪の毛をくしゃくしゃとつかんだ。「思い出すんだよ」

「で、どうなった」

「あんた、すげえ落ち着いてるな」

「そうか？」

「俺は、十五年もこのことを誰にも言わなかったんだぜ。思い切って、話したっつうのに、ずいぶん、あっさりした反応だな」

「悪いな。俺は何を聞いても、驚かない」

ふん、と森岡は、気味悪そうに私を窺ってくる。「俺がこれから、もう一人、殺しに行くつもりだって言ったら、驚くか？」

「期待に応えられず、申し訳ないが」私は正直に言う。「驚かない」

7

信号前で停車していると、目の前を観光バスが塞いだ。横道から合流してきたらしい。

すぐに左折するのか、方向指示器を点滅させている。

「このあたりは観光地なのか？」

「中尊寺《ちゅうそんじ》とかだろ」興味もなさそうに、森岡が言った。

「寺か。寄っていくか？」と訊ねると森岡は即座に、「何だよ、あんた、ふざけてんのか」と怒った。「そんな暇はねえっての」

「そうか」

「あ、でもよ、前沢牛、食おうぜ、前沢牛」

「牛？」私は車内にある時計に目をやる。午前十一時を過ぎていた。途中で車線が減り、道が混雑しはじめたため、速度はずいぶんゆっくりだ。「食事をする暇はあるのか」

「うっせえな」森岡は不愉快そうに口をひねったが、左手の看板を指差した。「そこ、右折だってよ。レストランがあるじゃねえか。行こうぜ」

「金はあるのか？」どうでもいいと思ったが私は念のため、確認をする。

森岡は屈辱的な質問をぶつけられたかのように、むっとし、その後で、媚びるような、強がるような赤みを頬に浮かべた。「あのな、俺の最後の旅行だぜ。あんたが奢るもんだろうが」

「人生最後のステーキか」私は自らにだけ聞こえる声を出す。森岡は数日後には死ぬ。私が、「可」の報告をするからだ。

牛を食べるレストランが、牛の形を模しているのは、気が利いているのか、悪趣味なのか、私には分からない。とにかく、広々とした店内はそれなりに賑わっていた。

森岡は顔を隠すようにし、一番奥の席に座った。メニューを開いて、目を通した後で、「高えな、こりゃ」と私を見た。それから、「ま、いいか」とうなずいて、寄ってきた店員に注文をしていた。「焼き方はいかがいたしましょう」と言われ、「普通でいい」とぎこちなく答えている。

私は、コーヒーだけ、と頼んだ。店員は嫌そうな顔をし、森岡は怪訝そうな表情をした。

「ステーキ食わねえのかよ」

「味が分からないからな」

「それにしても何か食えばいいじゃねえか」

「俺はいい」私は言い切った。

料理が出てくるまでの間、無言で座っていても良かったが、それでは怠慢に過ぎると感じ、私は森岡の過去の事件について再度、質問をした。「おまえのその子供の時の事件は、話題になったのか?」

「うっせえな」と森岡は面倒臭そうに横を向いたが、沈黙したまま待っていると、右手を自分のジャンパーの内側に入れ、説明もなく紙を取り出した。折り畳まれ、日に焼けた、古い新聞紙だった。

私はそれを自分の手元へ移動させ、ゆっくりと、破かぬように気をつけながら開いた。

店員が、皿の上で音を立てる肉の塊のようなものを運んできた。森岡の前に置き、丁寧な挨拶を述べると、去っていく。森岡はナイフとフォークを取り、黙々と食べはじめた。ソースのかかった肉を、口に入れ、嚙み砕き、喉に通す。「うめえ」と洩らした。

「死んだ牛はうまいか」私は特別な意図もなく言ったのだが、「そういう言い方やめろっての」と森岡が不愉快げな声を出す。

私は古い新聞を読んだ。今から十五年前の日付で、事故の記事だ。深夜の県道での、宅配便トラックと普通車との衝突事故、とある。普通車に乗っていた、三人が死亡したらしい。私はてっきり、誘拐事件に関する記事があると予測していたので、拍子抜けした。「これは？」

「俺が子供の時に、大事にしていた記事だよ。一昨日、家を出る時に持ってきたんだ」

「なぜ、こんなものが大事なんだ」

「その、事故ったのが、俺を誘拐した犯人なんだよ。だから、それを見れば、もう犯人は死んだんだって安心できたんだ」森岡が言った。「そいつら馬鹿だからよ、俺を監禁してる時に、事故って、死にやがった」

「犯人？　この三人が？」

「飯でも食いに行ったんじゃねえか？　じゃなかったら、別の奴を誘拐しに行ったのか、とにかく夜中に車を走らせて、事故ってよ」

「誘拐犯だとは書いてないな」

「警察沙汰になってなかったからな。誰も知らなかったんだろ。そいつらが誘拐犯だってことも、俺が閉じ込められてるってこともよ、親以外は知らなかったんだろうな」

「どうやって、おまえはその、閉じ込められていた部屋から出たんだ」

「犯人が、逃がしに来てくれたんだよ」森岡の顔がわずかではあったが震えた。

「犯人が？　死んだのにか？」

「違《ちげ》えよ。そこには三人って書いてあるだろ。もう一人、俺の監視係の奴がいた」

「さっき言っていた松葉杖だな」

「そいつだけが事故から助かったんだ」

「何だ、それは」

「知らねえよ。俺が覚えてるのは、部屋に、そいつが入ってきたことだよ。杖をついて、慌しくてよ。あちこち血を流してた。骨も折れてたのかもな。とにかくよ、『他の奴らは事故で死んだ。君はもう帰っていい』とか言ってよ、で、俺を逃がした」

「何だ、それは」理解しづらい話に感じた。「ずいぶん、親切な犯人だな」アフターケアが行き届いている、と言うべきか。

「そいつは、そうだったんだよ」

「そうだった、とはどうだったんだ？」

森岡は答えにくそうに口ごもり、急に小声になったかと思うと、「優しかったんだ」

と言った。「他の奴らはみんな覆面だとかマスクだとかして不気味だったたってのに、そいつだけは顔を見せて、で、部屋で俺を」そこで言葉を選んだ。「見張ってた」

「おまえは、その男に救われたわけだな」

「何だよそれ」森岡がフォークを止めた。

「その男が、おまえを部屋から出してくれたんだろ。救ってくれたんじゃないか」と私はつづけたが、森岡の反応から察して、「そういう意味じゃなくても、おまえは、その犯人の男に救われたんだな」と言い直した。

森岡は抗弁を試みようというのか、口をもごもごと動かした。覚悟のためなのか、諦めのせいなのか、強くうなずいた後で、「かもな」と短く答えた。「あいつがいなかったら、俺は怖くて、もっとひでえことになってたな。あの男、監視しながら、『大人しくしてれば大丈夫だ』とか、『無事に家には帰れる』とかな、いろいろ慰めてくれたんだよ。あれがなかったら俺は、不安と恐怖で、頭がおかしくなっちまったかもな。っつうか、すでに今の俺、いかれてるけどよ。でも、もっとひでえことになってたな。監視役のあの犯人には、そうだな、確かに救われた」

彼の口調を聞きながら私は、おそらく、その言葉以上に、森岡はその犯人に感謝しているのだろうと判断した。監禁状態にあった五歳の森岡が、縋るようにその犯人に接しているのが目に浮かぶ。「もしかすると、その脚の悪い監視役が、深津か？」

「何で知ってんだよ」森岡が立ち上がった。テーブルの上のナイフをつかみ、私に向けた。店員がこちらを振り返り、嫌な場面を見ちゃったな、という後悔を浮かべている。

「おまえが自分で言っていたんだ。深津さん、助けてくれ、と寝言でうなされていた」

森岡は腰を下ろした。立ったり、座ったり、震えたり、憤ったり、慌しい若者だ。

「そうだよ」森岡は開き直るかのように下唇を出す。「深津ってのが、そいつの名前だよ。でもって」

「で」

「俺はこれから、そいつを殺しに行くんだよ」そう言うと、自らの意思を確認するかのように口を大きく開き、肉を頬張った。

8

レストランを出た私たちはまた、国道四号を北へ向かった。雨脚が強くなる。私を追って、雨雲が移動してきているとしか思えなかった。

「おい、あんた何なんだよ」助手席から、何度目かの掛け声が聞こえる。

私は左に目をやり、「何がだ」と答える。

「あのな、俺が言ってること分かってんのか」

「何がだ」

「俺は人を殺しに行くんだぞ」

「ああ、それか」森岡は眩暈《めまい》を感じるかのように、黒目を忙《せわ》しなく動かした。

「何だよそれ。あんた、驚かねえのか？」

「驚いて欲しいのか？」

「そういうんじゃねえよ」

「肉はうまかったか？」

「ああ」森岡は、私の質問に引き摺られるかのように表情の強張りをほどいた。「ごちそうになっちまったけど、うまかった」

森岡がその肉の味を思い出し、うっとりとしている隙を突くようにして私は、深津のことを持ち出した。「深津という男とは、それきりなのか？」

「それきり？」

「子供の頃、おまえを逃がしてくれた。それ以降、深津とは、会っていないのか？」

「当たり前だろうが」と森岡は声を荒らげたが、甦った記憶があるのか、「いや、一度」と言い直した。

「一度？」

「俺が小学校に入ったばかりの時だ。学校を抜け出した時があったんだ。理由は忘れた。俺はガキの頃から、落ち着きがなかったし、頭がいかれてたからな、とにかく、無断で家に帰ったんだ。そうしたら家の近く、路地裏で、お袋が男と話をしているのを見たんだよ」

「深津だったのか?」

「俺にはそう見えた。ただ、後で、お袋に聞いたら、違うって言い張りやがった。まあ、お袋が、深津のことを知っているわけがねえけどよ、でもお袋が否定したんで、俺も信じたんだ。けどよ、ありゃ、深津だったんだ」

「おまえを誘拐した犯人が、どうしておまえの家に来たんだ」

「だろ。俺も不思議だった。でもあれはよ、きっと、ぐるだったんだ。そうとしか思えねえ」

ぐる? その言葉の意味を問い返そうとした時、目の前の車線が増えた。そして直後、私たちの目の前に、車が飛び込んできた。つい先ほどまで背後についていた赤いセダンだ。追い抜いてきたのだ。森岡が悲鳴に近い声を発した。身体をのけぞらしている。

「危ねえ運転だな。ふざけやがって。あんた、抜き返せよ」

「追い抜いて、どうする?」

「知らねえけど、このままじゃあ、おさまんねえだろ」

けれど私は、ラジオから流れてくる英語のミュージックに気を取られていたため、追い抜くタイミングを逸してしまった。

四十分ほど進んだあたりで私は、森岡に、「どっちへ行く?」と訊ねた。青い交通標示の看板が現われた。

「右だよ右」森岡は指を右に出した。「バイパスだ。そっちのほうが、盛岡方向には近い」

「おまえの名前と同じだな」私は、モリオカという言葉の音に反応した。「だから、向かっているのか？」

「その盛岡とは字が違うんだよ。つまんねえ、駄洒落を言うなよ」

「おまえの行きたがっている十和田湖はそこにあるのか？」

「もっと先だ。十和田湖は青森にあんだよ。秋田か？　あんたさ、地理も知らねえのかよ」

「おまえみたいな物知りに憧れているよ」私はハンドルを切り、右へと車を走らせた。緩やかなカーブを描き、直線に出る。前を向くと、先ほどの赤いセダンが目に入った。私たちのことを慌しく追い抜いた割には、速度を出しているようには見えない。時折、右へ左へと蛇行するのが気になった。通行車両が少ないから問題はないものの、森岡が、「何だありゃ、危ねえな」と言った。

　雨が窓に垂れてくる。前方には建物はほとんど見当たらなかった。山が広がっているに違いないが、黒々とした雲が靄のように広がり、遠方は薄暗いだけだ。

「理由を訊かないのかよ」森岡がぽつりと零したのは橋を通過した後だ。

「理由も何も、こっちが近道なんだろ？」

「違えよ。あんたは頭がいいのか、馬鹿なのかさっぱり分かんねえな。俺が、深津を殺しに行く理由だよ。さっき言っただろ、俺はそいつを殺しに行く。普通、理由を訊くんじゃねえのか？」

「興味がない」私は正直に答えた。けれどそれだけでは、会話にならないかと思い、「その深津という男が、十和田湖にいるのか？」と訊ねた。「もしくは、奥入瀬って場所にか」

「ああ」森岡は真っ直ぐ前を向いていた。「らしい」

「らしい？」

「深津は、奥入瀬近くの売店で働いてるらしい」奥歯を嚙み締めるようにして、森岡が言う。

「どうして知ってるんだ」

「俺はな、ずっと忘れてたんだ。あんな誘拐のことなんて思い出したら、頭がおかしくなっちまうから忘れてた。お袋だって話題にしなかった。糞まみれの思い出なんて、必要ねえだろ」

「おまえの、その始終、苛立っているような性格は、子供の時の事件を引き摺っているからか？」

「決め付けんなよ」

「トランクに閉じ込められた時、罰せられてるのかと思った、さっきそう言った。理不尽な恐怖を与えられて、自分が悪いと思ったんじゃないか？　だから、おまえは今も、どこかで自分を責めているのかもしれない」

「責める？」

「もしくは、自分が人に嫌われていると思っている」

「決め付けんなよ。過去の嫌な思い出が、性格を歪ませる、なんてよ、映画によくあるパターンじゃねえか。一緒にすんなよ」

　赤いセダンの蛇行が酷くなったのは、すぐ後だった。私の車と同じ左車線、二十メートルほど前を走っていたのが、右車線へ大きくはみ出し、かと思うとまた左へ戻り、揺れ動いた。

「おいおい、何だよ、あれ」森岡が不安そうに小声を発する。

　クラクションが鳴った。右車線を後方から走ってきた四輪駆動車が、赤いセダンを避けながら、前に抜けていく。その後も数台が、やはりけたたましいクラクションを発し、走り抜けた。

「酔っ払ってんのかよ。こんなところで事故に巻き込まれたら洒落になんねえから、抜いちまおうぜ」森岡は私のハンドルを右に回すように、指で押した。しばらくは直線道路が続きそうだったので私も車を、追い越し車線に移動させた。アクセルを踏み込み、加速させる。赤いセダンの横に並ぶ。さらに右足に力を入れる。そこで左の森岡が呻くのが聞こえた。荒い鼻息と言ってもいい。

どうしたのだ、と訊ねる前に私も気づいた。左へ視線を送ると、赤いセダンの車内が見えたのだ。雨が降り続く中で、しかも走行中ではあったが、私にはよく見えた。

運転しているのは、髪を剃った、卵形の輪郭をした男だ。後部座席にはもう一人、童顔で、前髪を垂らした男がいた。そしてその脇に、身体を揺する女がいる。両腕を振り回し、暴れていた。男が押さえ付けている。制服を着ているその女は、運転席の背もたれに手を伸ばした。その手を避けるように、坊主頭の運転手が首を曲げ、同時に、車がはみ出す。

「あんた、見たか」赤いセダンを追い抜くと森岡が言った。彼は窓に張り付くようにして、外を見ている。

「ああやって騒いで、蛇行してたんだな」

「そうじゃねえっての。ありゃ、誘拐だろ。誘拐」森岡はこの時点で、我を失っていたに違いない。「おい、あんた、止めろ」

「止めろ?」

「車だよ。左車線に戻って、ブレーキ踏めよ。あの車、止めろって」

私は、反対する理由がない、という理由で、森岡の言った通りの行動を取った。ハンドルを左に切り、赤いセダンの前に出た。そして少し速度を緩めた後で、ブレーキを一気に踏み込んだ。音が鳴り、タイヤが飛沫を上げ、車体がつんのめる。私の上半身が前に飛び出し、シートベルトがそれを引っ張った。勢いが強く、額がハンドルに衝突する。

助手席の森岡もほぼ同じような動きをした。車が停車しても、しばらくぼうっとしている。

後ろのセダンは私たちの車を、右車線に飛び出して避けようとしたらしい。大きくハンドルを切ったようだ。タイヤが滑ったのか回転し、結局、私たちの後ろで斜め後方を向いて停車した。セダンの弾いた水飛沫が、私たちの車体を派手に濡らしもした。

森岡はシートベルトを外すとドアを開け、飛び出した。私もつづいた。森岡は真っ直ぐに、止まった赤のセダンに近づいていく。雨を踏むような大股で前傾姿勢だった。セダンの運転席から坊主頭が出てきた。森岡に向かい、罵りの声を上げると、それはまるで戦闘を避けるための威嚇の雄叫びのようだったが、とにかく顔を赤らめ、雨の雫を払うようにやってきた。

右車線を二台、走り抜けていく車がある。彼らは不規則に停車した私たちを、訝しみながらも素通りしていく。

「何すんだ、危ねえじゃねえか。急に止まるんじゃねえぞ」坊主頭は雨を弾かんばかりの、大声を出す。森岡の前に立った坊主頭は、森岡よりも頭一つぶんほど大きい。

「おまえ、後ろの女どうするつもりだよ」森岡の目はまばたきが少なくなり、その瞼で、相手に嚙み付こうとしているかのようだ。

「後ろの女？」坊主頭が後ろを向き、そこで森岡が殴りかかった。掌側で叩くかのように、拳を振った。坊主頭の顎に当てる。ばちんと肉と肉のぶつかる音が響いた。

私は手持ち無沙汰だったのだが、その手持ち無沙汰に付き合おう、という様子で、セダンから別の若者が出てきた。後部座席にいた、童顔の男だ。さほど長身ではないが、肩幅はある。その童顔の男は私に向かって、走ってきた。前に立ったかと思うと襟首をつかみ、私の左頰を殴った。私の首は横に揺れる。童顔をもう一度見ようと顔を戻しかけたところで、また同方向へ殴られた。

森岡が、坊主頭ともみ合いになっているのが見えた。殴り、殴られ、引っつかみ、と何度か繰り返している。森岡のほうが喧嘩に慣れているのか、打撃による痛みや疲れを感じているのは、主に坊主頭のほうだった。次第に、坊主頭の手数が少なくなる。

私の襟首を持った童顔の男は、まだ、私の頰を殴っていた。私が右を見ている間にも、何度も何度も拳をぶつけてくる。そのたびに、視線がぶれるのが煩わしい。けれどほどなく、殴る拳の勢いが弱まった。気づくと、童顔の男は私から手を離し、呼吸を荒らげて、自分の右手を左手でさすっていた。

「痛いのか?」と私は訊ねた。

肩で息をしながら若者は私を睨む。不可解な問題でも眺めるような目だ。「何だよ、てめえ」

「どうした、どんどん殴ればいい」私は相手を扇動するつもりではなく、励ますつもりで言った。

ぐしゃぐしゃと水溜りが跳ねる音がしたので右を見る。坊主頭が倒れ、森岡がそれを乱暴に蹴っていた。自棄を起こしたバネ人形のように右足を振っている。坊主頭は腹を折り、口を菱形に開け、喘いでいた。森岡がセダンに向かって走ったので私も追うことにした。

「てめえ、待てよ」と童顔の若者が再び、私の襟に手をやろうとする。

「まだ、殴るのか？　俺は、朝まで殴られていてもいいんだが」と私は答える。すると相手は途方に暮れたように、立ったまま、動かなくなった。

セダンの後部座席のドアを開き、森岡が車内を覗き込んだ。追いついた私も横から、中を見る。

「大丈夫か？」と森岡は車内に声をかけた。頬が赤くなっている。着ていたシャツも肩のところが切れている。唇と目尻には血もあった。

後部座席には高校生の制服を着た女が、膝を折って座っていた。日焼けをした顔に、濃い化粧をしている。スカートがまくれていた。

「おい、逃げるぞ」森岡が手を伸ばしたが、そこで思いがけず、女は怒りの表情を見せ、足で、森岡の腕を蹴った。

「何すんのよ。逃げるって何なの？」女は歯を剝き、歯茎を際立たせている。

「おまえ、攫《さら》われてるんだろうが？」森岡の目はすでに焦点が合っていない。

「はあ？」女は眉をこれきりというくらいに、ゆがめた。「かーくんたちとドライブしに来ただけだって。馬鹿なこと言わないで。ふざけんなよ」

9

助手席の森岡は、すっかり疲弊していた。呆れているのか、しょげているのか、複雑な顔つきでジーンズの裾をまくり、足首の傷を眺めている。坊主頭を蹴った時に、ベルトのバックルで引っ掻いたらしく、線のような傷から血が滲んでいた。

私同様、彼も雨でずいぶん濡れていて、湿った服と素肌が接するのを嫌がるせいか、ぎこちなく動いている。シートもかなり湿っていた。

「何だよ、さっきのあの女」盛岡市街地に近づき、大きな交差点に辿り着いたところで、森岡が苦々しく言った。

「どっちが、かーくん、だったんだ?」私は赤信号にブレーキを踏む。

あのセダンは、誘拐犯のものではなかった。単に、後部座席で十代の男女がはしゃぎ、荒っぽい走行をしていただけだったのだ。

「どっちでもいいって。とにかく最悪だ」

「おまえは、どういうわけで、女を救おうとしたんだ? 人殺しのくせに」

森岡が細い目で睨んだ。「攫われてる女かと思ったんだよ。間違っただけだっての」

「昔の自分を思い出したのか?」信号が青になったので、車を発進させる。時計を見れば、すでに午後の二時近くだ。

「知らねえよ」

「どうして人間は、自分のことを知らないんだ？」

「うっせえな」森岡は面倒臭そうに言うと自分の左手の窓をじっと見つめ、雨で曇ったところをシャツの袖で拭った。額をつけ、外の景色を確認している。

「どうした？」

「山、見えねえな」

「おまえが行くのは、湖じゃなかったか」

「岩手山《いわてさん》が近いはずなんだよ。でも、雨でさっぱり見えねえな」

「行くか？」

「え」

「どうせ最後なんだ。行きたい場所には寄っていったほうがいいだろう」

森岡はすぐには返事をしなかった。ここで寄り道をする必要はないからに違いない。目的地は深津がいる場所で山は関係がない。けれど彼自身、このまま真っ直ぐに進んでいくのを恐れてもいる。湖が怖いのか、深津に会うのが怖いのか、もしくは、旅が終わるのが怖いのか。「どちらにせよ、怖がっているんだな」

森岡はその言葉を勘違いした。「何で、山が怖えんだよ。山に寄っていくくらいどうってことねえっての。行こうぜ、岩手山に向かおうじゃねえか」と語調を強めた。

「道は分かるのか」

「知らねえけど、だいたい、こっちのほうへ進んでいきゃ着くだろ」森岡は勢いに任せるように左前方を指差し、「山なんて、走ってりゃぶち当たる」と言い放った。

言われる通り私は国道から分かれ、左方向の細い道に入った。確かに、はっきりとは見えないが、ずっと遠くに雲がひときわ集まった空が見え、その裏側に山が隠れているように思えなくもなかった。

田圃の広がる道を抜け、途中から国道四六号という標示が見えた。合流して走りつづけていくと、別の看板が現われる。

「お、小岩井農場《こいわい》じゃねえか」しばらく黙っていた森岡が唐突に言った。「懐かしいな」

「知ってるのか?」

「ガキの頃に来たんだよ。お袋と」

「おまえが刺した、母親か」

余計なことを言うんじゃねえよ、という目で私を見た森岡は、「その時は刺してねえ時だよ」と妙な弁解を口にする。「小岩井農場ってのはな、もともとは、岩手山が噴火してな、灰で埋もれてた場所なんだぜ」

「噴火か」私も過去、何度か火山による災害を目にしたことがあったので、その情景を思い返す。

「それをな、百年以上も前、土地を戻して樹を植えて、でもって牧場にしたんだよ。すげえ苦労したんだってよ。知ってっか?」

「おまえは物知りだな」

森岡はそれきり、また口を閉ざした。何かを思い起こしているような、そういう目をしている。私はどちらの車線を走るべきか判断がつかず、しばらく空いているスペースを探し、右へ左へと車を動かしていく。

やがて、「お袋が敵だとは思わなかったな」と森岡が言った。水位の上がった池から、やむを得ず水がはみ出すかのように、自然と口から洩れた、という具合だった。

「敵だったのか」

「あんたの言う通りだよ」

「俺の言う通り？」

「さっき言ってたじゃねえか。あの糞まみれの事件以降、俺は、自分が嫌われていると思ってるんじゃねえか、って。たぶん、それ、正解だよ。俺はよ、まわりが敵ばっかりに見えるんだ」

「そうか」

「分からねえけど、そうなんだよ。だから、この十何年間、びくびくしながら、攻撃される前に攻撃して、生きてきたのかもな。街でも、とにかく、相手に殴りかかってよ」

「映画によくあるパターンだ」私は、先ほどの森岡の言葉を思い出しながら言い返す。

森岡は一瞬きょとんとし、「あんた、何なんだよ」と苦笑すると、「でもよ、とにかく俺は、お袋だけは味方だと思ってたんだ。親父も死んじまったし、俺も無茶なことばっかりやってるけど、お袋は理解してくれてると思ってた」とうなずく。

「母親に甘えることは、さほど恥ではない」私は、他の動物のことも思い浮かべながら言った。からかわれたとでも思ったのか、森岡がまた、細い目を向けてくる。「でも、そのお袋が敵だったんだ。驚きだっての」

「だから刺したのか」

「刺すしかねえだろ」

雨はいっこうに止まず、見通しは悪かった。何度か道に迷い、行ったり来たりを繰り返していくうちに、夕方を過ぎる。濡れていた衣服も乾くくらいの時間が経ったが、疲れのせいなのか、どうでもいいと感じているせいなのか、森岡は苛立つ様子を見せなかった。

岩手高原、という標示を見つけた時には、周囲はすでに暗くなりはじめていて、「高原と山は一緒か?」と私が訊ねると、森岡は、「違うんじゃねえの。でもよ、もう暗いし、そっち行ってみようぜ」と返事をした。

パトカーが止まっているのを見つけたのは、一キロほど進んだ後だった。おそらくは、速度違反の取締りだとは思うのだが、助手席の森岡がびくんと反応し、「やべえな」と呟いた。「とりあえず、曲がれよ」と左を指差す。細い道があり、私は車を左折させた。

10

突然、訪れたにもかかわらず、破れた衣服を着て、顔に痣《あざ》を作っているにもかかわらず、そのペンションの主人は歓迎をしてくれた。夫婦で経営しているらしい。駐車場に車を置き、中に入ると、二人で立っていた。

女のほうが、たぶん妻だろうが、「ちょうど今日は、キャンセルがあったんですよ」と微笑む。

男のほうが、たぶん夫だろうが、「ちょうど今なら、夕食に間にあうところですよ」と言った。

「風邪ですか？」女が、私の横にいる森岡を見て、声をかけた。

森岡はマスクを口につけていた。先ほどコンビニエンスストアで買ったものだ。「こんな高原で、東京の事件のことなんて気にする奴はいねえよ」と強がっていたが、やはり、不安に駆られたらしい。

「男二人でこんなペンションに泊まるんだから、絶対、怪しまれてるよな」二階の部屋に案内され、そこに並ぶ二つのベッドを眺めながら森岡が苦笑する。

「怪しまれる？」

「どうせあんたは気にしねえんだろうけどよ」

それから私たちは一階に降り、食堂のような場所で夕食を食べた。次々と運ばれる皿には、綺麗に飾られた野菜や肉が載せられている。私たちの他にも、二組の客がいて、一組は若い女性二人、もう一組は男女だった。はじめのうちは、彼らの目を気にして、マスクをどうしようか、などと気にしていた森岡だったが、そのうちに料理に夢中になり、途中からはすっかり素顔を晒していた。舌を鳴らす。「これは」とフォークに刺した肉を頬張り、「やばいくらいに」と顎を動かし、「うますぎる」と飲み込んだ。忙しなく咀嚼《そしやく》しながら、小刻みにうなずいている。

私はと言えば、相も変わらず、食事という作業に興味が持てないため、森岡の食べる様子を観察しながら、丹念に味わうふりをした。

とりあえず、「これは」とフォークに刺した人参を頬張り、「やばいくらいに」と嚙みながら、「うますぎる」と飲んだ。

「馬鹿にしてんのか?」それを見ていたらしい森岡は眉をひそめた。「人参じゃねえか」食事を終えると森岡は膨れた腹を抱えて、立ち上がった。二人で食堂を出る。「すげえ腹一杯だ。まじで、死にそうだって」と臍のあたりを撫でている。

「そうか死にそうか」と私は相槌を打つ。「その通りだな」

庭に出たのは、森岡が言い出したからだった。「外で、涼みてえな」と独り言のように言い、玄関から出て行った。当然ながら私も靴を履き、ペンションの外に向かった。

「まだ、降ってるな」森岡は掌を上に向けた後で、悔しげな声を出した。確かに、弱々しくではあるが、雨が垂れている。

「悪いな」

「何で、あんたが謝んだよ」

「俺は、晴れを見たためしがないんだ」

「また訳の分かんねえことを言いやがって」と森岡は呟き、それから夜空を仰いだ。

「晴れていたら、星とかすげえんだろうな」

「星がすごい？」

「うっせえな、あんた、いちいち」森岡が吐き捨てるように言った。そしてそのすぐ後に、「犬がいるのか」と立ち止まった。「あれ、犬小屋だろ」

ペンションの前は広い庭になっていた。いくつかの植木が伸びているほかは、芝生が生えているだけだったが、ひときわ目立つのは、長く張られたロープだった。いや、チェーンだろうか。それが庭の端から端にまで、引っ張られている。片端が柱にくくられ、もう片方の端は小屋に接続していた。そのチェーンの間を、繋がれた犬が行き来できるようだ。

「何犬だ？」森岡は、私に問いかけるというよりは、小屋の中にいるだろう、犬自身に訊ねているようで、ゆっくりと足を忍ばせて近づいていく。

「中にいるのか？」後ろに寄って訊ねた。

「ああ、いる。丸まってる」森岡は腰を曲げ、小屋の中を覗く。「暗くてよく見えねえけど、ニッポンの犬、って感じの犬だ」

「ニッポンの犬、って感じ？」私にはその説明が理解できない。犬小屋の二歩手前、というところで森岡が足を止めた。

「どうした」

「怒ってる」と答えた森岡の声は、子供の出す悲しみの声のようでもあった。

耳を澄ますと、確かに小屋の中から、低く長い、警戒心の漲《みなぎ》った声が聞こえた。これ以上の何かがあったら今すぐ飛びかかるぞ、というあからさまな威嚇が込められていた。森岡はその場で無言のまま、立ち尽くしていた。それから犬小屋の中をさらに覗いたが、いっそう犬の唸り声がひどくなるのを聞き、小さく溜め息を吐いた。

「俺が何したって言うんだよ」そう零した彼の声には、不愉快さや不安と言うよりも、寂しさが充満している。雨の雫に濡れながらも、その上にある暗い空を丸ごと背負っているかのような落胆を滲ませていた。

11

翌日も、当然のように雨だった。私たちは朝食を食べ終え、出発の準備をする。何をしていた、というわけでもないのに、気づくと午前十時間近だった。玄関脇のロビーのような場所で朝刊を眺めていた森岡は、マスクをかけたまま顔を上げると、「事件のことは何も載ってねえ」と私に言った。安心しているようにも見えない。「俺が言うのも何だけどよ、毎日新しい事件が起きるってのは、どうなんだ?」

料金を支払い、靴を履こうとしている私たちを、オーナー夫妻が見送りに来た。のんびりとした彼らは、「今日はどこに行かれるんですか?」と声を合わせて訊ねてきた。

「十和田湖に、奥入瀬に」と答えたのは私だった。

「それはいいですね。雨が残念ですけれど」と女のほうが首をかしげた。

「事故に気をつけて。晴れればいいですね」と男のほうが顎に手をやる。

それから彼らは、十和田湖への道筋を描いた、地図を寄越してくれた。私と森岡は不器用に頭を下げ、背を向けようとしたが、その時に、「あ、そうそう」と声をかけられた。森岡の身体に緊張が走っていた。動作を止める。ばれた、と思ったのだろう。ゆっくりとぎこちなく、振り返った。マスクを気にしながら、「何だ?」と訊き返した。

「いえ」と男のほうは平然とした声で、「ご存知かもしれませんが、奥入瀬を歩かれるなら、下流から歩きはじめたほうがいいですよ。やっぱり、前から流れてくる川を見るほうが楽しめます」と説明してくる。

森岡の肩から力が抜けた。私たちはもう一度、頭を下げ、玄関を出た。どうやら、外まで見送りに来てくれるつもりなのか、オーナー夫妻も庭にやってきた。そして犬小屋に近づくと、中から出てきた、黒い柴犬を撫ではじめた。

「あ、あの犬」と森岡がマスクの下で声を出した。小柄な犬だった。猛々しいような、狡猾《こうかつ》であるような、鋭い顔つきをしている。

「昨日、吠えられませんでしたか?」オーナー夫妻の女のほうが、私と森岡に言った。

「ああ」と私はうなずく。「近づいたら、怒っていた」

「やっぱりそうですか。この犬、自分が小屋に入ってる時はいっつもそうなんですよ」

「プライベートな空間だと思ってるんですかね」と男のほうが笑う。

「わたしたちでも、近寄ると、うーうー、唸られちゃいます」

「そ」と森岡はつっかえながら、「そうなのか」と言った。そして、若干の怯えを見せながら、犬のそばへと寄った。確かに犬は、昨晩の警戒が嘘のように、大人しかった。森岡がしゃがみ、手を伸ばしても気にかけなかった。唸る様子はまるでない。それどころか、森岡がごしごしと背中やら横腹を撫でると、気持ち良さそうに目を細め、そのうちに仰向けのまま横になった。

マスクをつけた森岡が細い目を開き、犬を撫でつづけているので、私はそれを眺めていた。俺が悪いんじゃなかったんだな。彼は、誰にも届かない声で言ったつもりだったのだろうが、私にはそれが聞こえた。

「小さな車ですね」とオーナーが私たちの車を指差した。「可愛らしいですね」オーナー夫人が微笑む。確かに、両隣に並ぶ車たちに比べれば、ひときわ小さかった。肩をすほめてるような、小さいながらに胸を張るような、そういう車体に見える。

「小さいから、すいすい走れますか？」オーナーが言う。「いや、ちんたらちんたら、だ」森岡が唾を吐くような口ぶりになる。

「大股でのしのし進むよりは、可愛いじゃないですか」とオーナー夫人が優しい声を出すので、私も最近知った言葉を使い、「えっちらおっちら、進んでいる」と口にした。そして同時に、人間の生きる歩みはいつだって、えっちらおっちらだ、とも思った。

エンジンをかけ、車を発進させる。バックミラーに目をやると、ペンションのオーナー夫妻が手を振っていた。ハンドルを切り、上り坂でアクセルを踏み込む。高原をずっと走り、地図の通りに広いT字路を曲がった。

雨がガラスを叩く音、一定間隔で動くワイパーの音、エンジンの音とタイヤが水を踏む音、それらがしばらくの間、私を覆っていた。ラジオ電波も受信できない。霧がかかり、山が見えるはずの場所は、もやもやとした煙が見えるだけだった。風が吹き、あの煙を払ったら、後ろの山ごと消えるのではないか。

「一年ぶりに、俺が帰ったら、お袋が電話で喋ってたんだよ」森岡は、唐突に話しはじめた。

私は思わず、目だけで左右を確認してしまった。私には見えない何者かが、森岡に質問もしくは尋問を行ったのか、と思ったからだ。けれど誰もいない。問わず語りというやつか。

「俺がいるのに気づかなかったんだな。話し声が丸聞こえでよ、切り際に、深津さんもお体には気をつけて、なんて名前を呼びやがった」

「で、母親が深津と繋がっている、と疑ったわけか。でも、その深津は、例の深津と別人かもしれない」

「電話を切ったお袋を問い詰めたんだよ。深津ってのは、あの犯人の深津じゃねえのか、ってな。ガキの頃、家に来たのはやっぱりあいつだろ、って訊いたんだよ。俺を誘拐した犯人と、何でお袋が知り合いなんだよ。おかしいじゃねえか。お袋はもうしどろもどろになっちまってよ、説明できねえんだよ。馬鹿馬鹿しい」

「で、かっとして、刺したのか」私は、仙台の駐車場で会った青年の言葉を思い出した。「人間は、幻滅を感じるのが、つらい」とそんなことを彼は言っていた。唯一の味方だと信じていた母親に、森岡は幻滅したのか。

「おまえが、その脅しつけるような聞き方をしたら、母親もしどろもどろになるに決まってる」私がそう言うと、森岡は首を振った。「違えよ、ありゃ、隠し事をしてる顔だった。俺を騙してやがった」

「だが、深津という男は、いい人間だったんだろ？　おまえを救った。精神的に」

「逃がしてくれたのも、そうだ」

「それなら、母親が感謝の気持ちを持っても、おかしくはない」

「でもな、犯人には変わりねえ」

「まあ、そうだな」

「どうして誘拐犯と、母親が親しくできんだよ。考えられるのは二つだ」

「ほお」答えを持っている人間と会う機会はあまりない。

「もともとお袋が誘拐事件に絡んでいたのか、じゃなかったら、事件の後で、お袋と深津ができたか、どっちかだろ」

「できた？」完成した、という意味か？

「俺はな、お袋を刺した後ですぐに電話をかけたんだ。リダイヤルだ。そうしたら、奥入瀬のところの売店に繋がったんだよ。出たのは店のバイトでよ、深津って奴がいるかって訊いたら、いるって答えた」

「深津と喋ったのか」

「喋らねえで切ったよ。電話じゃあ、殺せねえだろ」森岡の言い方は淡々としていたが、どこか、ささくれ立った樹皮を思わせる。

　国道四六号に入ると、一度、念のために、ガソリンスタンドに立ち寄ったが、後はひたすら道なりに進むだけだった。車通りは少なくはないが、忌々しい渋滞に引っ掛かることもなかった。ラジオのスイッチを入れてみる。

　音楽が流れた。電波の届く場所まで来たようで、ほっとする。

「あんたさ、ほんとロックが好きなんだな」

「ロック？」

「にやにやしながら、聴いてるじゃねえか」森岡はラジオを見て、下顎を出す。

「にやにやしていたか」

「音楽は人を救う、なんて言い出したりすんなよ。俺、そういう嘘臭い言葉、嫌いだから」

「正確には、音楽は人以外を救う、だ」

森岡は靴を脱ぎ、足をダッシュボードに載せ、膝を折った。背もたれを少し倒すと、両腕を組んで、「眠ってもいいか」と言った。

12

一時間半ほど進んだところで、十和田インターチェンジの標示板が見えた。そこを右折するように地図では示されていたため、私は従い、一〇三号に入る。山道がつづき、右へ左へと翻弄されるかのように、ハンドルを次々に切った。

「くるくるくる慌しいな」森岡が目を覚ました。足を下ろし、前方に顔を近づける。空は一面灰色のままだが、雨はほとんど止みかけていた。

「なあ、そろそろか」

「地図だとそうだな」

私は左手で紙をつかんで目の位置に持っていく。この山道を越えると、正面が十和田湖のはずだ。

「あ」数分後、森岡が声を発した。

大きな湖が、曇天のために靄がかかってはいたが、それでも巨大な円に水を満たしたかのような光景が、前方に見えた。こちらのほうが高い位置のため、見下ろす形だ。

「あれか」

「すげえな」森岡が感嘆する。「でけえ」

私は道なりに車を移動させる。山を下り湖に近づいていく。ブナなのだろうか、湖を取り囲むように、木々が並んでいた。右回りに湖の円周をなぞるかのように走った。助手席の森岡はじっとガラスに貼りついている。「天気が晴れてたら、もっとすげえんだろうな」

悪天候は私のせいだから申し訳ない。

しばらくして、「いいな」と森岡がしみじみと言った。「でけえし、静かそうだ」

奥入瀬渓流は、十和田湖の「子《ね》の口《くち》」という場所から、北東の方向へと延びているらしい。遊覧船の発着所でもある、「子の口」には、売店が並び、駐車場もあった。

車を降りた森岡は、大きく伸びをした。上半身と下半身の継ぎ目を確かめるかのように、身体を捻っている。そして十和田湖に向き直ると、細い目でその景色を眺めていた。まるで湖の姿に文章でも書いてあり、それを読んでいるのか、と思えるほどじっくりと向かい合っていた。

　雲の輪郭も見えない、のっぺりとした灰色が空を覆っている。雨はほんのわずかしか降っていない。平日のせいか、駐車場に車はほとんどなく、売店前で店員とタクシー運転手が暇そうにしていた。私は湖の脇、案内図の前で、奥入瀬渓流の全体図を見ることにした。

「深津はいたのか?」私が訊ねると森岡の眉が動いた。唇と頬がまた痙攣している。

「まだだっての」

「おまえの母親が、もし深津と通じているのなら」

「間違いねえな。前から知り合いだったんだ」

「それなら、おまえがここへ向かっているかもしれないと、母親は連絡をしているんじゃないのか? 深津に電話をかけて」刺された後でもそれくらいはできるだろう。

「あー」と森岡は間延びした声を出した。「それはあるかもしれねえな」

「本当におまえは行き当たりばったりだな」と私は感心する。「で、刺すのか?」

「そのために来たんだ」

「ナイフは捨てたが」

「そんなのどうでもなるんだよ」と言った森岡は、どこに隠していたのか、フォークを取り出した。昨日立ち寄った、レストランから持ち出したのか。

「それで人は死ぬか?」

「眼でも刺してやるよ」森岡は嘘を言っている様子でもない。

「刺して、どうやって逃げるつもりだ」

「逃げねえ。言っただろ、警察に行く」

「じゃあ、さっさと売店に行けばいい」私が言うと、その態度が気に入らないのか、森岡は顔をしかめた。「何なんだよ、あんた」と例のごとく言った。「言われなくたって、行くっての」と背を向け、歩いていく。

私は彼の様子をじっと観察していた。駐車場の向こう側、店の前で、串に刺した何かを焼いている男がいる。森岡はその男に近づくと仏頂面で喋りはじめた。マスクはとうの昔に捨てている。予想とは異なり、森岡はもう一度、私のそばへと戻ってきた。ジーンズに手を入れ、肩をすぼめ、前かがみにやってきた。

「深津はいなかったのか」

「いや、あの店で働いてるらしいんだけど、今日は、休みなんだってよ。最悪だ。ただ、三時頃に顔を出すらしい。借りた車を返しに」

売店脇の、バス停留所にある時計を見る。「あと、二時間以上か」

「ああ」

「それなら」と私は言ってみる。「観光するか?」奥入瀬渓流の看板に、親指を向けた。

観光するのが旅である、と言ったのは森岡自身だ。

13

ペンションオーナーの言葉を、森岡は忘れていなかった。どうせ行くんならよ、と意外にも熱心に、下流からのコースにこだわった。だから私たちは、タクシーを利用して、一度、下流まで行くことにした。そうすれば、その地点から歩いて、子の口まで戻ってこられる。

このあたりから歩いていけば、三時間かからずに、子の口に着くよ、と運転手に言われ、私たちはそこから、歩くことにした。降り際、「もっと天気に恵まれた時のほうが、最高なんだけどな」と哀れむような目で運転手が言ったが、森岡は、「恵まれないのには慣れてるんだっての」と答えた。

私にとっても奥入瀬渓流は新鮮だった。人間が何に感心し、ここを訪れるのかは分からなかったが、緩やかに、地面とほぼ同じ水位で流れてくる川は、興味深かった。前方から延々と、次々に水がやってくる。液体が、私の真横を滑らかに這い、大移動を行っているようにも思えた。

森岡は無言のまま、木々に囲まれた遊歩道を歩いている。

途中で彼が立ち止まった。ああ、と口から洩れた声は、どこか幼い少年のものに感じられ、私は一瞬ではあったが、森岡の背丈が縮み、十数年の年月を遡《さかのぼ》った子供に戻った姿を目撃した気分になった。隣に私も立つ。

川の流れが激しい場所だった。岩がいくつもあるため、流れる方向が入り組み、衝突しながら、勢いを速めている。泡立った白い手が、岩や川底を荒々しく触っている。泡の白さと、石の色が、自然に作り出されたにしては絶妙な組み合わせに見えた。渓流の周囲や、川から出た岩場には苔が見える。先ほどの運転手の説明によれば、水位がほとんど変わらないため、そうやって苔が育つらしい。

「面白えな」一時間も歩いたところで森岡が言った。

「面白いか?」

「逆向きだけどよ、でもこんなに近くを、同じ高さで流れられると、一緒に歩いてるみてえじゃんか」

確かに横を流れる渓流は併走している。私は流れる渓流を、人間を観察するように観察しながら、歩いた。鳥の飛ぶ羽の音や枝が揺れる音が川の水に混ざる。風が頬を何度か通り過ぎる。少しばかり私は目を瞑り、なるほど耳を澄ますとこれはこれでミュージックに聞こえなくもない、と思いもした。

さらに三十分ほど経ったところで、小さな滝の見える場所に到着した。ベンチが置かれて、老いた人間が二人、座っている。夫婦かもしれない。私たちが通り過ぎようとした時に、たまたま彼らが立ち上がり、そして老女がつんのめるように転んだ。

私と森岡はぶつかりそうになって、立ち止まった。

森岡が例のごとく、突発的な怒りを発散させるかと私は予想したが、彼は動かなかった。

「すみません」老女は手を地面につけながら、謝った。老人が慌てて、老女の身体に手をやり、支えようとする。「申し訳ないです、家内、ちょっと歩き疲れてまして」と私たちを見上げながら謝罪するが、その彼自身の足も不安定に見えた。だから私は、「二人とも疲れているようだが」と指摘をしたのだが、男のほうは、「いえ」と力強く否定をした。「私はまったく元気ですよ。家内だけです」と皺だらけの顔で言い、「ほら、つかまれ」と老女に声をかける。そして私たちが来た方向へと去っていった。

「年寄りが歩くにはつれえよな、ここ」森岡は言った。

「あの男は明らかに疲れていた」私は疑問を口にする。「なぜ、嘘をついたんだ?」

「強がったんだろ」

「強がる? 強がる必要があるのか」

「知らねえけどよ、婆さんのためじゃねえの。爺さんまでも弱ってたら、婆さんが不安がるじゃねえか。だから、強がったんだろ。やっぱりよ、頼る相手は自分より強くねえと」

「そういうものか」

また、私たちの間から会話は消えた。十分、二十分とひたすらに歩きつづけていくと、次第に森岡の呼吸も荒くなった。だんだんと上流が、終点が近づいているからだろう。

森岡の横顔は翳りはじめた。

「どうでもいいことかもしれないが」私は緩やかに流れてくる川を見ながら言った。先ほどの老人たちと別れてから、考えていたことだった。

「何だよ」

「こういうことは考えられないのか」

「知らねえよ」私の言葉を聞く前から、彼は言った。「何だよ」

「深津という男も、被害者だったんじゃないのか」

「はあ？」森岡は顔をしかめた。

「犯人の仲間じゃなく、誘拐されたおまえと同じ被害者だったんじゃないのか」

「何だよそりゃ」

「他の犯人は顔を隠していたのに、深津だけ顔を見せていた、というのが気になっていたんだ」と私は言ったものの、そのことが気になったのは、たった今だった。「杖をついていたのも気になる。犯人が、怪我人を仲間にする必要があるとは思えない」

「いい年の大人が、誘拐されるかよ」

「大人だって、金になるなら攫われるんだろ？」

「あんた何言ってんだよ。そんなことあるわけねえだろうが。深津自身が、犯人だって言ったんだっての」

「それはあれだ」私は歩いてきた道を指差す。「さっきの老人たちと一緒ではないのか」

「さっきの？」

「深津は強がった」

「はあ、何のために」

「おまえの不安を取り除くためだ」

私の言葉に、森岡は口を開きかけたが、すぐに噤んだ。

「深津は、大丈夫だ、と言っておまえを安心させた。でも、もし深津も、誘拐された被害者だったとしたら、説得力があるか？　おまえは安心したか？」

森岡はすぐには返事をしなかった。一歩、二歩、と歩き、当時の忌々しい記憶を確認しているかのようだった。「知らねえよ」

「深津も、おまえと一緒にその部屋に監禁されていた。ただ、おまえを不安がらせないために、監視役を装っていた」

「あのな、もしそうだとしたら犯人も、普通、深津を縛っておくんじゃねえのかよ。ガキの俺ならまだしも、大人だぜ」

「確かにそうだな」私はうなずく。

「何だよ、あっさり認めんのかよ」

「別に俺は、真実を知っているわけでもないし、真実が知りたいわけでもない。思いついたことを口にしただけだ」

「あんた、何なんだよ」森岡はほとほと呆れ果てた、と溜め息をついた。

さらに私たちは歩きつづけた。私としては、自分の口にした憶測についてはどうでも良かったのだが、少ししてから、「でもよ」と森岡が蒸し返した。「でもよ、深津がまともに歩けなかったからかもしれねえな。仮に、部屋から出ても、あの足じゃあ、逃げられねえ。だから、部屋の中では自由にされてたのかもな。そうだ、犯人にしてみれば、縛ってなけりゃ、便所も勝手に行ってもらえるし、都合がいい」

私は肩をすくめる。「俺はどちらでもいい。ただ、もしそうだとすると犯人の事故は、深津が起こしたのかもしれない」

「何だよそれ」

「深津は、車で移動させられるところだった。解放されるためか、殺されるためなのかは分からないが。とにかくその日、車に乗せられた。そして逃げるために、車内で暴れた」私は、昨日見かけた、蛇行運転を繰り返す赤いセダンを思い出す。「で、事故が起きた」

「事故で死ななかったのは、たまたまだろ。危なかったじゃねえか」

「死んでもいいと思ったんじゃないのか」深津には死神がついていなかった、ということだろう。

「その後で、俺を助けに戻ったってのかよ。さっさと逃げりゃいいのに」森岡は言ってから、「あの足でかよ」と洩らし、混乱を振り払うためなのか乾いた笑い声を出した。

「ねえよ、そんなこと」

「ないか」「ねえよ」

「もしそうなら、母親が深津と連絡を取っていてもおかしくはない。深津は犯人ではないし、おまえの恩人だからな」

「どうして深津は、俺の家に来たんだよ」

「事件後のおまえが心配だったのかもしれない。被害者仲間だからな。おまえ、監禁さ
れている時に、住所を深津に教えたか？」

「覚えてねえよ」森岡のこめかみに、血管が浮き上がる。「あのな、もし仮にそうだっ
たとしてな、何でお袋は、俺に言わねえんだよ。正直に言えばいいだろうが。深津が犯
人じゃねえなら、そう言って、説明すりゃいいだろうが」

「俺はよく分からないが」私はそこで、仙台で会った青年との記憶をまた引っ張り出し
た。「おまえを、幻滅させたくなかったのかもしれない」

「幻滅？」

「深津はおまえにとって、頼りがいのある男だったんだろ。それが被害者だと分かった
ら、幻滅する。深津はそう思ったのかもしれない。どっしり構えた犯人のままでいなく
ちゃいけない、とな」

「幻滅するわけないだろうが」

森岡は歩きながら、両手で髪をがしゃがしゃと掻いた。混乱の原因はその毛の根にあ
る、と言わんばかりの激しい掻き方だった。

「ちょっと待てよ。もし、あんたの言う通りだとして」

「おまえほど物知りではないが」

「もしそうだとしたらよ、何なんだよ、これは。俺はお袋を刺して、チンピラを刺し殺したんだぞ。それが全部、俺の勘違いが原因ってわけかよ」

「勘違いじゃない」

「お袋や深津が本当のことを言ってくれりゃ、俺は無駄に人を殺さずに済んだかもしれねえじゃねえか。違う人生だったかもしれねえだろ。ふざけんなよ」

私は、人のやることはたいがい無駄なものだと思っているので、それについては答えなかった。ただ、森岡が気づいていないようだったので口に出した。

「そういう下らないすれ違いは、人間の得意とするところじゃないか」

大きな滝が視界に入り、私たちはまた、立ち止まった。二十メートルほどの幅、高さは十メートル弱の、横広の滝だ。白い絹の布が、激しい音とともに震えながら、流れ落ちてくるようでもある。カメラを持った人間が集まり、ひときわ賑わっている。銚子《ちょうし》大滝と書かれた看板の前で、何人かが撮影を行っていた。

滝の音とその人の群れを前に、森岡も我に返ったのか、髪の毛から手を離した。そして滝を、茫然とした面持ちで見つめる。ほどなくして、私の顔を見ると、「これってよ」と言った。「人の一生みてえだな」

「何だそれは」以前、同僚の死神が言っていたのを私は思い出した。人間は、何を見ても人生と結びつけるのだ。

「ここはよ、川の上流、スタート地点だろ。それがこの滝だ。ここは派手だし、人も多いじゃねえか。それってよ、俺たちが生まれた時と似てねえか？　俺たちも生まれた時はよ、こんなんだったんだろ？　お祭り騒ぎでさ、人にも注目されてよ。みんなに喜ばれて。でも、それがどんどん流れていくうちに、今見てきたみてえな、地味で、ゆらゆら流れているだけになっちまう。何か、似てねえか？」

私は首をかしげ、彼を見る。それから二時間以上かけて歩いて、眺めてきた緩やかで美しい渓流の姿を思い返した。水位を保ち、穏やかな呼吸を繰り返すように、ただ流れていた川の光景だ。私は思ったことを口にした。「下流のほうも、悪くなかったぞ」

子の口の駐車場まで帰ってくると、森岡は、「こんなに歩いたの、すげえ久しぶりだ。なあ、俺はどうすりゃいいんだ」と充血した眼を近づけてくる。「どっちなんだ。深津はあの事件の犯人だったのかよ、それとも、俺と同じ被害者だったのか」

「それで、何か変わるのか？」

「深津に会って、俺はどうすりゃいいんだよ」森岡が呻くように言ったのとほぼ同時だった。三十メートルほど離れた売店の前に、男が現われるのが見えた。

中年の男だ。頭髪がわずかに薄い。眉が太く、目が垂れていた。左足を引き摺っていた。手で足を引っ張るようにして、前進している。

森岡は男を見ていた。「あれが深津か？」と私は訊ねたが答えはない。ずいぶん経ってから、「なあ」と森岡が縋るように言った。「なあ、あの男、あんたにはどう見える」

「どう？」

「気の弱い誘拐犯か、それとも、強がって犯人を装うような男か」

その二つにどのような差異があるのか、私にははっきりと分からなかった。「おまえの好きにすればいい。フォークで眼を刺そうが、挨拶だけして帰ろうが、俺には関係がない」あと五日もすれば森岡は死亡する。それだけは確かだった。

「ラーメン」森岡が言った。

「何だ？」

「来た時のラーメン屋、帰り、寄りてえな」

「国道沿いのか？」

「あの店のおっさん、待ってるかもしれねえし」

森岡が店に向かって駆け出した。地面に落ちるものがあったので、私は屈んでそれを拾った。「おい、フォークを忘れてるぞ」

ふとそこで、上から落ちてきた雨の雫が、ぴたんと頰に貼りついた。私が顔を上げると、店の前にいた中年男が、驚いたような、喜んでいるような、結局のところは泣き出すに違いない顔をして、足を引き摺りながら、森岡に歩み寄ってくるところだった。

死神対老女

1

「人間じゃないでしょ」

老女に言われて私は、「ほお」と感心の声を上げた。もちろん今までにも私のことを、「人間ではない」と気づく者は幾人かいた。さすがに、「あなた死神でしょう」と詳細まで的中させることはなかったが、寒気がすると言って震えたり、あんたどこか変だね、と不審そうに首を傾げる者はいた。ただ今回のように、出会った初日、のんびりとした雰囲気の中で、唐突に言われることは珍しかった。

老女はつい数分前まで、鏡の前に座った私の髪を刈り、洗い、ドライヤーで乾かして整えながらこの海辺の町について喋っていたのだが、それらが終了し、私が立ち上がり財布を手にしたところで、「そういえば、人間じゃないでしょ」と言った。

「否定しないんだ？」と彼女は微笑んだ。七十歳を過ぎているにもかかわらず、若い女性の口調のようだった。

「髪の毛で分かったのか?」私は、足元に落ちている黒髪を見下ろす。

「そうじゃないって」老女は眉を上げた。髪は真っ白で、顔には皺がいくつも刻まれている。「ただ、どこか人間離れした気配があって。わたしってそういうのに敏感なんだよ。だから、当てずっぽうで言ってみたんだ」

「そんなことを言って、俺が怒るとは思わなかったのか?」

「若者を怒らせてこその、年寄りだってば」と軽やかに言う彼女のほうこそ、二十五歳の容貌をした私よりも、よほど若々しい。

「で、あんた、何しにうちに来たわけ?」

「髪を切りに」と私は嘘をつく。

「まさか」と彼女が見透かした。

「この美容院は有名なんだろ?」私は、事前に得ている情報を思い出しながら言った。太平洋に面した町にあり、高台から海を見下ろせる、しかも高齢の老女が髪を切る、そういう点で話題になったらしい。

「七十過ぎの老人に、頭を刈られるスリルを味わいたいんだよ、みんな」と彼女が歯を見せる。作り物なのか本物なのか、白い歯は綺麗に揃っていた。「ジェットコースターと一緒」

「なるほど」

壁一面に大きな鏡が置かれ、その前に、客の椅子が三つある。

「昔は手伝ってくれる若い子もいて、お客を三人同時に、次々と切るなんてこともやってたけどね」

さほど大きな店内ではないのだが、以前一度見たことのあるバレエ練習場のような、がらんとした雰囲気だ。待つ客のための、革のソファが入り口脇に並んでいる。

「最近はさ、近所づきあいのある人とか、近くの子供が来るくらい。どこかの雑誌で見たのか、突然やってくる若者もいるけど」

「俺もそれだ」

「嘘ばっかり」彼女はしっかりと否定をする。「あんた、髪を切られている間、この店のことも海のことも話題にしなかっただろ。この店に興味があって来たなら、少しは口にするよ」

「忘れてたんだ。今度から気をつける」私は鏡を眺め、そこに反射して映る外の景色を見つめた。「この店は、見晴らしが良くて、景色が最高だ」と感想を取ってつけると、彼女が大きく溜め息をつき、「大雨なのに？」と呆れた顔をした。窓の向こうでは、雨が激しく降っている。秋雨と言うのだろうか。強弱をつけながらも、止む気配はない。

「確かに雨が酷い」

「これで、景色が最高って言ってるようなら、世話がない」老女は、私が差し出した紙幣をレジに入れ、お釣りを寄越してくる。

「俺が仕事をする時はいつも雨なんだ」と私は正直に打ち明けた。

「いつも?」

「俺はいまだかつて、まともな晴天を見たことがない。そう言ったら驚くか?」

老女は目をしばしばとさせて口元を緩めた。刻まれた皺が柔らかくほどけ、別の緩やかな皺を作るようだった。「信じてもいいよ」と言い、その後で、「で、あんたは何の仕事でここに来たわけ?」と訊ねてきた。すでに丸椅子に腰を下ろし、客を前にしているというよりは、不意の訪問者を詮索する態度に近かった。

「七十歳には見えないな」本心だった。白髪と皺はあるもののさほど老いては見えなかったし、頭の回転も速そうだった。

「人間はね、年取ったって、大して成長しないんだって」

「同感だ」

老女は顎に手をやり、立ったままの私を探るようにしばらく見ていた。カメラマンが、モデルを前に構図を検討するかのような仕草だ。おもむろに、「あんた、あれ?」と言った。「あんた、わたしが死ぬのを、見に来たんでしょ」

「ほお」

「わたし、どういうわけかまわりの知り合いを亡くすことが多くてね」

「ほお」

「たとえば、わたしの父親は、わたしが十代の時に交通事故で亡くなって」と彼女は親指を折り、「それから二十代の時には、はじめて好きになった人も死んじゃって」と人差し指を曲げた。二人目、というわけか。

「つらくなかったのか」

「つらくないわけないよ。今だからこうやって話せるけど、その頃はショックで、酷かったよー」

その軽快な物言いが、新鮮にも感じられる。

「ショックのあまり、わたし自身が死んだようでさ。でもね、それも五十年前だよ。もう生きてたって仕方がないって思ってたくせに、それから五十年も生きてきたんだよね」老女は何が可笑しいのか、くっくっと笑った。「三十の時には結婚もしたし」

私は店の入り口のレジ脇にある小さな写真立てに視線をやった。そこには背広を着た痩身の男が、照れ臭そうな笑みとともに写っている。

「良かったじゃないか」私は感情も込めずに言った。

「でもね、その旦那も、結婚四年目に交通事故で死んだのよ。信じられる？」

「ありえなくはないな」そう、ありえないことではない。

「さらにね」

「まだあるのか」

「さすがに驚く？」老女は言葉の割には淡々としていた。「息子が二人いたんだけど、長男が中学生の時に、落雷で死んだんだよ。落雷だよ、落雷。予想もしてないよ、そんなの」

「なるほど」私は静かにうなずいた。「確かに、ずいぶん偏っている」

「面白い言い方をするね」彼女が笑う。「偏ってる。そうだね、ずいぶん偏ってるでしょ。みんな事故とかそういうので、わたしの周りから消えていっちゃって。わたしより若い息子まで」

基本的に、人間が事故や事件に巻き込まれて亡くなるのは、死神がそれを決定したからだ。私たちのような調査担当者が、その選ばれた人間を調べ、その上で、「可」と報告を行うとその死が実行される。私は実際に、どういう条件でその人物が選ばれるのかは知らなかったし、知りたいと思ったこともないのだが、ただ、彼女の周囲の人間はずいぶんと偏って選ばれているようには思えた。

「とにかくね、わたしはさっきあんたの髪を切りながらさ、何だか馴染み深いなあ、って思って」

「馴染み深い？」

「死の予感っていうの？　下らない言い方だけど。わたしの父親とかね、夫や息子が死ぬ時に感じた空気と、あんたのまわりの空気が似てるんだよね。もしかしたら、わたしの周りで人が死ぬ時にはね、たいてい、あんたみたいのが現われていたような気もするし」

「鋭い」まさにその通りで、その彼らが亡くなる一週間前には、私の同僚たちが派遣されて調査をしていたはずだ。

「今度はわたしでしょ？」彼女は少しばかり目を細め、立ったままの私をじっと見つめた。鎌をかけると言うよりは、切実さのこもった眼だ。自分でなくてはならない、と言いたげな眼だ。

果たしてどう答えるべきか、と私は逡巡していたが、すると彼女が、「だいたい、わたしの家族はもう他にいないしね」とつづけた。

「もう、家族は一人もいないのか？」

「次男はいる。落雷で死んだ息子の弟だけど、もう二十年も会ってないよ。長男が死んだ後、わたしも懲りずに落ち込んで、母親としての作業を全部投げ出しちゃった時期があって」

「で、その次男は怒ったわけか」

「呆れたのかも。大学に行ったきりずっと戻ってこないし、結婚しても、連絡を寄越さなかった。音信不通」

「死ぬ前に、その息子に会いたいか？」私は柄にもなく、そんなことを口にした。同僚の中には、死を迎える人間のために、特別なサービスをする者もいるが、私はそういうタイプではない。

「そうでもない、かな。息子がどこかで生きていればそれで充分。わたしはわたしでどうにか暮らしているわけだし。それよりも、今のあんたの言い方からすると、やっぱり今度はわたしが死ぬ番みたいだね」

「気分を害したか?」

「いや」老女は強がるわけでも、投げやりになるわけでもなくて、むしろ自慢げに、「わたしは、凄く大切なことを知ってるから」と言う。

「それは何だ」

「人はみんな死ぬんだよね」

「当たり前だ」

「あんたには当たり前でも、わたしはこれを実感するために、七十年もかかっているんだってば」

入り口のドアが開いた。外で激しく降る雨の響きが、店内に流れ込んでくる。入ってきたのは雨に濡れた少年と大きな犬だった。

2

どうやら少年は店の常連らしく、馴れ馴れしい口調で、「おばあちゃん、僕、いらっしゃったよ」と乱暴に言った。いらっしゃい、と挨拶をした老女に対する返事らしい。

「こんな雨の中、わざわざやってくるなんて」と老女は言いながら、店の奥から大き目のタオルを持ってきて、少年に投げた。「外は寒いよー」と言いながら少年は濡れた髪の毛を慌しく拭き、洋服をさっと撫でると、今度は横に座る犬の身体を拭きはじめた。少年の身体ほどもある、大きい犬だ。

「でかいな」私が思わず口にすると少年が、「いいでしょ」と尖った鼻先を上に向けた。

「何歳だ？」そう訊ねると、「六歳」と少年が手のひらを広げる。六と言う割に指は五本ではないか、と指摘をしようとしたが、やめた。「訊きたかったのは、犬の年だ」と言うと、今度は声を高くして、「ぶー、グッチも六歳なんだよー」と勝ち誇った顔をする。

「グッチ？」

「その雑種犬の名前だよ」老女が言って、少年を真ん中の椅子へと座らせる。「この子の父親が犬好きでね、奥さんがクリスマスに、グッチのバッグが欲しいとねだったら、その犬を連れてきたんだって」

「これはバッグじゃない」私はすぐ脇の、茶色の毛がぼさぼさに伸びた、犬を見下ろす。

「グッチのバッグじゃなくて、ドッグのグッチだって」老女が苦笑するのが、鏡に反射して、見えた。

「この犬、ここにいていいのか」

「グッチは利口だから、大丈夫」と前掛けをかけられながら、少年が言う。

「そんなことよりも、あんたは帰らないのかい」と老女は、私が帰るわけがないと見越した上なのか、わざとらしく声をかけてきた。

「雨が止むまで、しばらく、ここに座っていていいか」私は言いながらソファに腰を下ろし、隣の犬に顔を向ける。座った私とほぼ同じくらいの位置に顔がある。向き合うと、犬のほうは鼻を震わせ、私をじっと見つめてきた。舌を出し、蒸気を発するエンジンのように小刻みに揺れている。犬や猫というものは人間よりはよほど賢いのか、私たちがそばを通り過ぎるとたいていてい感づく。この雑種犬も例外ではないらしく、明らかに私の正体に気づいた顔をしていた。けれど吠えない。吠えずに、ただ、こちらの労をねぎらうような目をするだけだった。大変そうだな、と言ってくるようだったので、「おまえもな」と私は言い返す。

しばらくは静かな時間が過ぎた。雨が窓を打つ一方で、鋏が髪を切る音が鳴り、そのリズムを取るように柱にかかった時計の秒針が動く。私の横では、雑種犬の呼吸が静かに繰り返されている。鋏、時計、犬の息、そして店内に吹く暖房の風がないまぜになって私の周りを漂う。

髪を切る老女の姿を見やる。慣れた手つきだった。少年の髪に櫛《くし》を入れ、軽やかに鋏を動かしていく。少年はじっと鏡を見ているがそのうちに眠くなったのか、瞼を閉じはじめ、頭をこくりと落としそうになったところで、はっと目を見開く。

三十分ほど、そのままだった。本心を言えばここで、ミュージックが聴きたいところだったが贅沢は言えない。まだ時間はある、と自分に言い聞かせた時にドアが開き、また客が現われた。

「こんなに雨降ってるから、客は誰もいないと思ったんだけどな」入ってきた女は、なーんだ、と残念そうな声を出し、服に付いた水滴を払った。その滴に反応したのか、私の横にいた犬がすっくと身体を起こし、その女の足元に擦り寄る。「ああ、グッチ」と女は、犬の頭やら首輪の隙間に手をやる。知り合いらしい。二十代前半だろうか、白い肌の顔は卵形の輪郭で、茶色の長髪が後ろで結ばれている。背が高く痩せていて、セーターの上に紺のコートを羽織っている。

「あ、竹子《たけこ》、残念でしたー」と鏡に映った少年が高い声を出した。

「ちょっと待っててよ、次だから」老女は縦向きにした鋏を、器用に動かしながら言った。「あ、そう、じゃあ待ってようかな。外、寒いし雨だし」竹子は言いながらコートを脱ぎはじめ、そしてすでにソファに腰掛けている私に気づく。

「その人は客じゃないから」察したように老女が、こちらを見もしないで説明をした。

「どうも」と竹子が頭をぺこりと下げ、隣に腰を下ろした。今回の私は、彼女とほぼ同世代のはずで、だからなのか彼女は馴れ馴れしい口調で、「このへんの人じゃないよね」と訊ねた。

「そうだな」

「やっぱり、このお店に興味があって来たんだ?」竹子は窓の外に一瞥をくれた。「晴れてる日にすれば良かったのに。ここからの眺め、ものすごくいいんだから」

「次はそうするよ」と言う私にはもちろん、次に来る予定などない。

「でも、恰好良く切ってもらったじゃない」竹子が、私の顔を、と言うよりも頭部を観察した後で言った。「新田《にった》さんって、お婆ちゃんなのに、センスあるでしょ」

「そうだな」私には髪の毛のセンスの良さなど理解できないので、曖昧に相槌を打った。この老女の名前は新田だったな、と思い出す。「この美容院にはよく来るのか」

「二年くらい前から。わたし、ここから車で三十分くらいのところに住んでるんだけど、雑誌でここのこと知って、それから来るようになったんだよね。ねえ」と最後は、老女に同意を求めるように言った。

「僕はその前から来てるよー」少年が自慢げな声を出す。人間というのはどうしてこうもつまらないことに差異を見出して、優越感を覚えようとするのだ。こんな幼い頃からそうなのだから救いようがない。

「何と言っても新田さん、喋ってると楽しいし」竹子は目を細めた。

「年寄りの話はつまらないものだけどね」と老女が苦笑している。

「たとえば？」私は、隣の竹子に質問をする。ようやく調査担当としての仕事らしくなってきた。

「たとえばって、そうだなあ」竹子は目を上に向け、天井を眺めた。「うちの親戚にね、すごく不幸が続いた人がいたんだよね」

「不幸？」

「還暦過ぎのおじさんなんだけどさ、自分の会社が潰れちゃって、孫が少年院に行っちゃってさ、しかも奥さんが車で事故を起こしちゃって。だからね、前にここで髪切ってもらってる時にね、あんな不幸な人生って嫌だなあ、って言ったの。それに比べたら、立派な家に住んで、息子二人を医者にした、別のおじさんのほうが幸せだよなあ、って。そうしたら、新田さん、何て言ったと思う？」

「さあ」

「『その人たちは死んだの？』ってね、そう言ったの」

聞いていた老女が鋏を動かしながら、小さく笑った。

「幸せか不幸かなんてね、死ぬまで分からないんだってさ」

「生きていると何が起きるか、本当に分かんないからね」老女がしみじみと、けれど重々しさはなく、言った。「一喜一憂してても仕方がない。棺桶の釘を打たれるまで、何が起こるかなんて分からないよ」

「何かさ、そういうの聞いてるとね、そうかもなーとか思っちゃうんだよね」竹子が犬を撫でる。「実際さ、幸せだったたと思ったおじさんも今は、奥さんが新興宗教にはまっちゃって、借金作ってるみたいだし。無敵の政治家が年取ってから、証人喚問に呼ばれたり、有名なスポーツ選手が大きな事故を起こすのを見てると、ほんと、何が起こるか、死ぬまで分かんないって感じ」

「それはあれか」私はそこで何か適切な返事をしたほうがいいと判断し、ずっと以前に担当をした野球選手のことを思い出した後で、「野球はゲームセットになるまで分からない、というのと同じか？」と口にした。

「ああ、近いかもね」老女が愉快そうに答える。

「近くないよ。ちょっと違うって」竹子が首をひねった。

「ゲームセット！」と少年が意味もなく声を上げ、一人で悦に入っている。

3

私はその後も待ち合いのソファに座りつづけていた。予想通り、雨は一向に止まず、老女も、私を追い返そうとはしなかった。

少年の散髪が終わり、交代で竹子が椅子に座る。また、鋏の音がつづく時間が過ぎる。私がここを訪れたのは午後の一時だったが、それからもう五時間は経っている。窓の外ではすでに日が沈み、景色は見えなくなっていた。すでに用の済んだはずの少年はいまだ帰る様子はなく、私の隣で犬を撫でながら、漫画雑誌を読んでいる。

「お兄ちゃんさ、どう」途中で少年が、私にそう言ってきた。鼻を伸ばした表情は、横で寝そべる犬よりも犬に似ていた。「僕の頭、いい感じ？」

「イイカンジ？」

「恰好いい？」

「短くなったな」と私は感想を言うが、少年は何が不服なのか、「そうじゃなくて」と顔を赤くした。「恰好よくなったかな？」

自分が他人からどう見えるのかを、これほど気にする生き物も珍しい、と私は改めて感心する。

「何を色気づいちゃってるのよ」と声がしたと思えば、前に竹子が立っていた。財布を出して老女に代金を支払い、「まだ止まないなあ」と窓を見ている。すっかり夜が更けたような暗さだったが、ガラスを叩く雨はまだ消えていない。そして、「帰るんだったら、車に乗せていこうか？」と私に言ってきた。

「ああ、乗せてもらえばいいじゃない」老女が愉快そうに声を発した。帰る家もないくせに、と言いたげだ。

「僕もそろそろ帰ろう」少年も立ち上がった。彼は家が近いらしく、犬もいることから、竹子の車に同乗するつもりはないようだった。「今日の夕飯、もずく出るかなー」と夢想するかのように言う。

「子供なら、カレーとか言いなよ、カレーとか。もずく楽しみにして、どうすんの」竹子が笑う。

「いいじゃん別に」少年が大袈裟に、下の唇を前に突き出した。

「これ、持っていきなよ」老女が傘を差し出してくると、少年は最初は遠慮していたが、最終的には受け取り、「じゃあねー」と犬を連れて、店から出て行く。

「で、あんた、どうするんだい」老女は、私と向き直って眉を上げた。竹子が横にいなければ、「で、わたしの命をいつ持っていくんだい」と単刀直入に訊ねてきたかもしれない。それくらい落ち着き払った、力強さがあった。

「そうだな」私は、竹子の顔を見る。「どこか市街地に連れて行ってくれないか」

「市街地、ってすごく漠然としてるけど」

「ミュージックショップはないか?」店内に飾られた時計に目をやる。まだ、午後六時過ぎなのだから、店は開いているだろう。

「ミュージックショップ? 何か買うの?」

「聴くんだ」

竹子は、私のことを不思議そうに眺めたがすぐに、「駅前の繁華街に行けば、お店があるから、乗せて行ってあげる」と答えた。

「それなら」老女が口を開いたのは、その時だった。

「何だ?」

「それなら、ちょっとお願いがあるんだけど」

思わぬ言葉に私はすぐには返事ができなかったが、すると老女は数十年も年を遡り、肌の張りや髪の艶を取り戻したかのような少女の顔になり、「一生のお願いが」と微笑んだ。

「ね、新田さん、面白いでしょ」と運転席の竹子が言ってきた。

「面白い？」

「七十過ぎには見えないし、元気だし、センスもいいし」華奢な身体の竹子は、かなり大きな車を運転している。ハンドルを切りながら、雨で濡れるフロントガラスを見つめていた。「それに、昔はかなり美人だったみたい」

道路がぬかるんでいるのか、タイヤが水や泥を跳ねる音がびしゃびしゃと鳴る。その音から私はふと、西瓜《すいか》にしゃぶり付く人間の口元を連想した。

「いつも不思議なんだが、俺の会う、年寄りの女は全員、『昔は美人だった』と言うんだ」

竹子が噴き出した。「でも、新田さんは実際、恰好いいんだって。新田さんの過去、聞いた？」

「夫やら息子が死んだことくらいは」

「え、そうなの？ その辺の話はわたし聞いたことがないなあ」竹子が横目でこちらを窺った。初対面でどうしてそんな話を聞けたのだ、と訝しんでいるようでもあるので、「俺は、人の死ぬ話が好きなんだ」とでたらめを話すが、竹子は「馬鹿みたい」と一笑に付した。

「新田さんって、あのお店をはじめたの二十年前くらいらしいんだよね。二十年というのも凄いけど、それまでは全然違う仕事してたんだって」

「何か、映画とかそういう感じの」

「映画とかそういう感じ？」そんな抽象的な言い方では何も言い表していないのではないか、と思わずにはいられなかったが、彼女からすれば充分らしかったので、「ああ、映画とかそういう感じか」と分かったふりをする。

「前に聞いたけど、宣伝をやったり、エキストラを集めたりとかいろいろ面白いことをやってたんだって」

「エキストラ？」

「映画とかに出てくる、その他大勢って感じの役があるじゃない。あれ」そんなのも知らなくてどうするのだ、と竹子の顔が言っている。「映画とか観ないの？」

「仕事の内容によっては」私は答える。私の体験は、調査担当の相手によっていつも変化する。任俠を重んじる男に出会うこともあれば、サッカーのプロリーグで活躍する若者に付きっ切りのこともある。映画という点では、二十年ほど前に、映画評論家を自称する男を調査したことがあった。その男と知り合い、意味不明な映画を山ほど観させられた。よく覚えているのは、私の嫌悪する「渋滞」と、私の大好きな「ミュージック」が両方含まれた、奇妙な映画だった。常軌を逸した渋滞が前半にあって、ラストは、ドラムを叩く男の姿で終わる。内容は理解できなかったが、その映画評論家はうっとりと繰り返し、観ていた。

「さっき、新田さんに何を頼まれてたの？」繁華街の明るさが、雨に滲みながら前方を照らしはじめた頃、竹子が訊いてきた。信号のせいなのか車の量が増えてきたのか、車の進みが遅くなっている。

私は店を出る前に依頼されたことを思い返した。

「客を連れてきてくれない？」一生のお願い、と笑った後で老女は、そう言った。

「客を？　そんなに困っているのか」私は店内を見渡しながら疑問を感じる。儲けたがっているようには、まるで見えなかった。

「困ってるというか、いや、そうだね、困ってるよ。今から繁華街に行くならさ、そこで若者に声をかけてくれない？　この店に来るように」

「営業というやつか」

「まあ、そうだねえ」

「どうして、俺がやらなくてはいけないんだ」そう訊ねてから、背後を見やった。先に店を出た竹子がRV車を駐車場から出しているところだった。「彼女に頼めばいい」

「駄目だよ。あんたじゃないと。あんた、このへんに詳しくないだろ？」

「そうだな」

「そのほうがいいんだってば。たぶん、夜に向けて、若者がたくさん街にいるだろうから、声をかけて営業してほしいの」

「意味が分からない」

「ただ、条件もあるんだけど」老女は、私の混乱もお構いなしにさらに続けた。「年齢はね、十代後半。四人くらい呼んできて。できれば、男の子と女の子、どっちも来るように」

「何だそれは」

「しかも、これが一番重要なんだけど、明後日に来てくれないと駄目だから」

「何だそれは」ともう一度言う。

「明後日限定なんだってば。時間はいつでもいいから、日にちは明後日、このお店に来てくれる若者を見つけてきて。それがあんたへのお願い」

「どうやって呼べば来るんだ？　だいたいが、この店のすぐ外で、声をかければいいじゃないか」

「わたしが知ってるような客じゃ困るの。だから、人がたくさんいる繁華街で見つけてほしいわけ。あとね、友達同士とかは駄目だから。ばらばらの若者を四人。それから」

「まだあるのか」

「この店に来ても、あんたに声をかけられたことは口にしないように、念を押しておいて」

「どういう意味だ？」

「あんたが勧誘して、客が来て、その客が、『勧誘されたので来ました』なんて言ったら、わたしも寂しいじゃない」

「条件だらけだな」老女の一方的な物言いに戸惑わずにはいられなかった。指示を出される筋合いはなかったし、余計なことをやるのは気が進まなかった。ただ、最終的にそれを引き受けたのは、第一に、もし依頼を請け負えばまた老女に会いにくる理由ができるからで、第二には、さっさとこの話を切り上げて、ミュージックショップに行きたかったからだ。

「それって、どういうこと？」竹子が、私の話を聞いた後で、眉間に皺を寄せた。「何で急に、客を集めるの？　それも無理やりに」

「商売に目覚めたとは思えないが」

車の流れがまたスムーズになり、竹子は細い路地にRV車を入れた。「繁盛させたいのかな」

「明後日限定でか？」

「変だよね」竹子が笑い、ゆっくりとRV車の速度を遅くし、路肩へと近づける。アーケードの通りを歩いていけば右手に店があるから、と説明をしてくれたので、私は感謝しながら車を降りる。

4

ミュージックショップに足を踏み入れると、流れている音楽がわっと耳に飛び込んできた。自然と顔が綻ぶ。店内は賑わっていた。棚の前に並ぶ若者や、レジの前に立つ女性が目に入る。ネット配信で音楽を楽しむ者が増えて、店頭販売は下火だと聞いたが、また少しずつこういった店が戻ってきているのだろうか。

試聴機の並ぶ場所を捜し、足早に近づく。幸いなことに空《あ》いている機械があるので、即座にヘッドフォンを耳にあてる。ボタンを押す。私はミュージックのはじまりを今か今かと待つ。

ドラムが刻まれた後に、ギターが鳴った。ロックバンドの曲なのだろう、私の好みに近かった。目を瞑り、聴き入る。

肩を叩かれたのは、私がアルバム一枚をすべて聴き終える直前だった。左肩に手があったので、さっと顔を上げるとやはりヘッドフォンを手に持った女が、「どうも」と言った。

同僚だ。私に限らず私たちの仲間は誰もが、ミュージックが好きだ。夜のミュージックショップにいれば、たいてい同僚に会う。

「おまえの担当もこのあたりなのか?」私はヘッドフォンを外し、相手に訊ねた。

「そうそう」と女の姿をした同僚はうなずいた。「今日で調査期間、おしまい。さっき報告したところ」

「可か？」私は訊ねるが、訊かずとも可だろうとは想像がついた。

「まあ、そうね、可」案の定、彼女はそう言う。「そっちはどんな感じ？」

「今日からだ」

「どんな人？」

「年配の女。面白いことに、俺が人間でないことに気づいた」

「珍しい。でも時々いるよね、そういうの。で、どうするの？　どうせ、可なんでしょ」

たぶん、と私は答えかけたがその前に、老女の喋っていた半生と言うべきか、周囲の人間の話が頭をよぎった。「調査対象の人間はいったいどうやって選ばれているんだろうな」

「どうしたの急に？」

「いや、今回の相手のまわりに死んでいる人間が多いんだ。ずいぶん偏っているように感じたんだが」

「どうなんだろう。わたしはあんまりそういうの興味ないから」

「俺もないんだが」

「でも偏ってるっていっても、誤差みたいなもんじゃない」

「だろうな」私は挨拶をし、その場を後にした。

外に出て、ビルに取り付けられたデジタルの時計を見やると、夜の八時前だった。アーケード通りには往来する人が大勢いた。私は当てがあるわけでもなかったが、左方向へと足を向けた。そちらに若者が多く集まっているように感じた。老女から頼まれたことを実行するつもりだった。明後日、あの美容院を訪れる客を捜すのだ。

「何それ、あんた何なの？」制服を着た女が、私を憎むかのように、見た。ファストフード店の二階だ。窓際の席で下を通行する人間を見下ろしていたのだが、とりあえずは隣に座った彼女に打診してみた。「明後日なんだけど、髪を切りにいかないか？」と唐突に誘うと、最初は、「はあ？」と怒った顔をされた。美容院の名前と場所、それからセンスの良さを説明し、「だから、ぜひ行ってみないか」と言ったのだが、相手にされなかった。

仕方がなくて移動し、今度は、店の一番奥に座る男子高校生らしき集団に声をかけた。「髪を切りにいかないか、いい店があるんだ」と言うと彼らは、「おまえ、馬鹿にしてんのかよ」と一斉に沸き立った。どうやら彼らがいちように坊主頭であることが理由らしい。もう一度訊ねたが、一番体格の良い男がつかみかかってくる気配を見せたので、やめた。

ファストフード店を出ると次は、道に立ち、通行する人間に声をかけていくことにした。しつこい雨が相変わらず降り続いているが、アーケードの屋根がそれを防いでいる。

十代後半と思しき者が来るたびに、前に出て、「髪を」と言う。が、なかなか立ち止まってはくれなかった。私の声が届かないのか、顔を微動だにしない者もいれば、私の前で急に足を速めて通り過ぎる者もいた。何十人かに一人は私の言葉に耳を貸してくれたが説明が悪いのか、髪を切ることに興味がないのか、最終的には立ち去っていく。

「君さ、何の勧誘なの？」二時間ほど過ぎたところで近づいてきた男がいた。見れば、日焼けした顔にパーマをかけた長い髪が目立つ、長身の男だ。茶色のコートを着て、手には紙の束を持っている。

「美容院に行く客を捜している」

「美容院？　ビラとか配らないの？」

「ビラ？」私が聞き返すと男は、うそホントかよ、と口をぽかんと開け、自分の持っている紙束を前に出した。「こういうんだよ。その店の紹介を書いたりさ」

紙の束はどれも同じ図柄と文言が印刷されていて、読んでみると、新しく開店する洋食店の説明が書かれているのだと分かる。地図も載っていて、「割引」「デザートサービス」などの文字も見えた。

「君さ、さっきからずっと声をかけて、全部断られてるみたいだからさ、心配になっちゃって」彼は見た目こそ色黒の獅子のようだったが、喋り方は穏やかだった。「はじめはナンパかと思ったんだけど、男にも声かけてるし、ビラ配りにも見えないし」

「こういうのがないとまずいのか？」私は紙に目を落とす。

「まあ、あったほうが」彼は肩をすくめる。「だって、その美容院がどこにあるとか説明しても分かりづらいだろ。口だけだと、本当に美容院なのかどうかも怪しいし、喋ってる間に通り過ぎていくよ。それにさ、ビラなら配るだけで、説明はいらないから、楽だ」

ではどうすればいいのか、と思っているとその目の前の獅子顔の男当人が、「何なら俺が作ってやってもいいぜ」と言った。「俺さ、実はデザインとか得意なんだよ」

「それは助かる」私はそこまで言ってから、「ただ」と大事なことを思い出した。「明後日までに客を見つけないと駄目なんだ」

「明後日？　美容院の客を？　今から？　うそホントかよ」彼は不審さと同情を同時に浮かべた。「それ本当なら難しいね。美容院なんて、たいていみんな行く店が決まってるんだし、家から遠けりゃ行く気もしないだろ。今日声をかけて、明後日っていうのもさ。その店の近くで、捜したほうがいいんじゃないか？」

「繁華街で捜せと言われたんだ」そして私は、老女から仰せつかったほかの条件も話してみる。十代後半、男女合わせて四人程度、しかも、友達同士の団体では困る。私に誘われたことは口にさせない。

「何かのゲームだな」獅子男は長髪を揺すりながら、呆れ半分愉快さ半分の顔でうなずいた。「宝探しみたいなもんだ」

「宝？」

「よし」とそこで彼は決意を固めたかのように張りのある声を出し、ちょっと手伝ってやるよ俺ゲーム好きだから、と独り言のようなものをこぼすと、「あの子なんてどうかな」と百貨店前のベンチで座る、若い女を指差した。

下を向き、退屈そうに自分の髪の毛をいじくっている。背も高ければ、脚も長い。

「お洒落に敏感そうだしさ。そうだな、その美容院の売りは何かある？　特徴っていうか」

「海が見える。高台にあって、景色がいい」私が答えると、獅子男は持っていた洋食店用の紙束をばさばさと振って、「ああ、知ってる知ってる。海辺の高台にある美容院、知ってるよ。婆さんがやってるんだろ」と顔を明るくした。

「有名なんだな」

「有名な女優が常連客でさ、話題だったんだよ。へえ、まだやってんだね」

「有名な女優が来ているのか？」その話は知らなかった。情報部はどうしてこうも、中途半端な情報しか寄越さないのだ。

「でも、二年くらい前かな、死んじゃったんだよ、ほら、あの女優だよ。地下鉄の事故でさ」と彼は首を回しながら、茫洋たる記憶の海原を彷徨《さまよ》うような顔つきになり、「何だっけな」と十回も呟いた後で、女優の名前を発音したが、私が知っているわけがない。

とにかく私は、彼女の周りでは人の死が偏っているな、という思いを強くした。もちろん人は絶対に死ぬのだが、それにしても、事故や事件など、死神によって実行された死が多く発生しすぎている。

「その店なら有名だから、声をかけやすいかもしれないぜ」獅子男は俄然、張り合いを取り戻した。「スマートにさっと近づいて、美容院のおすすめをしてるんですけど、って丁寧に言ってみたらどうだろ。爽やかに行けば、君、結構恰好いいし、いけるかもよ」

彼はこういうことに慣れているのか、もしくは常日頃、他人に声をかける段取りについて思索しているのか、とうとう私にアドバイスをしてくれる。

分かったような分からないような気分だったが、とりあえずはそれに従ってみようと私は足を踏み出した。

「でもさ」と背後で獅子男がこぼすのが聞こえた。「無理やり客を集めたいなんて、誰かに繁盛してるところを見せたいのかな」

5

「成果は?」歩いて美容院に戻ると、老女は店内で雑誌を読んでいた。すでに夜の十二時過ぎだ。雑誌は若い女性向けのもので、仕事の研究のためなのか、女の髪型ばかりが掲載されているページを開いている。もとから私が帰ってくることを知っていたかのような顔で、「おかえり」と言った。繁華街のアーケード通りでやったことを私は説明した。

「外は、雨まだ降ってる？」老女は店の窓を指差した。厚手の淡い茶色のカーテンが閉められていた。

「降っている」私がここにいる限り、雨が止むわけがない。

「で、成果は？　明後日、来てくれそうな客はいた？」

「一人」私は指を立てた。「女が一人、興味を持ったようだった。場所も分かってもらった。来るかもしれない」

結局、獅子男の助言を頼りに二時間近くの間に、山ほどの若者に、もしくは海ほどと言ってもいいだろうか、とにかく大勢の人間に声をかけた。

「来るかも、じゃ困るんだって。来てもらわないと」

「でも、突然、髪を切りにこいと言っても、なかなか難しいのではないか？」実際、私は何人もの若者にそう抗議された。

「そこを何とかしてほしいの」と答えた彼女は真剣で、単に私に無理な使役を押し付けて、楽しもうとしているわけではなさそうだった。

「何とか、か」私は力なく答え、では明日も街へ出向いてみる、と約束をした。人間と約束をするとはな。呆れるほかない。

少ししてから、「死ぬのは怖くないのか」と質問をした。ソファに腰を下ろした老女が雑誌を熱心に読んでいるのを眺めているうちに、気になったのだ。「俺の役割には気づいているんだろ？」

老女はゆっくりと首をもたげ、立ったままの私を見上げると、「あんたは、わたしが死ぬのを見届けに来たんでしょ」と例のごとく、恬淡《てんたん》とした口ぶりで言った。そして、「そりゃ、死ぬのは怖いけどさ」と恐怖の欠片《かけら》も滲まない口調で続け、「もっとつらいのは」と首を振った。「まわりの人間が死ぬことでしょ。それに比べれば自分が死ぬのはまだ、大丈夫だってば。自分の場合は悲しいと思う暇もないしね。だから、一番最悪なのは」

「最悪なのは？」

「死なないことでしょ」彼女はアンテナを張るかのように指を立てた。「長生きすればするほど、周りが死んでいくんだよね。当たり前のことだけど」

「その通りだ」

「だからさ、自分が死ぬことは、あんまり怖くはないよ。痛いのとかは嫌だけど。やり残したこともないしね」

「ないのか」

「あるかもしれないけど、それも含めて、納得かもしれない」うんうんとうなずく彼女には無理をしているような、強張りがない。

私はそれ以上の会話をするつもりにはなれなかった。代わりに、「この店にオーディオはないのか？」と訊ねる。「何か音楽を聴きたいんだ」

老女は最初はこちらの意図が飲み込めなかったのか目をしばたたいていたが、やがて、立ち上がった。「小さいのならあるよ。今やもう、骨董品のラジカセ」

「何を聴く？」彼女は店のレジの脇にあるラジカセのような機械の前で、電源を操作しながら振り返った。

「ミュージックであれば何でも」

「そういうのが一番困る、って恋人に言われたことないの？」と老女は相好を崩し、近くにあるＣＤのケースを何枚か引っくり返し、「今時、ＣＤって言うのも凄いでしょ」と自嘲気味に言うと、じゃあこれだいぶ前に話題になったんだけどね、と一枚を再生した。

どんなミュージックが飛び出してくるのかという、例の、期待による息苦しさを覚えながら私は耳を澄ます。流れてきたのは、ゆったりとした透明感のある女性の声だった。輪郭がくっきりとして、美しく、そして力強い。ドラムとベースの響きが加わると、この歌い手が地面を飛び跳ねながら、歌を空に叩きつけるような躍動感が加わった。

自分でも気づかないうちに私はその、古臭くも懐しい型のラジカセに近寄り、サイドボードの上のＣＤケースに手を伸ばしていた。どんなミュージシャンの曲なのか確かめたかった。

「遅咲きのアーティストだけど、わたしがまだ若い頃、二十代か三十代の頃かな、すごく話題になったんだから。でも、今も古びてないでしょ」

そもそも私たちと人間では時間に関する感覚が異なっているので、新しいであるとか古いであるとか、その感覚自体が分かりづらかった。「声がいい」と感想だけを言う。ケースに目を落とすと、素朴な顔をした女性が俯き気味になっている姿が写っていた。派手な恰好ではないが、控えめながらに自信の溢れる横顔にも見える。

「ああ」と私が声を洩らしたのは、すぐ後だ。

「どうしたの」と老女が言った。

「どこかで見たことがある顔だと思ったら、会ったことのある女だった」私は写真の女性を指差す。一恵という名前に覚えがあった。「何か一つでも才能に恵まれますように、って親が名づけたらしいんです」と彼女自身がその名前の由来を説明していたのを思い出す。

「あんたが会った相手は死んじゃうんじゃないの?」老女は、くすくすと軽口を叩くように、可笑しげだった。

これは例外だったな、と私は囁く。例外的に、「可」としなかった。この写真の女について、「見送り」の報告をしたのは確かだ。「ミュージシャンになったのか」

「恰好いいミュージシャンだったよ」と老女がしみじみと応えた。「今どうしてるんだろうね」

老女がソファに戻り、再び、雑誌を読みはじめる。私は立ったまま、店内に弾む歌声を楽しむ。ミュージックが散らばり部屋の空気を攪拌《かくはん》する。心地良い時間だった。そのうちに老女がソファで頭を揺すり、眠りはじめた。死神の調査期間中に相手が死ぬことはないので、そのまま放っておいても彼女の身体に問題はないだろうとは思ったが、とりあえず彼女を抱え、店の二階へと連れて行った。ベッドに寝かせる。そして私は一階に戻り、またCDに耳を傾ける。

6

翌日の正午過ぎまで、美容院には客の来る気配がなかったが、老女は気にした様子もなく、「いつもこんなもんだよ」と言った。

「それなのに、明日は来てほしいのか」

「そうだね」

「誰かに見せたいのか？」私は昨晩に、獅子男が発した言葉を思い出しながら訊ねた。

「繁盛しているところを」

「誰かに？」老女は白《しら》を切る様子でもなく鸚鵡《おうむ》返《がえ》しにすると、「いや、わたしに見せたいんだ」と答えた。「とにかく今日も客を探しに行ってよ」

「どうしてそんなにたくさん呼びたい？」

「たくさんじゃないよ。四人くらいがいい。じゃないと、わたし一人じゃ手が回らなくなるから」彼女は、まるで私の弱みでも握りそれを使って依頼するかのように言い、私は弱みを握られているわけでもないのに繁華街に向かった。これも仕事のうちだ、と思った。

やり方を変えることにした。昨日と同じ方法で営業を行い、見違えるような結果が得られるとは思えず、だから美容院に誘う時に、その代金を半分ほど渡すことにしたのだ。つまり、「明日、海の見える美容院に行かないか?」と声をかけ、すぐ後に、「実は、客を呼ばないと俺が怒られるんだ。半額出すから行ってくれないか」と懇願する手法を取った。

もちろんこれは、私が独自に考え付いたやり方ではない。以前、調査をした営業職の人間が、苦肉の策として使っていたのを真似ただけだ。

私自身も声のかけ方に慣れてきたせいか、それとも日中だからなのか、昨晩よりは相手が立ち止まるケースが多かった。そのうち本当に関心を示した何人かには、お金を渡した。「金をくれるなんて怪しいな」と立ち去る者と、「へえ、じゃあ行こうかな」と積極的な反応を示す者がいた。

「明日じゃないと駄目だからな」と念を押す。

「え、明日? 何で」

「明日で閉店する」とやむを得ず嘘をつくこともあったが、すると若い女が敏感に、「閉店しちゃうようなところに行きたくない」と反応することもあった。

「違うんだ。人気があるから、店舗を改装する」と私も負けじとでっち上げた。夕方の五時までで、十人近くから、「行くよ」という返事を得た。金だけ貰って逃げる人間がそのうちの何割なのかは想像ができない。

「おまえ、お金くれるんだって？」後ろから声をかけられた。見れば、背の高い十代後半の男が二人、私の前に立っていた。制服を着ているが、ボタンは外したままでだらしがない。頬にはニキビが目立っている。

「明日、美容院に行くならな」私は答える。金を出そうかと、ポケットから財布を取り出す。

「ああ、行くよ行くよ。すげー行く」と右側の男が軽薄な声を出した。

「絶対に行くんだろうな」私は、彼らが絶対に行かないと察した。

「うるせえな、行くって言ってんだろ」と左の男が早くも苛立ちを見せる。お金を騙し取るつもりならば、どうしてもっと上手く、丁寧にやらないのか。不思議で仕方がない。

彼は、私の手元の財布を無理やりにつかみ取ろうとした。私は右手につけていた手袋を外し、左の男の手に触れた。その途端、男は小さな声を上げ、その場に倒れる。

私たちに素手で触れられた人間は、失神し、寿命が一年短くなる。らしい。果たして当人にとってその一年がどれほど大事なものなのかは、私には理解できないが、とにかく一年の命を失うわけだ。落ちた財布を拾う。右側の男に目をやる。彼は、倒れた友人に動揺し、かなり戸惑っているようだったので、私のほうから先に触れてやった。やはり、その場に倒れる。長生きできればいいな。私は内心でそう言ったが、皮肉だったわけではない。


「成果は?」夜の八時過ぎ、美容院に戻ると老女はまたソファで雑誌を読んでいた。差し迫った死に焦る様子はなく、おっとりと打ち寛いでいる。その落ち着き払った態度を見ると、彼女は死なないのではないか、と錯覚を起こしそうになった。自分が、「可」の報告をするに決まっているにもかかわらず、だ。

「今日はずいぶん、良かった。たぶん、何人かは明日、やってくると思う」最低でも四人は来るのではないか、と私は踏んでいた。

「多くて何人?」

「十人くらいか」

「なら、一人、手伝いを呼んでおいたほうがいいかな。十人を一人じゃ、一日経っても終わらないから」彼女は柔らかい笑みを浮かべた。「外はまだ、雨?」

「申し訳ないが」私は言って、自分の肩にかかった雨の雫《しずく》を払った。

「あんたさ」老女はその後で、唇をさほど開かず、呼吸のついでのように言った。「人が死ぬことってどう思う?」

「特別なことではない」私は素直に答える。彼女自身が昨日、人はみんな死ぬ、と発言したばかりだった。

「そう、全然、特別じゃない」老女はなぜか嬉しそうだった。「でも、大事なことだよね」

「特別ではないのにか」

「たとえばさ、太陽が空にあるのは当たり前のことで、特別なものではないよね。でも、太陽は大事でしょ。死ぬことも同じじゃないかって思うんだよね。特別じゃないけど、まわりの人にとっては、悲しいし、大事なことなんだ」

「それがどうかしたのか」

「どうもしない」白髪の老女は笑う。

「俺は、太陽を見たことがない」と私が応じると彼女は、ああそうだったね、と声を洩らして笑った。

その後の会話はなかった。一日前の夜をなぞるかのように、ラジカセでＣＤを再生させ、彼女は座ったまま、私は立ったままで、ミュージックを聴いていた。彼女が眠りについたらついたで、彼女を二階のベッドへ運び、それから私はまた一階でミュージックを繰り返し、聴く。悪くない時間だ。

7

翌日、美容院の開店前に、私は追い出された。女性美容師がやってきた後だ。老女の知り合いらしい、三十代の女性で、一日だけの助っ人として呼ばれたようだ。「新田さんのところで働くの久しぶり」と張り切る彼女は、本心から嬉しそうだ。

「どうして、俺はここにいてはいけないんだ？」私は確認をする。

「あんたが勧誘した客が来た時に、あんたが店にいたら、何か話しかけるかもしれないでしょ。そういうのは嫌だから」

納得したわけではないが、彼女の要望は聞くべきだと判断し、私は外に出た。最初はもちろん、繁華街のミュージックショップに行こうかとも思ったのだが、途中で心変わりをした。声をかけた若者のうち、何人が実際にやってくるのか興味が湧いたのだ。

美容院の外に出ると広い駐車場があり、奥には、海の見える見晴らし台もあった。私はその脇に立ち、老女から借りた傘を差し、美容院の入り口を眺めることにした。営業時間を考えれば、おそらく十時間もいればいいのだろう。私には苦でもない。

後ろを向くと、湾曲した海岸線が続いているのが見下ろせる。小雨とはいえ数日続く雨のせいで海の色は濁っていた。波も高く、砂浜は湿って暗い色になっている。

一時間ほどして、最初の客がやってきた。雨の降る中、友人に送ってもらったのか、歩道脇に止まった車の助手席から降り、傘を差して美容院へと歩いてくる。背恰好と歩き方から女だと分かった。

美容院の入り口は高い位置にあるので、階段を上るところで、その客の顔が見えた。見覚えがある。私が、初日に声をかけた女だった。男と一緒に歩いているところだったが、「ちょうど髪を切りたかったの」と乗り気になっていた。入り口前で店内を覗き、ドアを開け、彼女は中に入った。一人目だ。

結論から言えば、私の成績はなかなかのものだった。

それからも時間を空け、時には何人か重なることもあったが、私が声をかけた若者たちが次々と店を訪れた。数えてみたところ、男が二人に女が三人だ。申し分ない結果ではないか。近所の住人なのか、中年女性が二人ほど来たし、他にも若い女がやってくる姿もあった。私は途中で一度、店内を遠くから覗いたが、老女と助っ人の美容師が、手際良く作業をしているのが窺えた。その真剣な後ろ姿は、集中力が湯気となって湧き上がっているかのようだった。

最後の客が帰ったのはすでに日も暮れ、雨雲で埋まった空が真っ暗になり、海の波の小さな唸りが際立ちはじめた頃だ。時計を見れば、夜の九時を回っている。

「見事に止《や》まないもんだね」

私が店に戻ると、片づけを終えた老女がそう出迎える。「秋雨前線がいるって言ってもさ、あまりに降りすぎだよ」

ちょうど、助っ人の美容師が帰るところだった。「結局、わたしがいなくても、新田さんだけで全部できちゃいましたね」とその美容師は笑い、「でも、久しぶりに新田さんに会えて嬉しかった」とお辞儀をした。じゃあまたね、と帰る彼女が、もう二度とこの老女に会うことはないだろうな、と私は知っていた。

店内には私と老女だけとなる。

「かなり忙しそうだったな」

「そうだね」老女は清々しさを見せながら、「おかげで、久しぶりに忙しくて、昔を思い出したよ。ただ年を取ってる分だけつらいねえ、やっぱり」と腰をさする。

「だろうな」私は実感を込めることはできなかったが話を合わせ、その後で、「何のためだったんだ?」と疑問を口にした。「俺が呼んできた客は、いったい何のために必要だったんだ?」

「大したことではないよ」老女は鏡の前の台をタオルで拭き終えると、ソファにゆっくり腰を降ろした。「じゃあ、当ててみる?」

「当てる?」

「わたしがどうして、あんたに客を呼んできてもらったのか、理由を当ててみたら?」

「さあ」私は即座に肩をすくめる。「ただ、強いて言えば、こういうのはどうだ」

「どういうのさ」

「死ぬ前に、昔のような忙しさを体験したかった。そうじゃないか？」私も、人間の調査に携わるようになってずいぶん年月が経つ。人間のしそうなことは、これが驚くほど似た行動形式となることが多いのだが、ある程度であれば想像がついた。

ただ、老女は、私の回答に嬉しそうな笑みを浮かべると、「ぶー」と先日の子供が発したような幼い音を口にした。「はずれ。案外、あんたも大したことないね」

「期待に応えられなくて、申し訳ない」

その後はまた前日と、つまりは前々日と同じ時間が過ぎた。

私がラジカセでCDを再生させる。老女はソファで目を瞑り、私は立って、ひたすらにミュージックを味わった。いつもより労働量が多かったせいか、老女はすぐに鼾《いびき》をかきはじめる。うるさいほどの音ではなかったが、私は老女をベッドへと運ぶ。何年もこれが日課となっているかのような感覚があった。ベッドに寝た老女の横顔には満足感が漲り、以前見た吹雪後の雪景色のような端正さもあった。一階に降りて私は、朝までCDを聴く。

8

翌日の朝、まだ開店前の八時であるにもかかわらず、ドアが開き、誰かと思えば竹子が入ってきた。紺の古びたジャケットを羽織り、下は細身のジーンズで、快活な印象がある。

「あれ、ここで寝泊りしてるわけ?」

店の中で突っ立ったままの私を見て、彼女は少し目を丸くした。「そうだな」と答える。正確に言えば、睡眠を取ってはいないので寝泊りとは違うのかもしれないが。

「朝なのにカーテン閉めて、新田さん、まだいないの?」

「昨日、忙しかったから、まだ眠ってるんだろう。それより、今日も髪を切りに?」

「違う違う」竹子は手を振った。「昨日、いったい何があったのかなって思って。気になっちゃって」

「俺は客を呼んできた」

「凄いじゃない」彼女が笑う。「で、何でだったの? どうして客を呼びたかったの?」

「分からない」私はそう答えるしかない。「客は来たし、彼女も満足そうだったが理由は分からない」

「そうなの? なーんだ」


老女が姿を現わした。寝惚けた様子や疲労の名残りはまるでなかった。今すぐにでも仕事に取り掛かれる恰好で、その壮健さに私は感心する。「どうしたの?」と竹子に訊いた。

「えっと」竹子は一瞬、話の取っ掛かりを探すのに困った風でもあったが、回りくどく攻めるよりは正面からぶつかるほうが良いと判断したのか、「どうして新田さんが急に、お客を呼びたくなったのか、知りたくて」と言った。「本当は昨日、見に来ようと思ったんだけど、大学の用事で無理だったの」

老女は一瞬だけ私に目を向けた。あんた口が軽いんだね、と言わんばかりだ。口止めはされていなかったのだから私に非はない。「みんな、妙なことに関心があるね」

「だって、不思議なんだもん」

「大したことじゃないって。わたしだけに関係してることだし」老女ははぐらかすようにそう言い、「ああ、その服」と竹子の着ているジャケットを指差した。

「え」と一瞬、怯んだ声を発した竹子だったがすぐに、「そうそう」とうなずく。「これ、新田さんのジャケット。改良してこんな感じになりました—」

「若い子が着ると様になるね」老女が目を細める。私に向き直った。「これ、わたしが何十年も前に着ていたやつなの。流行って繰り返すんだね。今またこういうのが人気があるみたいで。信じられる？」

「そんなに昔の服なのか」私は言いながら、ジャケットを繁々と眺めた。生地が薄くなり、穴の開いた部分もあるにはあったが、それも含めて計算ずくのデザインにも見えた。

「いいでしょ。ヴィンテージっていうの？　丈も短いから、今のファッションに合ってるの。裏地をつけたら、あったかいし。いまさらだけど、もらっちゃって良かったのかな？」

「気に入ってたやつだから。もらってくれれば嬉しいって」老女はうなずき、手を伸ばし、竹子のジャケットに触る。

私はその姿を傍観していたのだが、その時に不意に記憶に引っ掛かるものを感じた。ジャケットに見覚えがあるのか、それともそれを着た竹子をどこかで見かけたのか、もしくは老女についての覚えなのか、思い出すべき情報がありそうで、頭を悩ませた。

けれどそこでおもむろに、「実はね」と老女が口を開き、私の考えが止まる。誰が水を向けたわけでもないのに、彼女は自然と話し出した。「実は、わたしには息子がいるんだけど」

私はわずかではあるが身を乗り出した。「生きているほうの息子か?」と確認をする。

「落雷じゃないほうだな」

「そうそう。生きている次男」老女が顎を引く。「ついこの間、電話があったの」

「音信不通ではなかったわけか」

「ほんの一週間くらい前。二十年ぶりかな、急に電話があって、それでね、わたしには孫がいるらしいの」

彼女の言い方は、他人に起きた喜劇を気楽に語るかのようだった。

「孫」と竹子が呟く。

「次男はね、わたしのことをまだ恨んでるし、呆れてるからね、縁を切ってるつもりだけど、でもその孫が、わたしに会いに来たがっているみたいでね」

「すごーい」竹子が明るく言う。

「でもさ、次男は、わたしと孫を会わせたくないでしょ。だから、条件を出したんだって。私の美容院に行かせてもいいけれど、それはあくまでも客として。孫だと名乗ることもしないし、余計な会話はしちゃ駄目」

「それは孫に出した条件なの？」

「そうみたい。それを守れるなら、わたしの美容院の場所を教えるって言ったんだって」

「念入りだな」私は言う。執念深いと言うべきか。条件の好きな家系だな、とも思う。

「それで？」竹子が先を促した。

「この間、次男が、わたしに電話をしてきたの。日にちだけ教えてくれてね。孫がその日に行くからって。あれは優しさだったのかな、それともわたしを悩ませるつもりだったのかな、何だろ」首を傾げる老女はやはり、十代の少女に見える。

「それが」竹子が混乱しながらも、ぽつりとこぼした。「それが昨日だったの？」

「そう」老女は嬉しそうだった。

「ちょっと待ってくれ」私はすぐに手のひらを前に向けた。「それと俺が呼んできた客と、どう関係があるんだ」

「最近、うちのお店、あんまり混んでないでしょ」

「混んでるところを見せたかったのか？」

「違うってば」彼女は大きく口を開け、愉快げに声を立てた。「知りたくなかったんだよ」

「知りたくない？　何を」

「突然、孫に会うなんてさ、怖いし、緊張するじゃない。恥ずかしいし。でも、客が誰もいないお店に客が来たら、この子が孫だってすぐに分かっちゃうでしょ。だからさ、同じ年代の子にたくさん来てもらえば、分からなくなるでしょ」

「何それ」竹子が戸惑いの声を出す。「わざわざ？」

「次男はね、孫が男なのか女なのかも教えてくれなかったんだよ。だから、同じ年代の男の子と女の子が何人か来ればね、孫もその中に隠れるかなって、そう思ったの」

私と竹子はしばらく返事に困り、黙った。

「よくは分からないが」ほどなくして私は、老女に首を傾ける。「それで、良かったのか？」

「そうだよ、新田さん、それで良かったの？　せっかく孫に会えたのに」

「孫には会えたよ」老女はすっきりとした表情だった。「きっと昨日の客の中にはいたんだから。誰だか分からないけど。でも、それくらいがちょうど良かったと思う。それ以上は罰が当たるよ」いいんじゃないかな、と唇を緩めた彼女の口元には、喜びと同程度の寂しさも滲むように見えた。

「でも、もしかしたら薄っすらとでも、これが孫かなっていう子はいた？」

「あんたの選び方が良かったのか」老女が、私を上目遣いで見る。「どの子もいい子に見えたよ」それからさらに、孫が不自然な動きでもするかとも思ったんだけど、初めての客はみんな不自然に見える、と可笑しそうに呟いた。「それにね」

「それに？」私が訊ねる。

「一生懸命頑張って、どの子も凄く似合う髪にしてあげたから」

9

わたしはこれから学校に行ってくるから、と竹子が店を出ていくと、またもや、私と老女だけになる。

「あんた、今日はどうするの？」

「ミュージックショップだな」と答えた。ほんとに好きなんだねえ、と彼女は感心した声を上げた後で、「じゃあ」と閃いたかのように言った。「賭けてみない？」

「賭ける？　何を」

「晴れてるかどうか。雨が止んでるかどうか」老女は右手を伸ばし、窓を指差した。まだ、カーテンは閉じたままで外は見えなかったが、けれど私には開けずとも答えが分かっている。「止んでいるわけがない」

「じゃあ、賭けようか。わたしは晴れてると思うよ」

「どうしてそう思う」

「今日は、晴れてもいい気がするから」

「根拠になっていない」

「じゃあ、賭けようよ」

私は気乗りしなかった。見るまでもなく、雨が降っているに決まっていた。経験上、そうとしか言いようがない。そのことを告げると彼女は、「つまんない男ね」と声を出し、つかつかと窓際に歩いていった。別にわたしが勝ったところで長生きさせてくれなんて言わないのにさ、と笑い、さっとカーテンを開けた。

するとだ。

「ほら」振り返る老女の向こう側に、私が見たことのない空が広がっている。


驚きのあまり言葉を失っている私を連れ、老女は海岸までやってきた。降り続いた雨のため砂浜は湿っていたが、ぬかるみはさほどなくて歩きやすい。私は海を前にして沖を望み、感嘆を洩らす。「青い」私は真上を見る。これが晴天か。濁りのない青色が一面に広がっている。雲の欠片もなく、延々と空だ。「広いな」

老女は、私の横に立って笑いを嚙み殺していた。「突き抜けるような青い空ってのはいい表現だよね」と腕を組む。「誰が最初に言ったんだろ」

「じっと眺めてると、こっちが溶け込んでいきそうだ」私は広漠たる青にうっとりとしてしまう。深くも浅くも見える、際限なく広がるこの青空と、目の前で揺らぐ海が混ぜこぜになり、自分自身を飲み込んでくるような迫力を感じた。遠近感がない。

「綺麗でしょ」

私は立ち尽くして、空を受け止めるように目を瞑る。

「あんたもそういうの、分かるんだ？」老女は皮肉を言うようでもなかった。

犬の声が聞こえ、私は目を開いた。五十メートルほど離れた砂浜に、少年が走り回っているのが見える。脇にいる犬が、跳ねるように駆けていた。先日、美容院にやってきた少年だ。老女もその光景に気づいたのか、元気だねえ、とささめく。しばらく私たちはその場に並んだまま、空を見上げていた。いくら眺めていても飽きない、と私は思った。

老女は、遠くで遊ぶ少年と犬を見やっていた。「こんなに晴れてて、犬があそこにいてさ。子供も楽しそうだし、これだけで」と一度言葉を切り、「これだけで充分、ラッキーだね」と万歳をするかのように両手を伸ばした。

「そういえば」私はそこで先ほどの話を思い出した。「次男とは音信不通ではなかったのか？　この間はそう言っていた」

「ああ」老女は恥ずかしげに頬を赤らめたが、後ろめたさは見せなかった。「あれは、少し嘘」とおどけるように言う。「でもね、昔何かの映画で言ってたけど、ちょっとした微妙な嘘は、誤りに近いんだってば」と歯を見せた。「何の映画だったかな」

「ほお」私は反射的に、言った。その台詞には聞き覚えがあった。自分の記憶をいくぶんか過去へと巻き戻し、再度、老女の姿を上から下へと見つめ、彼女とは昔も会ったことがあったんだな、とようやく気がついた。「もしかするとさっきの、ジャケット」と私は訊ねている。「あの古いジャケットは、昔、バーゲンで買ったものか?」

「そうだったかな。忘れちゃったよ、昔のことだから」と老女は言った。

何十年か前に私が調査を担当していた男がブティックに勤めていた。その時のことを思い返した。

「ずっと持っていたのか」

「気に入っていたからね」老女は答えながらも、海をずっと見ていた。私もそれ以上、昔の話を継続する気にはなれない。犬の鳴き声が波の音に跳ね返って、わっと広がるようだ。

少し経って横に目をやると、老女が目を細め、目尻に皺を寄せ、口元を弛緩させている。

「何を笑っているんだ?」

彼女はゆったりとこちらに目を移し、少し戸惑ったかのように、「眩しいんだよ、太陽が」と答えた。言われてみれば確かに、陽射しが右手から射し込んできている。

「なるほど」私は学んだ気分になる。「人間というのは、眩しい時と笑う時に、似た表情になるんだな」

老女は一瞬きょとんとしたがすぐに、そうだね、と答えた。「言われてみれば、意味合いも似てるかも」

「意味合い？」

「眩しいのと、嬉しいのと。似てるかも」

「何だそれは」老女の言うことの意味がよく分からなかった。

ほんと、眩しいね。老女が弾むような声で言うのが聞こえた。

文庫新装版

著者特別インタビュー

文・吉田大助

二〇〇五年に単行本が刊行され、二〇〇八年に初文庫化された伊坂幸太郎さんの初期代表作『死神の精度』。デビュー二五周年となる二〇二五年に新装版で再文庫化された本作について、ネタバレありで著者にお話を伺いました。本編読了後にお読みください。

――第一編「死神の精度」は、デビューから丸三年経った二〇〇三年末に雑誌掲載されました。執筆当時のこと、覚えてらっしゃいますか。

伊坂　これはかなりよく覚えているんですよね。これまで四半世紀くらい小説を発表してきた中で、突貫で仕上げたランキング二番目ぐらいの作品なんです。「オール讀物」の編集者から短編を一本書きませんかと依頼が来て、最初に書いたのは全然違う話でした。その話は結果的に『オー！ファーザー』（二〇一〇年刊）という長編になるんですが、長すぎたんですよね。「もう少し短くできないか」と言われたんですけど、短くはできないので、それは別に取っておいて、締め切りを一週間延ばしてもらって新しいものを書くことにしたんです。焦ってアイデア帳を見返してみたら、電話交換手だった女性が電話をかけてきた相手に声を褒められてオペラ歌手になった……という逸話のメモがあって「これだ！」と。ただ、この逸話を使って謎とオチは作れるとしても、問題は誰を探偵にするのか。ネタが地味だから、探偵は突飛な存在にした方がいい。奥さんとモールのスタバに行って、ネタ出しに付き合ってもらいました（笑）。

――探偵が、死神になった経緯とは？

伊坂　ヴィム・ヴェンダースの映画『ベルリン・天使の詩《うた》』（一九八七年）が念頭にあったんだと思います。天使が当たり前のように人間の世界にいる雰囲気が面白くて、そういう感じがいいなあ、と。でもそのまま天使にするのはベタだし優等生感やハッピーエンド感があり過ぎるから、じゃあ死神かな、と（笑）。あと、藤子不二雄先生が、キャラクターを作る時は、そのキャラクターの好きなものと嫌いなものを決めればいいとおっしゃっていた気がするので、死神の好きなものは音楽で、嫌いなものは渋滞！　と決めて（笑）。冒頭で「死ぬのが怖い」と言う床屋の主人に、死神が「生まれてくる前のことを覚えているのか？」と話すくだりも、僕の父親が昔言っていたことをそのまま使っています。締め切りまで一週間しかないから、とにかくひたすら書いていったんです。

――本作は翌年、第五七回日本推理作家協会賞短編部門を受賞しました。

伊坂　本当に驚きました。僕はミステリーが好きだったので、最後で、かなりのどんでん返しがなければいけない、という気持ちが強かったんですよね。このお話は「ああ、なるほどね」という納得感とか、おかしみみたいなものは楽しめるけれども、サプライズは弱い気がして、ミステリーを書いたという気持ちはあまりなかったんです。ミステリーとして受け入れてもらえたことは、その後の自分にとって結構大きかったんじゃないかなと思っています。

最初の短編以外は、全て「可」にした理由

——第二編「死神と藤田」以降は、どのように構想を進めたのでしょうか。

伊坂　せっかくだから千葉の出てくる短編をもう少し書きましょうと言ってもらって、いろいろ方針を決めたんですよね。真っ先に考えたのは、死神が対象の人間を一週間調査した後で「可」か「見送り」か、予定通り死なせるか死なせないかを決めるというルールのことです。「死神の精度」の時はこの一本しか書かないつもりだったので、つらい気持ちで終わりたくないから結果を「見送り」にしたんです。続けるとなった時に、読者が今回は「可」か「見送り」か、と結果を楽しみにするような小説にはしたくないなと思ったんです。それで、これ以降のお話では全て「可」にする、と決めました。そこは動かない、そこに焦点を当てた話ではないんだなという雰囲気は、読者に早い段階で分かってもらえるようにしたい、と。もう一つ決めたことは、一編ごとに違う映画のジャンルを選ぶこと。やくざモノ、吹雪の山荘ミステリー、恋愛モノ、までは最初に決めたのかな。このやり方の何がいいかっていうと、大きな枠組みはベタでいいんですよ。ベタの中に死神の千葉さんを入れることで、新しい味が生まれる、ということがやりたかったんです。

——死神が出てくるというエクスキューズがあることで、ベタを書ける、という面も

あったのではないでしょうか。
伊坂　おっしゃる通りで、男の子が向かいのマンションに住んでいる女の子に片想いする、みたいなベタな展開もこれだったら書けるんです（第四編「恋愛で死神」）。「死神と藤田」もそうで、僕はやくざ映画を観るのは好きなんですが、自分が書くとなったらやくざの兄貴と弟分の話なんて、あまりに定型すぎて普段だったら絶対に手を出しません。でも、そこに死神が関わってくるのなら書けるし、見たことのない面白いものができるぞとワクワクできたんですよね。あの男は何があっても負けないし死なない、なぜならば……と。「死神と藤田」は相当気に入っていて、当時は僕の最高傑作です、と知り合いに勧めていました。
――ミステリーのド定番シチュエーションに挑まれた第三編「吹雪に死神」を読むと、本書は近年の小説界でブームとなっている「特殊設定ミステリー」の先駆的作品だったと感じます。
伊坂　もともとデビュー作の『オーデュボンの祈り』は、山口雅也さんの『生ける屍の死』（※一九八九年刊。特殊設定ミステリーの元祖と言われる）から影響を受けて書いたんです。『死神の精度』も、その流れの先に出てきたものなんですよね。ただ、「死神と藤田」みたいなミステリーっぽくない話も入っているので、あまりそうは思われていないかもしれません。特殊設定ミステリーが盛り上がってきた今、その仲間にも入れてもらいたいです（笑）。「吹雪に死神」に関して言うと、連続殺人のトリックというか犯人当ての部分は、プロになる前からずっと温めていたネタでした。犯人が連鎖していく、というか。そこに死神の存在を加えて、アレンジしていったかたちです。吹雪の山荘という定型を使うにしても、単に本格ミステリーのパロディーを書くつもりはなくて、ちゃんと自分なりに新しいトリックは入れたかったんですよね。

「絶対やりたくないな」と思った編集者の提案とは？

――第五編「旅路を死神」で選ばれた映画のサブジャンルは、ロードムービーですね。誘拐ミステリーでもある、という二段構えです。

伊坂　文藝春秋の別媒体から一編書きませんかと依頼をもらったんですが、指定された枚数が多かったんです。ロードムービーで、死神の千葉さんが人間に同行する設定にすれば、道中のいろいろなことが盛り込めていいかもな、と。この話を書くために、奥さんと車に乗って、奥入瀬まで行ってきたんです。その時に見聞きしたものを、そのまま書いています（笑）。自分でも気に入っているのは、「下流のほうも、悪くなかったぞ」という千葉さんのセリフです。川の流れは人の一生みたいで、上流のほうが華やかだしチヤホヤされるんだけれども……と。それは、実際、奥入瀬で思いついたような。あと、意外にファンが多いのが、千葉さんが男の子とステーキを食べに行った場面で言う、「死んだ牛はうまいか」というセリフで。あれ、好きなんですよと言われたことが何回かあります（笑）。

――最終第六編「死神対老女」は、本作の世界観に慣れてきた読者を驚かせる設定や仕掛けが無数に張り巡らされていました。連作をどう締めくくるか、という発想から具体的なアイデアが色とりどりに集まってきたのでしょうか。

伊坂　残っているジャンルがホラーかSFくらいしかなかったんですが、それだと世界観的に違う気もして。ヨーロッパ映画っぽいものを選んだということにして、こぢんまりした話でサラッと終わらせようと思ったんです。そのつもりで打ち合わせに行ったら、編集者から「小説は一冊を通して主人公に変化が起こるもの、主人公が成長するものだと思っています」と言われて、その意見はまったく正しいんですけど、僕はそれは絶対やりたくないなとこっそり思ったんです（笑）。死神なんだから成長なんてしない、例えば人間に理解を示すみたいなことは一切書かないという方針が、そこで固まりました。とはいえ、編集者の提案を受け入れないのも良くないと思って、理解を示したと読者が錯覚するような終わり方が思いついたら面白いなと考えたんですよ。その時に初めて、「あ、晴れればいいのかも」と閃《ひらめ》いたんですよね。

――最初からプランがあったわけではなかったんですね。

伊坂　ぜんぜん！　死神の千葉さんが近くにいるとずっと雨だという設定は、一話目を突貫で作った時に勢いで考えたものでした。特に意味もなくて。二話目以降もずっと雨の描写しかできないから正直、つらくてしょうがなかったんですが、その設定がここで生きてくるぞ、と。これでいけるとなって書き出したら、もしかして死神って齢を取らないから、サプライズを仕掛けられるかも、と別のアイデアを思いついたんです。最初から全体の設計図があったとか、連作短編としての完成度を高めたいというつもりはなかったんです。あ、でも、そういう意味では、この作品から、「連作短編が得意で、最後で綺麗にまとめる」というのが僕の特徴だと思われるようになってしまったのかもしれないですね（笑）。そう見えるんだからしょうがないんですが、僕自身はあまりそういう気持ちはなくて。まとめるのって、あまり好きじゃないですし。お話を重ねていった先のこの一編だからチャレンジできること、自分がワクワクすることを書いていったら、たまたまこういう着地になっただけなんです。

死神が主人公だから、自由に楽しく書けた

――本書は二〇年前に発表されたものですが、全く古びていないなと感じました。二〇二五年の新作ですと言われたとしても、違和感なく受け止めることになったと思います。

伊坂　僕も今回、十数年ぶりに読み返したんですが、スマホや「検索」が出てこないもののの、あまり古くさくなくて、ホッとしました。頑張って工夫しているなとも思いました（笑）。例えば、死神の千葉さんがどうやって対象者と接触するのかも、手を替え品

を替えで、毎回変化をつけている。あと、読み返して初めて気づいたんですが、この作品ってハードボイルド小説っぽいな、と。社会の外側にいるアウトローの視点から観察して、社会ってこういう仕組みでできているよねとか、人間にはこういう面があるよねと書いていくやり方が、ハードボイルド小説っぽいんです。湿っぽくなく、ドライな感じとか。

――死神は、人間の姿をまとっていながらも、人間社会の外側に立つ究極のアウトローですよね。

伊坂　僕はもともと、人間ってこうだよねとか、社会ってこういう仕組みだよね、ということを書きがちなんですけど、そういうのって偉そうじゃないですか（笑）。僕もその人間なのに、って。ただ、このお話の中であれば、そういうことを書いても「死神が言ってることだから」で割り切れるんですよね。だから、自由に楽しく書けたんだと思います。死神が言うことは人間からしてみればズレているから、そこでユーモアも出せる。僕はマンガも大好きなんですけど、マンガっぽさとリアルさのちょうどいいバランスのところで、ドラマが起きている。読んでいたら、なんだか、これはめちゃめちゃ僕好みの小説だなあ、と思っちゃいました（笑）。

■初出

死神の精度
「オール讀物」２００３年12月号
死神と藤田
「オール讀物」２００４年４月号
吹雪に死神
「オール讀物」２００４年８月号
恋愛で死神
「オール讀物」２００４年11月号
旅路を死神
「別冊文藝春秋」第２５５号
死神対老女
「オール讀物」２００５年４月号

２００５年６月　単行本　文藝春秋刊
本書は２００８年２月刊の文庫の新装版です。
新装版にあたり、加筆修正しています。

ＤＴＰ制作　言語社

■参考・引用文献

『人生の短さについて 他二篇』
セネカ著 茂手木元蔵訳 岩波文庫
『ツァラトゥストラはこう言った（下）』
ニーチェ著 氷上英廣訳 岩波文庫
その他、映像作品、ジャン・リュック・ゴダール
『女と男のいる舗道』の台詞を引用しています。

文春文庫

死《しに》神《がみ》の精《せい》度《ど》

定価はカバーに表示してあります

2025年2月10日　新装版第1刷
2025年6月20日　　　　第2刷

著　者　伊《い》坂《さか》幸《こう》太《た》郎《ろう》
発行者　大沼貴之
発行所　株式会社　文藝春秋

東京都千代田区紀尾井町 3-23　〒102-8008
TEL 03・3265・1211㈹
文藝春秋ホームページ　https://www.bunshun.co.jp

落丁、乱丁本は、お手数ですが小社製作部宛お送り下さい。送料小社負担でお取替致します。

印刷・TOPPANクロレ　製本・加藤製本
Printed in Japan
ISBN978-4-16-792337-2

（　）内は解説者。品切の節はご容赦下さい。

有栖川有栖
火村英生に捧げる犯罪
臨床犯罪学者・火村英生のもとに送られてきた犯罪予告めいたファックス。術策の小さな綻びから犯罪が露呈する表題作他、哀切でエレガントな珠玉の作品が並ぶ人気シリーズ。（柄刀　一）
あ-59-1

有栖川有栖
菩提樹荘の殺人
少年犯罪、お笑い芸人の野望、学生時代の火村英生の名推理、アンチエイジングのカリスマの怪事件とアリスの悲恋。「若さ」をモチーフにした人気シリーズ作品集。（円堂都司昭）
あ-59-2

有川　浩
三匹のおっさん
還暦くらいでジジイの箱に蹴りこまれてたまるか！　武闘派2名と頭脳派1名のかつての悪ガキが自警団を結成、ご近所に潜む悪を斬る！　痛快活劇シリーズ始動！（児玉　清・中江有里）
あ-60-1

青山文平
遠縁の女
追い立てられるように国元を出、五年の武者修行から国に戻った男が直面した驚愕の現実と、幼馴染の女の仕掛けてきた罠。直木賞受賞作に続く、男女が織り成す鮮やかな武家の世界。
あ-64-4

青山文平
跳ぶ男
弱小藩お抱えの十五歳の能役者が、藩主の身代わりとして江戸城に送り込まれる。命がけで舞う少年の壮絶な決意とは。謎と美が満ちる唯一無二の武家小説。（川出正樹）
あ-64-5

阿部智里
烏《からす》に単《ひとえ》は似合わない
八咫烏の一族が支配する世界「山内」。世継ぎの后選びを巡る有力貴族の姫君たちの争いに絡み様々な事件が……。史上最年少松本清張賞受賞作となった和製ファンタジー。（東　えりか）
あ-65-1

阿部智里
烏《からす》は主《あるじ》を選ばない
優秀な兄宮を退け日嗣の御子の座に就いた若宮に仕えることになった雪哉。だが周囲は敵だらけ、若宮の命を狙う輩も次々に現れる。彼らは朝廷権力闘争に勝てるのか？（大矢博子）
あ-65-2

朝井リョウ
武道館
【正しい選択】なんて、この世にない。「武道館ライブ」という合言葉のもとに活動する少女たちが最終的に〝自分の頭で〟選んだ道とは——。大きな夢に向かう姿を描く。（つんく♂）
あ-68-2

朝井リョウ
ままならないから私とあなた
平凡だが心優しい雪子の友人、薫は天才少女と呼ばれる。成長に従い、二人の価値観は次第に離れていき、決定的な対立が訪れるが……。一章分加筆の表題作ほか一篇収録。（小出祐介）
あ-68-3

安東能明
夜の署長
新米刑事の野上は、日本一のマンモス警察署・新宿署に配属される。そこには〝夜の署長〟の異名を持つベテラン刑事・下妻がいた。警察小説のニューヒーロー登場。（村上貴史）
あ-74-1

安東能明
夜の署長2　密売者
夜間犯罪発生率日本一の新宿署で〝夜の署長〟の異名を取り、高い捜査能力を持つベテラン刑事・下妻。新人の沙月は新宿で起きる四つの事件で指揮下に入り、やがて彼の凄みを知る。

あ-74-2

安東能明
夜の署長3　潜熱
ホスト狩り、万引き犯、放火魔、大学病院理事長射殺。夜間犯罪発生率日本一・新宿署の「裏署長」が挑む難事件。やがて20年前の因縁の事件の蓋が開き……人気シリーズ第3弾！

あ-74-3

浅葉なつ
どうかこの声が、あなたに届きますように
地下アイドル時代、心身に傷を負った20歳の奈々子がラジオアシスタントに。「伝説の十秒回」と呼ばれる神回を経て成長する彼女と、切実な日々を生きるリスナーの交流を描く感動作。

あ-77-1

浅葉なつ
神と王　亡国の書
弓可留国が滅亡した日、王太子から宝珠「弓の心臓」を託された慈空。片刃の剣を持つ風天、謎の生物を飼う日樹らと交わり、命がけで敵国へ——新たな神話ファンタジーの誕生！

あ-77-2